CLASSIQUES & CIE LYCÉE

Guy de Maupassant

Pierre et Jean (1888)

suivi de trois nouvelles réalistes

Texte intégral suivi d'un dossier critique pour la préparation du bac français

Collection dirigée par
Johan Faerber

Édition annotée et commentée par
Laurence Rauline
agrégée de lettres modernes
docteur en littérature française de l'âge classique

Hatier

Pierre et Jean

Trois nouvelles réalistes de Maupassant

 – ISBN 978-2-218-96215-8
Conception graphique de la maquette : c-album, Jean-Baptiste Taisne, Rachel Pfleger (texte) ; Lauriane Tiberghien (dossier) • Mise en pages : Chesteroc Ltd • Suivi éditorial : Claire Dupuis

REPÈRES CLÉS

POUR SITUER L'ŒUVRE

FICHES DE LECTURE

POUR APPROFONDIR SA LECTURE

THÈMES ET DOCUMENTS

POUR COMPARER

| THÈME 1 |

Les représentations de la mer dans le roman

| THÈME 2 |

Les frères ennemis en littérature

OBJECTIF BAC

POUR S'ENTRAÎNER

| SUJETS D'ÉCRIT |

| SUJETS D'ORAL |

| LECTURE DE L'IMAGE |

Pierre et Jean

Le roman

Je n'ai point l'intention de plaider ici pour le petit roman qui suit. Tout au contraire les idées que je vais essayer de faire comprendre entraîneraient plutôt la critique du genre d'étude psychologique que j'ai entrepris dans *Pierre et Jean*.

Je veux m'occuper du Roman en général.

Je ne suis pas le seul à qui le même reproche soit adressé par les mêmes critiques, chaque fois que paraît un livre nouveau.

Au milieu de phrases élogieuses, je trouve régulièrement celle-ci sous les mêmes plumes :

– Le plus grand défaut de cette œuvre, c'est qu'elle n'est pas un roman à proprement parler.

On pourrait répondre par le même argument.

– Le plus grand défaut de l'écrivain qui me fait l'honneur de me juger, c'est qu'il n'est pas un critique.

Quels sont en effet les caractères essentiels du critique ?

Il faut que, sans parti pris, sans opinions préconçues, sans idées d'école[1], sans attaches avec aucune famille d'artistes, il comprenne, distingue et explique toutes les tendances les plus opposées, les tempéraments les plus contraires, et admette les recherches d'art les plus diverses.

---

1. Idées d'école : idées inspirées par une école littéraire particulière, par l'appartenance à un mouvement.

Or, le critique qui, après *Manon Lescaut, Paul et Virginie, Don Quichotte, Les Liaisons dangereuses, Werther, Les Affinités électives, Clarisse Harlowe, Émile, Candide, Cinq-Mars, René, Les Trois Mousquetaires, Mauprat, Le Père Goriot, La Cousine Bette, Colomba, Le Rouge et le Noir, Mademoiselle de Maupin, Notre-Dame de Paris, Salammbô, Madame Bovary, Adolphe, M. de Camors, L'Assommoir, Sapho*[1], etc., ose encore écrire : « Ceci est un roman et cela n'en est pas un », me paraît doué d'une perspicacité[2] qui ressemble fort à de l'incompétence.

Généralement ce critique entend par roman une aventure plus ou moins vraisemblable, arrangée à la façon d'une pièce de théâtre en trois actes dont le premier contient l'exposition, le second l'action et le troisième le dénouement.

Cette manière de composer est absolument admissible à la condition qu'on acceptera également toutes les autres.

Existe-t-il des règles pour faire un roman, en dehors desquelles une histoire écrite devrait porter un autre nom ?

Si *Don Quichotte* est un roman, *Le Rouge et le Noir* en est-il un autre ? Si *Monte-Cristo* est un roman, *L'Assommoir* en est-il un ? Peut-on établir une comparaison entre *Les Affinités électives* de Goethe, *Les Trois Mousquetaires* de Dumas, *Madame*

1. Les auteurs des œuvres citées sont (dans l'ordre de citation de leurs œuvres) : l'abbé Prévost (1731), Bernardin de Saint-Pierre (1787), Cervantès (1605-1615), Choderlos de Laclos (1782), Goethe (1774, pour *Les Souffrances du jeune Werther* et 1809 pour *Les Affinités électives*), Richardson (1748), Rousseau (1762), Voltaire (1759), Vigny (1826), Chateaubriand (1802), Alexandre Dumas (1844), George Sand (1836), Balzac (1833 pour *Le Père Goriot* et 1847 pour *La Cousine Bette*), Mérimée (1840), Stendhal (1830), Gautier (1835-1836), Hugo (1831), Flaubert (1862 pour *Salammbô* et 1857 pour *Madame Bovary*), Benjamin Constant (1816), Octave Feuillet (1867), Zola (1877), Alphonse Daudet (1884). À l'exception de *M. de Camors* d'Octave Feuillet, toutes ces œuvres sont encore lues aujourd'hui. Pour Maupassant, *Manon Lescaut*, qu'il place en tête de l'énumération, est certainement le premier roman moderne.

2. Perspicacité : clairvoyance, capacité de jugement (ironique, ici).

Bovary de Flaubert, *M. de Camors* de M. O. Feuillet et *Germinal* de M. Zola ? Laquelle de ces œuvres est un roman ? Quelles sont ces fameuses règles ? D'où viennent-elles ? Qui les a établies ? En vertu de quel principe, de quelle autorité et de quels raisonnements ?

Il semble cependant que ces critiques savent d'une façon certaine, indubitable[1], ce qui constitue un roman et ce qui le distingue d'un autre qui n'en est pas un. Cela signifie tout simplement que, sans être des producteurs, ils sont enrégimentés[2] dans une école, et qu'ils rejettent, à la façon des romanciers eux-mêmes, toutes les œuvres conçues et exécutées en dehors de leur esthétique.

Un critique intelligent devrait, au contraire, rechercher tout ce qui ressemble le moins aux romans déjà faits, et pousser autant que possible les jeunes gens à tenter des voies nouvelles.

Tous les écrivains, Victor Hugo comme M. Zola, ont réclamé avec persistance le droit absolu, droit indiscutable, de composer, c'est-à-dire d'imaginer ou d'observer, suivant leur conception personnelle de l'art. Le talent provient de l'originalité, qui est une manière spéciale de penser, de voir, de comprendre et de juger. Or, le critique qui prétend définir le Roman suivant l'idée qu'il s'en fait d'après les romans qu'il aime, et établir certaines règles invariables de composition, luttera toujours contre un tempérament d'artiste apportant une manière nouvelle. Un critique, qui mériterait absolument ce nom, ne devrait être qu'un analyste sans tendances[3], sans préférences,

1. Indubitable : dont on ne peut douter.
2. Enrégimentés : embrigadés, enrôlés.
3. Tendances : choix artistiques.

sans passions, et, comme un expert en tableaux, n'apprécier que la valeur artiste de l'objet d'art qu'on lui soumet. Sa compréhension, ouverte à tout, doit absorber assez complètement sa personnalité pour qu'il puisse découvrir et vanter les livres même qu'il n'aime pas comme homme et qu'il doit comprendre comme juge.

Mais la plupart des critiques ne sont, en somme, que des lecteurs, d'où il résulte qu'ils nous gourmandent[1] presque toujours à faux ou qu'ils nous complimentent sans réserve et sans mesure.

Le lecteur, qui cherche uniquement dans un livre à satisfaire la tendance naturelle de son esprit, demande à l'écrivain de répondre à son goût prédominant, et il qualifie invariablement de remarquable ou de *bien écrit* l'ouvrage ou le passage qui plaît à son imagination idéaliste, gaie, grivoise[2], triste, rêveuse ou positive.

En somme, le public est composé de groupes nombreux qui nous crient :

– Consolez-moi.

– Amusez-moi.

– Attristez-moi.

– Attendrissez-moi.

– Faites-moi rêver.

– Faites-moi rire.

– Faites-moi frémir.

– Faites-moi pleurer.

– Faites-moi penser.

---

1. Gourmandent : réprimandent, disputent.
2. Grivoise : obscène, immorale.

Seuls, quelques esprits d'élite demandent à l'artiste :

– Faites-moi quelque chose de beau, dans la forme qui vous conviendra le mieux, suivant votre tempérament.

L'artiste essaie, réussit ou échoue.

Le critique ne doit apprécier le résultat que suivant la nature de l'effort ; et il n'a pas le droit de se préoccuper des tendances.

Cela a été écrit déjà mille fois. Il faudra toujours le répéter.

Donc, après les écoles littéraires qui ont voulu nous donner une vision déformée, surhumaine, poétique, attendrissante, charmante ou superbe de la vie, est venue une école réaliste ou naturaliste qui a prétendu nous montrer la vérité, rien que la vérité et toute la vérité.

Il faut admettre avec un égal intérêt ces théories d'art si différentes et juger les œuvres qu'elles produisent, uniquement au point de vue de leur valeur artistique en acceptant *a priori*[1] les idées générales d'où elles sont nées.

Contester le droit d'un écrivain de faire une œuvre poétique ou une œuvre réaliste, c'est vouloir le forcer à modifier son tempérament, récuser[2] son originalité, ne pas lui permettre de se servir de l'œil et de l'intelligence que la nature lui a donnés.

Lui reprocher de voir les choses belles ou laides, petites ou épiques[3], gracieuses ou sinistres, c'est lui reprocher d'être conformé de telle ou telle façon et de ne pas avoir une vision concordant avec la nôtre.

Laissons-le libre de comprendre, d'observer, de concevoir comme il lui plaira, pourvu qu'il soit un artiste. Devenons

---

1. ***A priori*** : avant l'examen.

2. Récuser : renoncer à.

3. Épiques : relatives à l'épopée, aux exploits des héros.

poétiquement exaltés pour juger un idéaliste et prouvons-lui que son rêve est médiocre, banal, pas assez fou ou magnifique. Mais si nous jugeons un naturaliste[1], montrons-lui en quoi la vérité dans la vie diffère de la vérité dans son livre.

Il est évident que des écoles[2] si différentes ont dû employer des procédés de composition absolument opposés.

Le romancier qui transforme la vérité constante, brutale et déplaisante, pour en tirer une aventure exceptionnelle et séduisante, doit, sans souci exagéré de la vraisemblance, manipuler les événements à son gré, les préparer et les arranger pour plaire au lecteur, l'émouvoir ou l'attendrir. Le plan de son roman n'est qu'une série de combinaisons ingénieuses conduisant avec adresse au dénouement. Les incidents sont disposés et gradués vers le point culminant et l'effet de la fin, qui est un événement capital et décisif, satisfaisant toutes les curiosités éveillées au début, mettant une barrière à l'intérêt, et terminant si complètement l'histoire racontée qu'on ne désire plus savoir ce que deviendront, le lendemain, les personnages les plus attachants.

Le romancier, au contraire, qui prétend nous donner une image exacte de la vie, doit éviter avec soin tout enchaînement d'événements qui paraîtrait exceptionnel. Son but n'est point de nous raconter une histoire, de nous amuser ou de nous attendrir, mais de nous forcer à penser, à comprendre le sens profond et caché des événements. À force d'avoir vu et médité il regarde l'univers, les choses, les faits et les hommes d'une certaine façon qui lui est propre et qui résulte de l'ensemble de ses observations réfléchies. C'est cette vision personnelle du monde qu'il

1. Naturaliste : écrivain appartenant au mouvement naturaliste, qui défend une peinture objective de la réalité, avec une prétention scientifique.
2. Écoles : écoles littéraires.

cherche à nous communiquer en la reproduisant dans un livre. Pour nous émouvoir, comme il l'a été lui-même par le spectacle de la vie, il doit la reproduire devant nos yeux avec une scrupuleuse ressemblance. Il devra donc composer son œuvre d'une manière si adroite, si dissimulée[1], et d'apparence si simple, qu'il soit impossible d'en apercevoir et d'en indiquer le plan, de découvrir ses intentions.

Au lieu de machiner[2] une aventure et de la dérouler de façon à la rendre intéressante jusqu'au dénouement, il prendra son ou ses personnages à une certaine période de leur existence et les conduira, par des transitions naturelles, jusqu'à la période suivante. Il montrera de cette façon, tantôt comment les esprits se modifient sous l'influence des circonstances environnantes, tantôt comment se développent les sentiments et les passions, comment on s'aime, comment on se hait, comment on se combat dans tous les milieux sociaux, comment luttent les intérêts bourgeois, les intérêts d'argent, les intérêts de famille, les intérêts politiques.

L'habileté de son plan ne consistera donc point dans l'émotion ou dans le charme, dans un début attachant ou dans une catastrophe émouvante, mais dans le groupement adroit de petits faits constants d'où se dégagera le sens définitif de l'œuvre. S'il fait tenir dans trois cents pages dix ans d'une vie pour montrer quelle a été, au milieu de tous les êtres qui l'ont entourée, sa signification particulière et bien caractéristique, il devra savoir éliminer, parmi les menus événements innombrables et quotidiens, tous ceux qui lui sont inutiles, et

1. Dissimulée : qui cache les artifices et les efforts de composition.
2. Machiner : structurer, organiser.

mettre en lumière, d'une façon spéciale, tous ceux qui seraient demeurés inaperçus pour des observateurs peu clairvoyants et qui donnent au livre sa portée, sa valeur d'ensemble.

On comprend qu'une semblable manière de composer, si différente de l'ancien procédé visible à tous les yeux, déroute souvent les critiques, et qu'ils ne découvrent pas tous les fils si minces, si secrets, presque invisibles, employés par certains artistes modernes à la place de la ficelle unique qui avait nom : l'Intrigue.

En somme, si le Romancier d'hier choisissait et racontait les crises de la vie, les états aigus de l'âme et du cœur, le Romancier d'aujourd'hui écrit l'histoire du cœur, de l'âme et de l'intelligence à l'état normal. Pour produire l'effet qu'il poursuit, c'est-à-dire l'émotion de la simple réalité, et pour dégager l'enseignement artistique qu'il en veut tirer, c'est-à-dire la révélation de ce qu'est véritablement l'homme contemporain devant ses yeux, il devra n'employer que des faits d'une vérité irrécusable[1] et constante.

Mais en se plaçant au point de vue même de ces artistes réalistes, on doit discuter et contester leur théorie qui semble pouvoir être résumée par ces mots : « Rien que la vérité et toute la vérité. »

Leur intention étant de dégager la philosophie de certains faits constants et courants, ils devront souvent corriger les événements au profit de la vraisemblance et au détriment de la vérité, car

Le vrai peut quelquefois n'être pas vraisemblable[2].

---

1. Irrécusable : incontestable.
2. Boileau, *Art poétique* (1674), III, v. 48.

Le réaliste, s'il est un artiste, cherchera, non pas à nous montrer la photographie banale de la vie, mais à nous en donner la vision plus complète, plus saisissante, plus probante[1] que la réalité même.

Raconter tout serait impossible, car il faudrait alors un volume au moins par journée, pour énumérer les multitudes d'incidents insignifiants qui emplissent notre existence.

Un choix s'impose donc, – ce qui est une première atteinte à la théorie de toute la vérité.

La vie, en outre, est composée des choses les plus différentes, les plus imprévues, les plus contraires, les plus disparates ; elle est brutale, sans suite, sans chaîne, pleine de catastrophes inexplicables, illogiques et contradictoires qui doivent être classées au chapitre *faits divers*.

Voilà pourquoi l'artiste, ayant choisi son thème, ne prendra dans cette vie encombrée de hasards et de futilités que les détails caractéristiques utiles à son sujet, et il rejettera tout le reste, tout l'à-côté.

Un exemple entre mille :

Le nombre des gens qui meurent chaque jour par accident est considérable sur la terre. Mais pouvons-nous faire tomber une tuile sur la tête d'un personnage principal, ou le jeter sous les roues d'une voiture, au milieu d'un récit, sous prétexte qu'il faut faire la part de l'accident ?

La vie encore laisse tout au même plan, précipite les faits ou les traîne indéfiniment. L'art, au contraire, consiste à user de précautions et de préparations, à ménager des transitions savantes et dissimulées, à mettre en pleine lumière, par la

1. **Probante** : convaincante.

seule adresse de la composition, les événements essentiels et à donner à tous les autres le degré de relief qui leur convient, suivant leur importance, pour produire la sensation profonde de la vérité spéciale qu'on veut montrer.

Faire vrai consiste donc à donner l'illusion complète du vrai, suivant la logique ordinaire des faits, et non à les transcrire servilement[1] dans le pêle-mêle de leur succession.

J'en conclus que les Réalistes de talent devraient s'appeler plutôt des Illusionnistes.

Quel enfantillage, d'ailleurs, de croire à la réalité puisque nous portons chacun la nôtre dans notre pensée et dans nos organes. Nos yeux, nos oreilles, notre odorat, notre goût différents créent autant de vérités qu'il y a d'hommes sur la terre. Et nos esprits qui reçoivent les instructions de ces organes, diversement impressionnés, comprennent, analysent et jugent comme si chacun de nous appartenait à une autre race.

Chacun de nous se fait donc simplement une illusion du monde, illusion poétique, sentimentale, joyeuse, mélancolique, sale ou lugubre[2] suivant sa nature. Et l'écrivain n'a d'autre mission que de reproduire fidèlement cette illusion avec tous les procédés d'art qu'il a appris et dont il peut disposer.

Illusion du beau qui est une convention humaine ! Illusion du laid qui est une opinion changeante ! Illusion du vrai jamais immuable ! Illusion de l'ignoble qui attire tant d'êtres ! Les grands artistes sont ceux qui imposent à l'humanité leur illusion particulière.

---

1. Servilement : avec soumission, sans réfléchir.
2. Lugubre : sombre, sinistre.

Ne nous fâchons donc contre aucune théorie puisque chacune d'elles est simplement l'expression généralisée d'un tempérament qui s'analyse.

Il en est deux surtout qu'on a souvent discutées en les opposant l'une à l'autre au lieu de les admettre l'une et l'autre : celle du roman d'analyse pure et celle du roman objectif. Les partisans de l'analyse demandent que l'écrivain s'attache à indiquer les moindres évolutions d'un esprit et tous les mobiles[1] les plus secrets qui déterminent nos actions, en n'accordant au fait lui-même qu'une importance très secondaire. Il est le point d'arrivée, une simple borne, le prétexte du roman. Il faudrait donc, d'après eux, écrire ces œuvres précises et rêvées où l'imagination se confond avec l'observation, à la manière d'un philosophe composant un livre de psychologie, exposer les causes en les prenant aux origines les plus lointaines, dire tous les pourquoi de tous les vouloirs et discerner toutes les réactions de l'âme agissant sous l'impulsion des intérêts, des passions ou des instincts.

Les partisans de l'objectivité (quel vilain mot !) prétendant, au contraire, nous donner la représentation exacte de ce qui a lieu dans la vie, évitent avec soin toute explication compliquée, toute dissertation sur les motifs, et se bornent à faire passer sous nos yeux les personnages et les événements.

Pour eux, la psychologie doit être cachée dans le livre comme elle est cachée en réalité sous les faits dans l'existence.

Le roman conçu de cette manière y gagne de l'intérêt, du mouvement dans le récit, de la couleur, de la vie remuante.

---

1. Mobiles : raisons, motivations.

Donc, au lieu d'expliquer longuement l'état d'esprit d'un personnage, les écrivains objectifs cherchent l'action ou le geste que cet état d'âme doit faire accomplir fatalement à cet homme dans une situation déterminée. Et ils le font se conduire de telle manière, d'un bout à l'autre du volume, que tous ses actes, tous ses mouvements, soient le reflet de sa nature intime, de toutes ses pensées, de toutes ses volontés ou de toutes ses hésitations. Ils cachent donc la psychologie au lieu de l'étaler, ils en font la carcasse de l'œuvre, comme l'ossature invisible est la carcasse du corps humain. Le peintre qui fait notre portrait ne montre pas notre squelette.

Il me semble aussi que le roman exécuté de cette façon y gagne en sincérité. Il est d'abord plus vraisemblable, car les gens que nous voyons agir autour de nous ne nous racontent point les mobiles auxquels ils obéissent.

Il faut ensuite tenir compte de ce que, si, à force d'observer les hommes, nous pouvons déterminer leur nature assez exactement pour prévoir leur manière d'être dans presque toutes les circonstances, si nous pouvons dire avec précision: « Tel homme de tel tempérament, dans tel cas, fera ceci », il ne s'ensuit point que nous puissions déterminer, une à une, toutes les secrètes évolutions de sa pensée qui n'est pas la nôtre, toutes les mystérieuses sollicitations de ses instincts qui ne sont pas pareils aux nôtres, toutes les incitations confuses de sa nature dont les organes, les nerfs, le sang, la chair, sont différents des nôtres.

Quel que soit le génie d'un homme faible, doux, sans passions, aimant uniquement la science et le travail, jamais il ne pourra se transporter assez complètement dans l'âme et dans le corps d'un gaillard exubérant, sensuel, violent, soulevé par tous les désirs et même par tous les vices, pour comprendre et indiquer les impulsions et les sensations les plus intimes de cet être si différent, alors même qu'il peut fort bien prévoir et raconter tous les actes de sa vie.

En somme, celui qui fait de la psychologie pure ne peut que se substituer à tous ses personnages dans les différentes situations où il les place, car il lui est impossible de changer ses organes, qui sont les seuls intermédiaires entre la vie extérieure et nous, qui nous imposent leurs perceptions, déterminent notre sensibilité, créent en nous une âme essentiellement différente de toutes celles qui nous entourent. Notre vision, notre connaissance du monde acquise par le secours de[1] nos sens, nos idées sur la vie, nous ne pouvons que les transporter en partie dans tous les personnages dont nous prétendons dévoiler l'être intime et inconnu. C'est donc toujours nous que nous montrons dans le corps d'un roi, d'un assassin, d'un voleur ou d'un honnête homme, d'une courtisane, d'une religieuse, d'une jeune fille ou d'une marchande aux halles[2], car nous sommes obligés de nous poser ainsi le problème : « Si *j'*étais roi, assassin, voleur, courtisane, religieuse, jeune fille ou marchande aux halles, qu'est-ce que *je* ferais, qu'est-ce que *je* penserais, comment est-ce que *j'*agirais ? » Nous ne diversifions donc nos personnages qu'en changeant l'âge, le sexe, la situation sociale et toutes les circonstances de la vie de notre *moi* que la nature a entouré d'une barrière d'organes infranchissable.

L'adresse consiste à ne pas laisser reconnaître ce *moi* par le lecteur sous tous les masques divers qui nous servent à le cacher.

1. Par le secours de : avec l'aide de.
2. Halles : marché.

Mais si, au seul point de vue de la complète exactitude, la pure analyse psychologique est contestable, elle peut cependant nous donner des œuvres d'art aussi belles que toutes les autres méthodes de travail.

Voici, aujourd'hui, les symbolistes[1]. Pourquoi pas ? Leur rêve d'artistes est respectable ; et ils ont cela de particulièrement intéressant qu'ils savent et qu'ils proclament l'extrême difficulté de l'art.

Il faut être, en effet, bien fou, bien audacieux, bien outrecuidant[2] ou bien sot, pour écrire encore aujourd'hui ! Après tant de maîtres aux natures si variées, au génie si multiple, que reste-t-il à faire qui n'ait été fait, que reste-t-il à dire qui n'ait été dit ? Qui peut se vanter, parmi nous, d'avoir écrit une page, une phrase qui ne se trouve déjà, à peu près pareille, quelque part. Quand nous lisons, nous, si saturés d'écriture française que notre corps entier nous donne l'impression d'être une pâte faite avec des mots, trouvons-nous jamais[3] une ligne, une pensée qui ne nous soit familière, dont nous n'ayons eu, au moins, le confus pressentiment ?

L'homme qui cherche seulement à amuser son public par des moyens déjà connus, écrit avec confiance, dans la candeur[4] de sa médiocrité, des œuvres destinées à la foule ignorante et désœuvrée. Mais ceux sur qui pèsent tous les siècles de la littérature passée, ceux que rien ne satisfait, que tout dégoûte parce qu'ils rêvent mieux, à qui tout semble défloré déjà, à qui

1. Symbolistes : mouvement littéraire récent, au moment où écrit Maupassant. Le *Manifeste du symbolisme* du poète français Moréas a été publié en 1886. Les symbolistes refusent de s'en tenir à une transcription réaliste du monde.

2. Outrecuidant : prétentieux.

3. Jamais : à un moment, un jour (dans un contexte affirmatif).

4. Candeur : naïveté.

leur œuvre donne toujours l'impression d'un travail inutile et commun, en arrivent à juger l'art littéraire une chose insaisissable, mystérieuse, que nous dévoilent à peine quelques pages des plus grands maîtres.

Vingt vers, vingt phrases, lus tout à coup nous font tressaillir jusqu'au cœur comme une révélation surprenante ; mais les vers suivants ressemblent à tous les vers, la prose qui coule ensuite ressemble à toutes les proses.

Les hommes de génie n'ont point, sans doute, ces angoisses et ces tourments, parce qu'ils portent en eux une force créatrice irrésistible. Ils ne se jugent pas eux-mêmes. Les autres, nous autres qui sommes simplement des travailleurs conscients et tenaces, nous ne pouvons lutter contre l'invincible découragement que par la continuité de l'effort.

Deux hommes par leurs enseignements simples et lumineux m'ont donné cette force de toujours tenter : Louis Bouilhet[1] et Gustave Flaubert[2].

Si je parle ici d'eux et de moi, c'est que leurs conseils, résumés en peu de lignes, seront peut-être utiles à quelques jeunes gens moins confiants en eux-mêmes qu'on ne l'est d'ordinaire quand on débute dans les lettres.

Bouilhet, que je connus le premier d'une façon un peu intime, deux ans environ avant de gagner l'amitié de Flaubert, à force de me répéter que cent vers, peut-être moins, suffisent à la réputation d'un artiste, s'ils sont irréprochables et s'ils contiennent l'essence du talent et de l'originalité d'un homme

1. Louis Bouilhet : poète et dramaturge (1822-1869), ami de Flaubert. Il a fait bénéficier Flaubert de ses remarques pour l'écriture de *Madame Bovary* (1857).

2. Gustave Flaubert : illustre romancier français (1821-1880). Il a beaucoup conseillé Maupassant dans son activité d'écrivain.

même de second ordre, me fit comprendre que le travail continuel et la connaissance profonde du métier peuvent, un jour de lucidité, de puissance et d'entraînement, par la rencontre heureuse d'un sujet concordant bien avec toutes les tendances de notre esprit, amener cette éclosion de l'œuvre courte, unique et aussi parfaite que nous la pouvons produire.

Je compris ensuite que les écrivains les plus connus n'ont presque jamais laissé plus d'un volume et qu'il faut, avant tout, avoir cette chance de trouver et de discerner, au milieu de la multitude des matières qui se présentent à notre choix, celle qui absorbera toutes nos facultés, toute notre valeur, toute notre puissance artiste.

Plus tard, Flaubert, que je voyais quelquefois, se prit d'affection pour moi. J'osai lui soumettre quelques essais. Il les lut avec bonté et me répondit : « Je ne sais pas si vous aurez du talent. Ce que vous m'avez apporté prouve une certaine intelligence, mais n'oubliez point ceci, jeune homme, que le talent – suivant le mot de Chateaubriand[1] – n'est qu'une longue patience. Travaillez. »

Je travaillai, et je revins souvent chez lui, comprenant que je lui plaisais, car il s'était mis à m'appeler, en riant, son disciple.

Pendant sept ans je fis des vers, je fis des contes, je fis des nouvelles, je fis même un drame détestable[2]. Il n'en est rien resté. Le maître lisait tout, puis le dimanche suivant, en déjeunant, développait ses critiques et enfonçait en moi, peu

1. Chateaubriand : écrivain romantique (1768-1848). C'est toutefois Buffon, le célèbre naturaliste (1707-1788), qui aurait donné cette définition du génie comme d'une « plus grande aptitude à la patience ».

2. Drame détestable : référence à *La Trahison de la comtesse de Rhune* (écrit en 1877).

à peu, deux ou trois principes qui sont le résumé de ses longs et patients enseignements. « Si on a une originalité, disait-il, il faut avant tout la dégager ; si on n'en a pas, il faut en acquérir une. »

– Le talent est une longue patience. – Il s'agit de regarder tout ce qu'on veut exprimer assez longtemps et avec assez d'attention pour en découvrir un aspect qui n'ait été vu et dit par personne. Il y a, dans tout, de l'inexploré, parce que nous sommes habitués à ne nous servir de nos yeux qu'avec le souvenir de ce qu'on a pensé avant nous sur ce que nous contemplons. La moindre chose contient un peu d'inconnu. Trouvons-le. Pour décrire un feu qui flambe et un arbre dans une plaine, demeurons en face de ce feu et de cet arbre jusqu'à ce qu'ils ne ressemblent plus, pour nous, à aucun autre arbre et à aucun autre feu.

C'est de cette façon qu'on devient original.

Ayant, en outre, posé cette vérité qu'il n'y a pas, de par le monde entier, deux grains de sable, deux mouches, deux mains ou deux nez absolument pareils, il me forçait à exprimer, en quelques phrases, un être ou un objet de manière à le particulariser nettement, à le distinguer de tous les autres êtres ou de tous les autres objets de même race ou de même espèce.

« Quand vous passez, me disait-il, devant un épicier assis sur sa porte, devant un concierge qui fume sa pipe, devant une station de fiacres[1], montrez-moi cet épicier et ce concierge, leur pose, toute leur apparence physique contenant aussi, indiquée par l'adresse de l'image, toute leur nature morale, de façon à ce que je ne les confonde avec aucun autre épicier ou avec aucun

1. Fiacres : voitures à chevaux, qu'on loue.

autre concierge, et faites-moi voir, par un seul mot, en quoi un cheval de fiacre ne ressemble pas aux cinquante autres qui le suivent et le précédent. »

J'ai développé ailleurs ses idées sur le style. Elles ont de grands rapports avec la théorie de l'observation que je viens d'exposer.

Quelle que soit la chose qu'on veut dire, il n'y a qu'un mot pour l'exprimer, qu'un verbe pour l'animer et qu'un adjectif pour la qualifier. Il faut donc chercher, jusqu'à ce qu'on les ait découverts, ce mot, ce verbe et cet adjectif, et ne jamais se contenter de l'à-peu-près, ne jamais avoir recours à des supercheries, mêmes heureuses, à des clowneries de langage pour éviter la difficulté.

On peut traduire et indiquer les choses les plus subtiles en appliquant ce vers de Boileau :

D'un mot mis en sa place enseigna le pouvoir. [1]

Il n'est point besoin du vocabulaire bizarre, compliqué, nombreux et chinois[2] qu'on nous impose aujourd'hui sous le nom d'écriture artiste[3], pour fixer toutes les nuances de la pensée ; mais il faut discerner avec une extrême lucidité toutes les modifications de la valeur d'un mot suivant la place qu'il occupe. Ayons moins de noms, de verbes et d'adjectifs aux sens presque insaisissables, mais plus de phrases différentes, diversement construites, ingénieusement coupées, pleines de sonorités et de rythmes savants. Efforçons-nous d'être des stylistes excellents plutôt que des collectionneurs de termes rares.

1. Boileau, *Art poétique* (1674), chant I, v. 133.

2. Chinois : excessivement complexe.

3. Écriture artiste : style recherché. Allusion au style d'Edmond (1822-1896) et Jules (1830-1870) de Goncourt, écrivains naturalistes.

Il est, en effet, plus difficile de manier la phrase à son gré, de lui faire tout dire, même ce qu'elle n'exprime pas, de l'emplir de sous-entendus, d'intentions secrètes et non formulées, que d'inventer des expressions nouvelles ou de rechercher, au fond de vieux livres inconnus, toutes celles dont nous avons perdu l'usage et la signification, et qui sont pour nous comme des verbes morts.

La langue française, d'ailleurs, est une eau pure que les écrivains maniérés[1] n'ont jamais pu et ne pourront jamais troubler. Chaque siècle a jeté dans ce courant limpide ses modes, ses archaïsmes[2] prétentieux et ses préciosités[3], sans que rien surnage de ces tentatives inutiles, de ces efforts impuissants. La nature de cette langue est d'être claire, logique et nerveuse. Elle ne se laisse pas affaiblir, obscurcir ou corrompre.

Ceux qui font aujourd'hui des images, sans prendre garde aux termes abstraits, ceux qui font tomber la grêle ou la pluie sur la *propreté* des vitres, peuvent aussi jeter des pierres à la simplicité de leurs confrères! Elles frapperont peut-être les confrères qui ont un corps, mais n'atteindront jamais la simplicité qui n'en a pas.

Guy de Maupassant.

La Guillette[4], Étretat, septembre 1887.

---

1. Écrivains maniérés : nouvelle allusion aux Goncourt, qui réagirent vivement aux critiques de Maupassant, en l'accusant de ne pas avoir de style.

2. Archaïsmes : mots ou expressions qui ne sont plus en usage.

3. Préciosités : mots ou expressions traduisant un souci excessif de l'élégance et du raffinement.

4. Il s'agit du nom de la maison de Maupassant à Étretat, en Haute-Normandie.

I

« Zut[1] ! » s'écria tout à coup le père Roland, qui depuis un quart d'heure demeurait immobile, les yeux fixés sur l'eau, et soulevant par moments, d'un mouvement très léger, sa ligne[2] descendue au fond de la mer.

Mme Roland, assoupie à l'arrière du bateau, à côté de Mme Rosémilly invitée à cette partie de pêche, se réveilla, et tournant la tête vers son mari :

– Eh bien !... eh bien !... Gérôme !

Le bonhomme, furieux, répondit :

– Ça ne mord plus du tout. Depuis midi je n'ai rien pris. On ne devrait jamais pêcher qu'entre hommes ; les femmes vous font embarquer toujours trop tard.

Ses deux fils, Pierre et Jean, qui tenaient, l'un à bâbord[3], l'autre à tribord[4], chacun une ligne enroulée à l'index, se mirent à rire en même temps et Jean répondit :

– Tu n'es pas galant pour notre invitée, papa.

---

1. Zut : interjection familière, qui avait à l'époque un certain succès littéraire. Maupassant l'avait adoptée pour titre d'une de ses chroniques littéraires. En 1871, le Cercle zutique se réunit autour de poètes tels que Verlaine, Charles Cros et Rimbaud. L'*Album zutique*, recueil de poèmes publié pour la première fois en 1943, garde le souvenir des réunions de ces poètes.

2. Le père Roland est en train de pêcher, divertissement dont Maupassant se moque parfois et qu'il considère comme bourgeois.

3. Bâbord : côté gauche d'un navire, quand on regarde vers l'avant.

4. Tribord : côté droit d'un navire, quand on regarde vers l'avant.

M. Roland fut confus et s'excusa :

– Je vous demande pardon, Mme Rosémilly, je suis comme ça. J'invite des dames parce que j'aime me trouver avec elles, et puis, dès que je sens de l'eau sous moi, je ne pense plus qu'au poisson.

Mme Roland s'était tout à fait réveillée et regardait d'un air attendri le large horizon de falaises et de mer. Elle murmura :

– Vous avez cependant fait une belle pêche.

Mais son mari remuait la tête pour dire non, tout en jetant un coup d'œil bienveillant sur le panier où le poisson capturé par les trois hommes palpitait vaguement encore, avec un bruit doux d'écailles gluantes et de nageoires soulevées, d'efforts impuissants et mous, et de bâillements dans l'air mortel.

Le père Roland saisit la manne[1] entre ses genoux, la pencha, fit couler jusqu'au bord le flot d'argent des bêtes pour voir celles du fond, et leur palpitation d'agonie s'accentua, et l'odeur forte de leur corps, une saine puanteur de marée, monta du ventre plein de la corbeille.

Le vieux pêcheur la huma vivement, comme on sent des roses, et déclara :

– Cristi[2] ! ils sont frais, ceux-là !

Puis il continua :

– Combien en as-tu pris, toi, docteur ?

Son fils aîné, Pierre, un homme de trente ans à favoris[3] noirs coupés comme ceux des magistrats, moustaches et menton rasés, répondit :

– Oh ! pas grand-chose, trois ou quatre.

---

1. Manne : panier d'osier pour recevoir les poissons.

2. Cristi : sacristi, sapristi (juron familier).

3. Favoris : touffes de barbe qui encadrent les joues.

Le père se tourna vers le cadet :

– Et toi, Jean ?

Jean, un grand garçon blond, très barbu, beaucoup plus jeune que son frère, sourit et murmura :

– À peu près comme Pierre, quatre ou cinq.

Ils faisaient, chaque fois, le même mensonge qui ravissait le père Roland.

Il avait enroulé son fil au tolet[1] d'un aviron, et croisant ses bras il annonça :

– Je n'essayerai plus jamais de pêcher l'après-midi. Une fois dix heures passées, c'est fini. Il ne mord plus, le gredin, il fait la sieste au soleil.

Le bonhomme regardait la mer autour de lui avec un air satisfait de propriétaire.

C'était un ancien bijoutier parisien qu'un amour immodéré de la navigation et de la pêche avait arraché au comptoir dès qu'il eut assez d'aisance pour vivre modestement de ses rentes[2].

Il se retira donc au Havre, acheta une barque et devint matelot amateur. Ses deux fils, Pierre et Jean, restèrent à Paris pour continuer leurs études et vinrent en congé de temps en temps partager les plaisirs de leur père.

À la sortie du collège, l'aîné, Pierre, de cinq ans plus âgé que Jean, s'étant senti successivement de la vocation pour des professions variées, en avait essayé, l'une après l'autre, une demi-douzaine, et, vite dégoûté de chacune, se lançait aussitôt dans de nouvelles espérances.

---

1. Tolet : cheville en bois ou en fer sur laquelle on appuie l'aviron.

2. Rentes : revenus tirés du capital ou d'un bien, et non du travail.

En dernier lieu la médecine l'avait tenté, et il s'était mis au travail avec tant d'ardeur qu'il venait d'être reçu docteur après d'assez courtes études et des dispenses de temps obtenues du ministre[1]. Il était exalté, intelligent, changeant et tenace, plein d'utopies[2] et d'idées philosophiques.

Jean, aussi blond que son frère était noir, aussi calme que son frère était emporté, aussi doux que son frère était rancunier, avait fait tranquillement son droit et venait d'obtenir son diplôme de licencié[3] en même temps que Pierre obtenait celui de docteur.

Tous les deux prenaient donc un peu de repos dans leur famille, et tous les deux formaient le projet de s'établir au Havre s'ils parvenaient à le faire dans des conditions satisfaisantes.

Mais une vague jalousie, une de ces jalousies dormantes qui grandissent presque invisibles entre frères ou entre sœurs jusqu'à la maturité et qui éclatent à l'occasion d'un mariage ou d'un bonheur tombant sur l'un, les tenait en éveil dans une fraternelle et inoffensive inimitié[4]. Certes ils s'aimaient, mais ils s'épiaient. Pierre, âgé de cinq ans à la naissance de Jean, avait regardé avec une hostilité de petite bête gâtée cette autre petite bête apparue tout à coup dans les bras de son père et de sa mère, et tant aimée, tant caressée par eux.

Jean, dès son enfance, avait été un modèle de douceur, de bonté et de caractère égal ; et Pierre s'était énervé, peu à peu, à entendre vanter sans cesse ce gros garçon dont la douceur lui semblait être de la mollesse, la bonté de la niaiserie et la

1. Les études de médecine duraient au minimum cinq ans, mais pouvaient être écourtées grâce à des « dispenses de temps ».

2. Utopies : rêves, idéaux.

3. Licencié : diplômé d'une licence (aujourd'hui grade obtenu après trois années d'études à l'université).

4. Inimitié : hostilité.

bienveillance de l'aveuglement. Ses parents, gens placides[1], qui rêvaient pour leurs fils des situations honorables et médiocres, lui reprochaient ses indécisions, ses enthousiasmes, ses tentatives avortées, tous ses élans impuissants vers des idées généreuses et vers des professions décoratives[2].

Depuis qu'il était homme, on ne lui disait plus : « Regarde Jean et imite-le ! » mais chaque fois qu'il entendait répéter : « Jean a fait ceci, Jean a fait cela », il comprenait bien le sens et l'allusion cachés sous ces paroles.

Leur mère, une femme d'ordre, une économe bourgeoise un peu sentimentale, douée d'une âme tendre de caissière, apaisait sans cesse les petites rivalités nées chaque jour entre ses deux grands fils, de tous les menus faits de la vie commune. Un léger événement, d'ailleurs, troublait en ce moment sa quiétude[3], et elle craignait une complication, car elle avait fait la connaissance pendant l'hiver, pendant que ses enfants achevaient l'un et l'autre leurs études spéciales, d'une voisine, Mme Rosémilly, veuve d'un capitaine au long cours, mort à la mer deux ans auparavant. La jeune veuve, toute jeune, vingt-trois ans, une maîtresse femme qui connaissait l'existence d'instinct, comme un animal libre, comme si elle eût vu, subi, compris et pesé tous les événements possibles, qu'elle jugeait avec un esprit sain, étroit et bienveillant, avait pris l'habitude de venir faire un bout de tapisserie et de causette, le soir, chez ces voisins aimables qui lui offraient une tasse de thé.

---

1. Placides : calmes, sereins.

2. Professions décoratives : professions agréables, mais peu sérieuses, qui s'opposent aux « situations honorables ».

3. Quiétude : tranquillité.

Le père Roland, que sa manie de pose marine[1] aiguillonnait sans cesse, interrogeait leur nouvelle amie sur le défunt capitaine, et elle parlait de lui, de ses voyages, de ses anciens récits, sans embarras, en femme raisonnable et résignée qui aime la vie et respecte la mort.

Les deux fils, à leur retour, trouvant cette jolie veuve installée dans la maison, avaient aussitôt commencé à la courtiser, moins par désir de lui plaire que par envie de se supplanter[2].

Leur mère, prudente et pratique, espérait vivement qu'un des deux triompherait, car la jeune femme était riche, mais elle aurait aussi bien voulu que l'autre n'en eût point de chagrin.

Mme Rosémilly était blonde avec des yeux bleus, une couronne de cheveux follets envolés à la moindre brise et un petit air crâne[3], hardi, batailleur, qui ne concordait point du tout avec la sage méthode de son esprit.

Déjà elle semblait préférer Jean, portée vers lui par une similitude de nature. Cette préférence d'ailleurs ne se montrait que par une presque insensible différence dans la voix et le regard, et en ceci encore qu'elle prenait quelquefois son avis.

Elle semblait deviner que l'opinion de Jean fortifierait la sienne propre, tandis que l'opinion de Pierre devait fatalement être différente. Quand elle parlait des idées du docteur, de ses idées politiques, artistiques, philosophiques, morales, elle disait par moments : « Vos billevesées[4]. » Alors, il la

1. **Manie de pose marine :** manie de se donner des airs de marin.
2. **Se supplanter :** s'éliminer, prendre la place de l'autre.
3. **Crâne :** décidé, audacieux.
4. **Billevesées :** paroles frivoles, peu sérieuses.

regardait d'un regard froid de magistrat qui instruit le procès des femmes, de toutes les femmes, ces pauvres êtres.

Jamais, avant le retour de ses fils, le père Roland ne l'avait invitée à ses parties de pêche où il n'emmenait jamais non plus sa femme, car il aimait s'embarquer avant le jour, avec le capitaine Beausire, un long-courrier[1] retraité, rencontré aux heures de marée sur le port et devenu intime ami, et le vieux matelot Papagris, surnommé Jean-Bart, chargé de la garde du bateau.

Or, un soir de la semaine précédente, comme Mme Rosémilly qui avait dîné chez lui disait : « Ça doit être très amusant, la pêche ? » l'ancien bijoutier, flatté dans sa passion, et saisi de l'envie de la communiquer, de faire des croyants à la façon des prêtres, s'écria :

– Voulez-vous y venir ?

– Mais oui.

– Mardi prochain ?

– Oui, mardi prochain.

– Êtes-vous femme à partir à cinq heures du matin ?

Elle poussa un cri de stupeur :

– Ah ! mais non, par exemple.

Il fut désappointé[2], refroidi, et il douta tout à coup de cette vocation.

Il demanda cependant :

– À quelle heure pourriez-vous partir ?

– Mais... à neuf heures !

– Pas avant ?

– Non, pas avant, c'est déjà très tôt !

1. **Long-courrier** : homme (ou bateau) qui fait des voyages au long cours.
2. **Désappointé** : déçu.

Le bonhomme hésitait. Assurément on ne prendrait rien, car si le soleil chauffe, le poisson ne mord plus, mais les deux frères s'étaient empressés d'arranger la partie, de tout organiser et de tout régler séance tenante.

Donc, le mardi suivant, la *Perle* avait été jeter l'ancre sous les rochers blancs du cap de la Hève[1] ; et on avait pêché jusqu'à midi, puis sommeillé, puis repêché, sans rien prendre, et le père Roland, comprenant un peu tard que Mme Rosémilly n'aimait et n'appréciait en vérité que la promenade en mer, et voyant que ses lignes ne tressaillaient plus, avait jeté, dans un mouvement d'impatience irraisonnée, un *zut* énergique qui s'adressait autant à la veuve indifférente qu'aux bêtes insaisissables.

Maintenant, il regardait le poisson capturé, son poisson, avec une joie vibrante d'avare ; puis il leva les yeux vers le ciel, remarqua que le soleil baissait :

– Eh bien ! les enfants, dit-il, si nous revenions un peu ?

Tous deux tirèrent leurs fils, les roulèrent, accrochèrent dans les bouchons de liège les hameçons nettoyés et attendirent.

Roland s'était levé pour interroger l'horizon à la façon d'un capitaine :

– Plus de vent, dit-il, on va ramer, les gars !

Et soudain, le bras allongé vers le nord, il ajouta :

– Tiens, tiens, le bateau de Southampton[2].

Sur la mer plate, tendue comme une étoffe bleue, immense, luisante, aux reflets d'or et de feu, s'élevait là-bas, dans la

1. Cap de la Hève : cap situé au nord de l'estuaire du Havre.
2. Southampton : ville portuaire située sur la côte sud de l'Angleterre.

direction indiquée, un nuage noirâtre sur le ciel rose. Et on apercevait, au-dessous, le navire qui semblait tout petit de si loin.

Vers le sud on voyait encore d'autres fumées, nombreuses, venant toutes vers la jetée du Havre dont on distinguait à peine la ligne blanche et le phare, droit comme une corne sur le bout.

Roland demanda :

– N'est-ce pas aujourd'hui que doit entrer la *Normandie*[1] ?

Jean répondit :

– Oui, papa.

– Donne-moi ma longue-vue, je crois que c'est elle, là-bas.

Le père déploya le tube de cuivre, l'ajusta contre son œil, chercha le point, et soudain, ravi d'avoir vu :

– Oui, oui, c'est elle, je reconnais ses deux cheminées. Voulez-vous regarder, madame Rosémilly ?

Elle prit l'objet qu'elle dirigea vers le transatlantique lointain, sans parvenir sans doute à le mettre en face de lui, car elle ne distinguait rien, rien que du bleu, avec un cercle de couleur, un arc-en-ciel tout rond, et puis des choses bizarres, des espèces d'éclipses, qui lui faisaient tourner le cœur.

Elle dit en rendant la longue-vue :

– D'ailleurs je n'ai jamais su me servir de cet instrument-là. Ça mettait même en colère mon mari qui restait des heures à la fenêtre à regarder passer les navires.

Le père Roland, vexé, reprit :

– Cela doit tenir à un défaut de votre œil, car ma lunette est excellente.

1. La *Normandie* : navire de la Compagnie Générale Transatlantique.

Puis il l'offrit à sa femme :

– Veux-tu voir ?

– Non, merci, je sais d'avance que je ne pourrais pas.

Mme Roland, une femme de quarante-huit ans et qui ne les portait pas, semblait jouir, plus que tout le monde, de cette promenade et de cette fin de jour.

Ses cheveux châtains commençaient seulement à blanchir. Elle avait un air calme et raisonnable, un air heureux et bon qui plaisait à voir. Selon le mot de son fils Pierre, elle savait le prix de l'argent, ce qui ne l'empêchait point de goûter le charme du rêve. Elle aimait les lectures, les romans et les poésies, non pour leur valeur d'art, mais pour la songerie mélancolique et tendre qu'ils éveillaient en elle. Un vers, souvent banal, souvent mauvais, faisait vibrer la petite corde, comme elle disait, lui donnait la sensation d'un désir mystérieux presque réalisé. Et elle se complaisait à ces émotions légères qui troublaient un peu son âme, bien tenue comme un livre de comptes.

Elle prenait, depuis son arrivée au Havre, un embonpoint assez visible qui alourdissait sa taille autrefois très souple et très mince.

Cette sortie en mer l'avait ravie. Son mari, sans être méchant, la rudoyait comme rudoient sans colère et sans haine les despotes en boutique pour qui commander équivaut à jurer. Devant tout étranger il se tenait, mais dans sa famille il s'abandonnait et se donnait des airs terribles, bien qu'il eût peur de tout le monde. Elle, par horreur du bruit, des scènes, des explications inutiles, cédait toujours et ne demandait jamais rien ; aussi n'osait-elle plus, depuis bien longtemps, prier Roland de la promener en mer. Elle avait donc saisi avec joie cette occasion, et elle savourait ce plaisir rare et nouveau.

Depuis le départ elle s'abandonnait tout entière, tout son esprit et toute sa chair, à ce doux glissement sur l'eau. Elle ne pensait point, elle ne vagabondait ni dans les souvenirs ni dans les espérances, il lui semblait que son cœur flottait comme son corps sur quelque chose de moelleux, de fluide, de délicieux, qui la berçait et l'engourdissait.

Quand le père commanda le retour : « Allons, en place pour la nage[1] ! » elle sourit en voyant ses fils, ses deux grands fils, ôter leurs jaquettes et relever sur leurs bras nus les manches de leur chemise.

Pierre, le plus rapproché des deux femmes, prit l'aviron de tribord, Jean l'aviron de bâbord, et ils attendirent que le patron criât : « Avant partout ! » car il tenait à ce que les manœuvres fussent exécutées régulièrement.

Ensemble, d'un même effort, ils laissèrent tomber les rames puis se couchèrent en arrière en tirant de toutes leurs forces ; et une lutte commença pour montrer leur vigueur. Ils étaient venus à la voile tout doucement, mais la brise était tombée et l'orgueil de mâles des deux frères s'éveilla tout à coup à la perspective de se mesurer l'un contre l'autre.

Quand ils allaient pêcher seuls avec le père, ils ramaient ainsi sans que personne gouvernât, car Roland préparait les lignes tout en surveillant la marche de l'embarcation, qu'il dirigeait d'un geste ou d'un mot : « Jean, mollis[2]. » – « À toi, Pierre, souque[3]. » Ou bien il disait : « Allons le *un*, allons le *deux*, un peu d'huile de bras[4]. » Celui qui rêvassait tirait plus

1. Nage : terme de marine désignant l'action de ramer.
2. Mollis : ralentis.
3. Souque : rame.
4. Huile de bras : efforts physiques, énergie.

fort, celui qui s'emballait devenait moins ardent, et le bateau se redressait.

Aujourd'hui ils allaient montrer leurs biceps. Les bras de Pierre étaient velus, un peu maigres, mais nerveux ; ceux de Jean gras et blancs, un peu roses, avec une bosse de muscles qui roulait sous la peau.

Pierre eut d'abord l'avantage. Les dents serrées, le front plissé, les jambes tendues, les mains crispées sur l'aviron, il le faisait plier dans toute sa longueur à chacun de ses efforts ; et la *Perle* s'en venait vers la côte. Le père Roland, assis à l'avant afin de laisser tout le banc d'arrière aux deux femmes, s'époumonait à commander : « Doucement, le *un* – souque le *deux*. » Le *un* redoublait de rage et le *deux* ne pouvait répondre à cette nage désordonnée.

Le patron, enfin, ordonna : « Stop ! » Les deux rames se levèrent ensemble, et Jean, sur l'ordre de son père, tira seul quelques instants. Mais à partir de ce moment l'avantage lui resta ; il s'animait, s'échauffait, tandis que Pierre, essoufflé, épuisé par sa crise de vigueur, faiblissait et haletait. Quatre fois de suite, le père Roland fit stopper pour permettre à l'aîné de reprendre haleine et de redresser la barque dérivant. Le docteur alors, le front en sueur, les joues pâles, humilié et rageur, balbutiait :

– Je ne sais pas ce qui me prend, j'ai un spasme au cœur. J'étais très bien parti et cela m'a coupé les bras.

Jean demandait :

– Veux-tu que je tire seul avec les avirons de couple[1] ?

– Non, merci, cela passera.

1. **Avirons de couple** : avirons montés deux à deux, un sur chaque bord.

La mère, ennuyée, disait :

– Voyons, Pierre, à quoi cela rime-t-il de se mettre dans un état pareil, tu n'es pourtant pas un enfant.

Il haussait les épaules et recommençait à ramer.

Mme Rosémilly semblait ne pas voir, ne pas comprendre, ne pas entendre. Sa petite tête blonde, à chaque mouvement du bateau, faisait en arrière un mouvement brusque et joli qui soulevait sur les tempes ses fins cheveux.

Mais le père Roland cria : « Tenez, voici le *Prince-Albert* qui nous rattrape. » Et tout le monde regarda. Long, bas, avec ses deux cheminées inclinées en arrière et ses deux tambours jaunes, ronds comme des joues, le bateau de Southampton arrivait à toute vapeur, chargé de passagers et d'ombrelles ouvertes. Ses roues rapides, bruyantes, battant l'eau qui retombait en écume, lui donnaient un air de hâte, un air de courrier[1] pressé ; et l'avant tout droit coupait la mer en soulevant deux lames minces et transparentes qui glissaient le long des bords.

Quand il fut tout près de la *Perle*, le père Roland leva son chapeau, les deux femmes agitèrent leurs mouchoirs, et une demi-douzaine d'ombrelles répondirent à ces saluts en se balançant vivement sur le paquebot qui s'éloigna, laissant derrière lui, sur la surface paisible et luisante de la mer, quelques lentes ondulations.

Et on voyait d'autres navires, coiffés aussi de fumée, accourant de tous les points de l'horizon vers la jetée courte et blanche qui les avalait comme une bouche, l'un après l'autre. Et les barques de pêche et les grands voiliers aux mâtures[2]

1. Courrier : moyen de transport.
2. Mâtures : ensemble des mâts d'un bateau.

légères glissant sur le ciel, traînés par d'imperceptibles remorqueurs, arrivaient tous, vite ou lentement, vers cet ogre dévorant, qui, de temps en temps, semblait repu, et rejetait vers la pleine mer une autre flotte de paquebots, de bricks[1], de goélettes[2], de trois-mâts[3] chargés de ramures[4] emmêlées. Les steamers[5] hâtifs s'enfuyaient à droite, à gauche, sur le ventre plat de l'Océan tandis que les bâtiments à voile, abandonnés par les mouches[6] qui les avaient halés, demeuraient immobiles, tout en s'habillant de la grande hune[7] au petit perroquet[8], de toile blanche ou de toile brune qui semblait rouge au soleil couchant.

Mme Roland, les yeux mi-clos, murmura :

– Dieu ! que c'est beau cette mer !

Mme Rosémilly répondit, avec un soupir prolongé, qui n'avait cependant rien de triste :

– Oui, mais elle fait bien du mal quelquefois.

Roland s'écria :

– Tenez, voici la *Normandie* qui se présente à l'entrée. Est-elle grande, hein ?

Puis il expliqua la côte en face, là-bas, là-bas, de l'autre côté de l'embouchure de la Seine – vingt kilomètres, cette embouchure – disait-il. Il montra Villerville, Trouville, Houlgate,

1. **Bricks** : voiliers à deux mâts et à voiles carrées.
2. **Goélettes** : bateaux légers et à voiles en forme de trapèze.
3. **Trois-mâts** : grands voiliers à trois-mâts.
4. **Ramures** : ensemble de pièces de bois.
5. **Steamers** : navires à vapeur.
6. **Mouches** : petits bateaux à vapeur faisant fonction d'omnibus. Ici : remorqueurs.
7. **Grande hune** : plateforme située autour du grand-mât, sur sa partie intermédiaire, appelée « mât de hune ».
8. **Perroquet** : partie supérieure du mât située au-dessus du mât de hune.

Luc, Arromanches, la rivière de Caen[1], et les roches du Calvados qui rendent la navigation dangereuse jusqu'à Cherbourg[2]. Puis il traita la question des bancs de sable de la Seine, qui se déplacent à chaque marée et mettent en défaut les pilotes de Quillebœuf eux-mêmes, s'ils ne font pas tous les jours le parcours du chenal[3]. Il fit remarquer comment Le Havre séparait la basse de la haute Normandie. En basse Normandie, la côte plate descendait en pâturages, en prairies et en champs jusqu'à la mer. Le rivage de la haute Normandie, au contraire, était droit, une grande falaise, découpée, dentelée, superbe, faisant jusqu'à Dunkerque une immense muraille blanche dont toutes les échancrures[4] cachaient un village ou un port : Étretat, Fécamp, Saint-Valéry, Le Tréport, Dieppe[5], etc.

Les deux femmes ne l'écoutaient point, engourdies par le bien-être, émues par la vue de cet Océan couvert de navires qui couraient comme des bêtes autour de leur tanière ; et elles se taisaient, un peu écrasées par ce vaste horizon d'air et d'eau, rendues silencieuses par ce coucher de soleil apaisant et magnifique. Seul, Roland parlait sans fin ; il était de ceux que rien ne trouble. Les femmes, plus nerveuses, sentent parfois, sans comprendre pourquoi, que le bruit d'une voix inutile est irritant comme une grossièreté.

Pierre et Jean, calmés, ramaient avec lenteur ; et la *Perle* s'en allait vers le port, toute petite à côté des gros navires.

---

1. **Rivière de Caen** : l'Orne.
2. **Villerville, Trouville, Houlgate, Luc, Arromanches, Cherbourg** : villes situées sur les côtes de la Manche (Basse-Normandie).
3. **Chenal** : passage navigable à l'entrée d'un port.
4. **Échancrures** : ouvertures.
5. **Étretat, Fécamp, Saint-Valéry, Le Tréport, Dieppe** : villes situées sur les côtes de la Manche (Haute-Normandie).

Quand elle toucha le quai, le matelot Papagris, qui l'attendait, prit la main des dames pour les faire descendre ; et on pénétra dans la ville. Une foule nombreuse, tranquille, la foule qui va chaque jour aux jetées à l'heure de la pleine mer, rentrait aussi.

Mmes Roland et Rosémilly marchaient devant, suivies des trois hommes. En montant la rue de Paris elles s'arrêtaient parfois devant un magasin de modes ou d'orfèvrerie pour contempler un chapeau ou bien un bijou ; puis elles repartaient après avoir échangé leurs idées.

Devant la place de la Bourse, Roland contempla, comme il faisait chaque jour, le bassin du Commerce plein de navires, prolongé par d'autres bassins, où les grosses coques, ventre à ventre, se touchaient sur quatre ou cinq rangs. Tous les mâts innombrables, sur une étendue de plusieurs kilomètres de quais, tous les mâts avec les vergues[1], les flèches, les cordages, donnaient à cette ouverture au milieu de la ville l'aspect d'un grand bois mort. Au-dessus de cette forêt sans feuilles, les goélands tournoyaient, épiant pour s'abattre, comme une pierre qui tombe, tous les débris jetés à l'eau ; et un mousse[2], qui rattachait une poulie à l'extrémité d'un cacatois[3], semblait monté là pour chercher des nids.

– Voulez-vous dîner avec nous sans cérémonie aucune, afin de finir ensemble la journée ? demanda Mme Roland à Mme Rosémilly.

– Mais oui, avec plaisir ; j'accepte aussi sans cérémonie. Ce serait triste de rentrer toute seule ce soir.

---

1. **Vergues :** pièces de bois disposées en travers des mâts pour soutenir les voiles.
2. **Mousse :** apprenti marin.
3. **Cacatois :** mât portant une petite voile carrée.

Pierre, qui avait entendu et que l'indifférence de la jeune femme commençait à froisser, murmura : « Bon, voici la veuve qui s'incruste, maintenant. » Depuis quelques jours il l'appelait « la veuve ». Ce mot, sans rien exprimer, agaçait Jean rien que par l'intonation, qui lui paraissait méchante et blessante.

Et les trois hommes ne prononcèrent plus un mot jusqu'au seuil de leur logis. C'était une maison étroite, composée d'un rez-de-chaussée et de deux petits étages, rue Belle-Normande. La bonne, Joséphine, une fillette de dix-neuf ans, servante campagnarde à bon marché, qui possédait à l'excès l'air étonné et bestial des paysans, vint ouvrir, referma la porte, monta derrière ses maîtres jusqu'au salon qui était au premier, puis elle dit :

– Il est v'nu un m'sieu trois fois.

Le père Roland, qui ne lui parlait pas sans hurler et sans sacrer[1], cria :

– Qui ça est venu, nom d'un chien ?

Elle ne se troublait jamais des éclats de voix de son maître, et elle reprit :

– Un m'sieu d'chez l'notaire.

– Quel notaire ?

– D'chez m'sieu Canu, donc.

– Et qu'est-ce qu'il a dit ce monsieur ?

– Qu'm'sieu Canu y viendrait en personne dans la soirée.

Me[2] Lecanu était le notaire et un peu l'ami du père Roland, dont il faisait les affaires. Pour qu'il eût annoncé sa visite dans la soirée, il fallait qu'il s'agît d'une chose urgente

1. Sacrer : jurer, proférer des jurons.
2. Me : (abréviation) maître, titre que l'on donne aux notaires.

et importante ; et les quatre Roland se regardèrent, troublés par cette nouvelle comme le sont les gens de fortune modeste à toute intervention d'un notaire, qui éveille une foule d'idées de contrats, d'héritages, de procès, de choses désirables ou redoutables. Le père, après quelques secondes de silence, murmura :

– Qu'est-ce que cela peut vouloir dire ?

Mme Rosémilly se mit à rire :

– Allez, c'est un héritage. J'en suis sûre. Je porte bonheur.

Mais ils n'espéraient la mort de personne qui pût leur laisser quelque chose.

Mme Roland, douée d'une excellente mémoire pour les parentés, se mit aussitôt à rechercher toutes les alliances du côté de son mari et du sien, à remonter les filiations, à suivre les branches des cousinages.

Elle demandait, sans avoir même ôté son chapeau :

– Dis donc, père (elle appelait son mari « père » dans la maison, et quelquefois « monsieur Roland » devant les étrangers), dis donc, père, te rappelles-tu qui a épousé Joseph Lebru, en secondes noces ?

– Oui, une petite Duménil, la fille d'un papetier.

– En a-t-il eu des enfants ?

– Je crois bien, quatre ou cinq, au moins.

– Non. Alors il n'y a rien par là.

Déjà elle s'animait à cette recherche, elle s'attachait à cette espérance d'un peu d'aisance leur tombant du ciel. Mais Pierre, qui aimait beaucoup sa mère, qui la savait un peu rêveuse, et qui craignait une désillusion, un petit chagrin, une petite tristesse, si la nouvelle, au lieu d'être bonne, était mauvaise, l'arrêta.

– Ne t'emballe pas, maman, il n'y a plus d'oncle d'Amérique ! Moi, je croirais bien plutôt qu'il s'agit d'un mariage pour Jean.

Tout le monde fut surpris à cette idée, et Jean demeura un peu froissé que son frère eût parlé de cela devant Mme Rosémilly.

– Pourquoi pour moi plutôt que pour toi ? La supposition est très contestable. Tu es l'aîné ; c'est donc à toi qu'on aurait songé d'abord. Et puis, moi, je ne veux pas me marier.

Pierre ricana :

– Tu es donc amoureux ?

L'autre, mécontent, répondit :

– Est-il nécessaire d'être amoureux pour dire qu'on ne veut pas encore se marier ?

– Ah ! bon, le « encore » corrige tout ; tu attends.

– Admets que j'attends, si tu veux.

Mais le père Roland, qui avait écouté et réfléchi, trouva tout à coup la solution la plus vraisemblable.

– Parbleu[1] ! nous sommes bien bêtes de nous creuser la tête. Me Lecanu est notre ami, il sait que Pierre cherche un cabinet de médecin, et Jean un cabinet d'avocat, il a trouvé à caser l'un de vous deux.

C'était tellement simple et probable que tout le monde en fut d'accord.

– C'est servi, dit la bonne.

Et chacun gagna sa chambre afin de se laver les mains avant de se mettre à table.

1. **Parbleu** : juron (forme atténuée de « par Dieu »).

Dix minutes plus tard, ils dînaient dans la petite salle à manger, au rez-de-chaussée.

On ne parla guère tout d'abord ; mais, au bout de quelques instants, Roland s'étonna de nouveau de cette visite du notaire.

– En somme, pourquoi n'a-t-il pas écrit, pourquoi a-t-il envoyé trois fois son clerc[1], pourquoi vient-il lui-même ?

Pierre trouvait cela naturel.

– Il faut sans doute une réponse immédiate ; et il a peut-être à nous communiquer des clauses confidentielles qu'on n'aime pas beaucoup écrire.

Mais ils demeuraient préoccupés et un peu ennuyés tous les quatre d'avoir invité cette étrangère qui gênerait leur discussion et les résolutions[2] à prendre.

Ils venaient de remonter au salon quand le notaire fut annoncé.

Roland s'élança.

– Bonjour, cher maître.

Il donnait comme titre à M. Lecanu le « maître » qui précède le nom de tous les notaires.

Mme Rosémilly se leva :

– Je m'en vais, je suis très fatiguée.

On tenta faiblement de la retenir ; mais elle n'y consentit point et elle s'en alla sans qu'un des trois hommes la reconduisît, comme on le faisait toujours.

Mme Roland s'empressa près du nouveau venu :

– Une tasse de café, Monsieur !

– Non, merci, je sors de table.

1. Clerc : personne qui travaille dans l'étude d'un notaire.
2. Résolutions : décisions.

– Une tasse de thé, alors ?

– Je ne dis pas non, mais un peu plus tard, nous allons d'abord parler affaires.

Dans le profond silence qui suivit ces mots on n'entendit plus que le mouvement rythmé de la pendule, et à l'étage au-dessous, le bruit des casseroles lavées par la bonne trop bête même pour écouter aux portes.

Le notaire reprit :

– Avez-vous connu à Paris un certain M. Maréchal, Léon Maréchal ?

M. et Mme Roland poussèrent la même exclamation :

« Je crois bien ! »

– C'était un de vos amis ?

Roland déclara :

– Le meilleur, Monsieur, mais un Parisien enragé ; il ne quitte pas le boulevard. Il est chef de bureau aux finances. Je ne l'ai plus revu depuis mon départ de la capitale. Et puis nous avons cessé de nous écrire. Vous savez, quand on vit loin l'un de l'autre…

Le notaire reprit gravement :

– M. Maréchal est décédé !

L'homme et la femme eurent ensemble ce petit mouvement de surprise triste, feint ou vrai, mais toujours prompt, dont on accueille ces nouvelles.

M. Lecanu continua :

– Mon confrère de Paris vient de me communiquer la principale disposition de son testament par laquelle il institue votre fils Jean, M. Jean Roland, son légataire universel[1].

---

1. Légataire universel : personne qui bénéficie de l'intégralité d'un héritage.

L'étonnement fut si grand qu'on ne trouvait pas un mot à dire.

Mme Roland, la première, dominant son émotion, balbutia :

– Mon Dieu, ce pauvre Léon… notre pauvre ami… mon Dieu… mon Dieu… mort !…

Des larmes apparurent dans ses yeux, ces larmes silencieuses des femmes, gouttes de chagrin venues de l'âme qui coulent sur les joues et semblent si douloureuses, étant si claires.

Mais Roland songeait moins à la tristesse de cette perte qu'à l'espérance annoncée. Il n'osait cependant interroger tout de suite sur les clauses de ce testament, et sur le chiffre de la fortune ; et il demanda, pour arriver à la question intéressante :

– De quoi est-il mort, ce pauvre Maréchal ?

M. Lecanu l'ignorait parfaitement.

– Je sais seulement, disait-il, que, décédé sans héritiers directs, il laisse toute sa fortune, une vingtaine de mille francs de rentes en obligations trois pour cent [1], à votre second fils, qu'il a vu naître, grandir, et qu'il juge digne de ce legs [2]. À défaut d'acceptation de la part de M. Jean, l'héritage irait aux enfants abandonnés.

Le père Roland déjà ne pouvait plus dissimuler sa joie et il s'écria :

– Sacristi ! voilà une bonne pensée du cœur. Moi, si je n'avais pas eu de descendant, je ne l'aurais certainement point oublié non plus, ce brave ami !

Le notaire souriait :

– J'ai été bien aise, dit-il, de vous annoncer moi-même la chose. Ça fait toujours plaisir d'apporter aux gens une bonne nouvelle.

---

1. Il s'agit de capitaux donnant droit à trois pour cent d'intérêts.

2. Legs : héritage.

Il n'avait point du tout songé que cette bonne nouvelle était la mort d'un ami, du meilleur ami du père Roland, qui venait lui-même d'oublier subitement cette intimité annoncée tout à l'heure avec conviction.

Seuls, Mme Roland et ses fils gardaient une physionomie triste. Elle pleurait toujours un peu, essuyant ses yeux avec son mouchoir qu'elle appuyait ensuite sur sa bouche pour comprimer de gros soupirs.

Le docteur murmura :

– C'était un brave homme, bien affectueux. Il nous invitait souvent à dîner, mon frère et moi.

Jean, les yeux grands ouverts et brillants, prenait d'un geste familier sa belle barbe blonde dans sa main droite, et l'y faisait glisser, jusqu'aux derniers poils, comme pour l'allonger et l'amincir.

Il remua deux fois les lèvres pour prononcer aussi une phrase convenable, et, après avoir longtemps cherché, il ne trouva que ceci :

– Il m'aimait bien, en effet, il m'embrassait toujours quand j'allais le voir.

Mais la pensée du père galopait ; elle galopait autour de cet héritage annoncé, acquis déjà, de cet argent caché derrière la porte et qui allait entrer tout à l'heure, demain, sur un mot d'acceptation.

Il demanda :

– Il n'y a pas de difficultés possibles ?… pas de procès ?… pas de contestations ?

Me Lecanu semblait tranquille :

– Non, mon confrère de Paris me signale la situation comme très nette. Il ne nous faut que l'acceptation de M. Jean.

– Parfait, alors… et la fortune est bien claire ?

– Très claire.

– Toutes les formalités ont été remplies ?

– Toutes.

Soudain, l'ancien bijoutier eut un peu honte, une honte vague, instinctive et passagère de sa hâte à se renseigner, et il reprit :

– Vous comprenez bien que si je vous demande immédiatement toutes ces choses, c'est pour éviter à mon fils des désagréments qu'il pourrait ne pas prévoir. Quelquefois il y a des dettes, une situation embarrassée, est-ce que je sais, moi ? et on se fourre dans un roncier inextricable[1]. En somme, ce n'est pas moi qui hérite, mais je pense au petit avant tout.

Dans la famille on appelait toujours Jean « le petit », bien qu'il fût beaucoup plus grand que Pierre.

Mme Roland, tout à coup, parut sortir d'un rêve, se rappeler une chose lointaine, presque oubliée, qu'elle avait entendue autrefois, dont elle n'était pas sûre d'ailleurs, et elle balbutia :

– Ne disiez-vous point que notre pauvre Maréchal avait laissé sa fortune à mon petit Jean ?

– Oui, Madame.

Elle reprit alors simplement :

– Cela me fait grand plaisir, car cela prouve qu'il nous aimait.

Roland s'était levé :

– Voulez-vous, cher maître, que mon fils signe tout de suite l'acceptation ?

1. **Roncier inextricable** : difficulté dont on ne peut se tirer.

– Non… non… monsieur Roland. Demain, demain, à mon étude, à deux heures, si cela vous convient.

– Mais oui, mais oui, je crois bien !

Alors, Mme Roland qui s'était levée aussi, et qui souriait après les larmes, fit deux pas vers le notaire, posa sa main sur le dos de son fauteuil, et le couvrant d'un regard attendri de mère reconnaissante, elle demanda :

– Et cette tasse de thé, monsieur Lecanu ?

– Maintenant, je veux bien, Madame, avec plaisir.

La bonne appelée apporta d'abord des gâteaux secs en de profondes boîtes de fer-blanc, ces fades et cassantes pâtisseries anglaises qui semblent cuites pour des becs de perroquet et soudées en des caisses de métal pour des voyages autour du monde. Elle alla chercher ensuite des serviettes grises, pliées en petits carrés, ces serviettes à thé qu'on ne lave jamais dans les familles besogneuses. Elle revint une troisième fois avec le sucrier et les tasses ; puis elle ressortit pour faire chauffer l'eau. Alors on attendit.

Personne ne pouvait parler ; on avait trop à penser, et rien à dire. Seule Mme Roland cherchait des phrases banales. Elle raconta la partie de pêche, fit l'éloge de la *Perle* et de Mme Rosémilly.

– Charmante, charmante, répétait le notaire.

Roland, les reins appuyés au marbre de la cheminée, comme en hiver, quand le feu brûle, les mains dans ses poches et les lèvres remuantes comme pour siffler, ne pouvait plus tenir en place, torturé du désir impérieux[1] de laisser sortir toute sa joie.

---

1. Impérieux : irrésistible.

Les deux frères, en deux fauteuils pareils, les jambes croisées de la même façon, à droite et à gauche du guéridon central, regardaient fixement devant eux, en des attitudes semblables, pleines d'expressions différentes.

Le thé parut enfin. Le notaire prit, sucra et but sa tasse, après avoir émietté dedans une petite galette trop dure pour être croquée ; puis il se leva, serra les mains et sortit.

– C'est entendu, répétait Roland, demain, chez vous, à deux heures.

– C'est entendu, demain, deux heures.

Jean n'avait pas dit un mot.

Après ce départ il y eut encore un silence, puis le père Roland vint taper de ses deux mains ouvertes sur les deux épaules de son jeune fils en criant :

– Eh bien ! sacré veinard, tu ne m'embrasses pas ?

Alors Jean eut un sourire, et il embrassa son père en disant :

– Cela ne m'apparaissait pas comme indispensable.

Mais le bonhomme ne se possédait plus d'allégresse[1]. Il marchait, jouait du piano sur les meubles avec ses ongles maladroits, pivotait sur ses talons, et répétait :

– Quelle chance ! quelle chance ! En voilà une, de chance !

Pierre demanda :

– Vous le connaissiez donc beaucoup, autrefois, ce Maréchal ?

Le père répondit :

– Parbleu, il passait toutes ses soirées à la maison ; mais tu te rappelles bien qu'il allait te prendre au collège, les jours de sortie, et qu'il t'y reconduisait souvent après dîner. Tiens, justement, le matin de la naissance de Jean, c'est lui qui est allé

1. Ne se possédait plus d'allégresse : ne contenait plus sa joie.

chercher le médecin ! Il avait déjeuné chez nous quand ta mère s'est trouvée souffrante. Nous avons compris tout de suite de quoi il s'agissait, et il est parti en courant. Dans sa hâte il a pris mon chapeau au lieu du sien. Je me rappelle cela parce que nous en avons beaucoup ri, plus tard. Il est même probable qu'il s'est souvenu de ce détail au moment de mourir ; et comme il n'avait aucun héritier il s'est dit : « Tiens, j'ai contribué à la naissance de ce petit-là, je vais lui laisser ma fortune. »

Mme Roland, enfoncée dans une bergère[1], semblait partie en ses souvenirs. Elle murmura, comme si elle pensait tout haut :

– Ah ! c'était un brave ami, bien dévoué, bien fidèle, un homme rare, par le temps qui court.

Jean s'était levé :

– Je vais faire un bout de promenade, dit-il.

Son père s'étonna, voulut le retenir, car ils avaient à causer, à faire des projets, à arrêter des résolutions. Mais le jeune homme s'obstina, prétextant un rendez-vous. On aurait d'ailleurs tout le temps de s'entendre bien avant d'être en possession de l'héritage.

Et il s'en alla, car il désirait être seul, pour réfléchir. Pierre, à son tour, déclara qu'il sortait, et suivit son frère, après quelques minutes.

Dès qu'il fut en tête à tête avec sa femme, le père Roland la saisit dans ses bras, l'embrassa dix fois sur chaque joue, et, pour répondre à un reproche qu'elle lui avait souvent adressé :

–Tu vois, ma chérie, que cela ne m'aurait servi à rien de rester à Paris plus longtemps, de m'esquinter pour les enfants,

1. **Bergère** : fauteuil large et profond, garni d'un coussin épais.

au lieu de venir ici refaire ma santé, puisque la fortune nous tombe du ciel.

Elle était devenue toute sérieuse :

– Elle tombe du ciel pour Jean, dit-elle, mais Pierre ?

– Pierre ! mais il est docteur, il en gagnera… de l'argent… et puis son frère fera bien quelque chose pour lui.

– Non. Il n'accepterait pas. Et puis cet héritage est à Jean, rien qu'à Jean. Pierre se trouve ainsi très désavantagé.

Le bonhomme semblait perplexe :

– Alors, nous lui laisserons un peu plus par testament, nous.

– Non. Ce n'est pas très juste non plus.

Il s'écria :

– Ah ! bien alors, zut ! Qu'est-ce que tu veux que j'y fasse, moi ? Tu vas toujours chercher un tas d'idées désagréables. Il faut que tu gâtes tous mes plaisirs. Tiens, je vais me coucher. Bonsoir. C'est égal, en voilà une veine, une rude veine !

Et il s'en alla, enchanté, malgré tout, et sans un mot de regret pour l'ami mort si généreusement.

Mme Roland se remit à songer devant la lampe qui charbonnait[1].

1. Charbonnait : carbonisait sans brûler.

II

Dès qu'il fut dehors, Pierre se dirigea vers la rue de Paris, la principale rue du Havre, éclairée, animée, bruyante. L'air un peu frais des bords de mer lui caressait la figure, et il marchait lentement, la canne sous le bras, les mains derrière le dos.

Il se sentait mal à l'aise, alourdi, mécontent comme lorsqu'on a reçu quelque fâcheuse nouvelle. Aucune pensée précise ne l'affligeait et il n'aurait su dire tout d'abord d'où lui venait cette pesanteur de l'âme et cet engourdissement du corps. Il avait mal quelque part sans savoir où; il portait en lui un petit point douloureux, une de ces presque insensibles meurtrissures dont on ne trouve pas la place, mais qui gênent, fatiguent, attristent, irritent, une souffrance inconnue et légère, quelque chose comme une graine de chagrin.

Lorsqu'il arriva place du Théâtre, il se sentit attiré par les lumières du café Tortoni, et il s'en vint lentement vers la façade illuminée; mais au moment d'entrer, il songea qu'il allait trouver là des amis, des connaissances, des gens avec qui il faudrait causer; et une répugnance brusque l'envahit pour cette banale camaraderie des demi-tasses et des petits verres. Alors, retournant sur ses pas, il revint prendre la rue principale qui le conduisait vers le port.

Il se demandait: « Où irais-je bien? » cherchant un endroit qui lui plût, qui fût agréable à son état d'esprit. Il n'en trouvait pas, car il s'irritait d'être seul, et il n'aurait voulu rencontrer personne.

En arrivant sur le grand quai, il hésita encore une fois, puis tourna vers la jetée ; il avait choisi la solitude.

Comme il frôlait un banc sur le brise-lames[1], il s'assit, déjà las de marcher et dégoûté de sa promenade avant même de l'avoir faite.

Il se demanda : « Qu'ai-je donc ce soir ? » Et il se mit à chercher dans son souvenir quelle contrariété avait pu l'atteindre, comme on interroge un malade pour trouver la cause de sa fièvre.

Il avait l'esprit excitable et réfléchi en même temps, il s'emballait, puis raisonnait, approuvait ou blâmait ses élans ; mais chez lui la nature première demeurait en dernier lieu la plus forte, et l'homme sensitif dominait toujours l'homme intelligent.

Donc il cherchait d'où lui venait cet énervement, ce besoin de mouvement sans avoir envie de rien, ce désir de rencontrer quelqu'un pour n'être pas du même avis, et aussi ce dégoût pour les gens qu'il pourrait voir et pour les choses qu'ils pourraient lui dire.

Et il se posa cette question : « Serait-ce l'héritage de Jean ? »

Oui, c'était possible, après tout. Quand le notaire avait annoncé cette nouvelle, il avait senti son cœur battre un peu plus fort. Certes, on n'est pas toujours maître de soi, et on subit des émotions spontanées et persistantes, contre lesquelles on lutte en vain.

---

1. Brise-lames : digue ou jetée destinée à briser les vagues, pour atténuer l'érosion d'une côte.

Il se mit à réfléchir profondément à ce problème physiologique de l'impression produite par un fait sur l'être instinctif et créant en lui un courant d'idées et de sensations douloureuses ou joyeuses, contraires à celles que désire, qu'appelle, que juge bonnes et saines l'être pensant, devenu supérieur à lui-même par la culture de son intelligence.

Il cherchait à concevoir l'état d'âme du fils qui hérite d'une grosse fortune, qui va goûter, grâce à elle, beaucoup de joies désirées depuis longtemps et interdites par l'avarice d'un père, aimé pourtant, et regretté.

Il se leva et se remit à marcher vers le bout de la jetée. Il se sentait mieux, content d'avoir compris, de s'être surpris lui-même, d'avoir dévoilé l'autre qui est en nous.

– Donc j'ai été jaloux de Jean, pensait-il. C'est vraiment assez bas[1], cela ! J'en suis sûr maintenant, car la première idée qui m'est venue est celle de son mariage avec Mme Rosémilly. Je n'aime pourtant pas cette petite dinde raisonnable, bien faite pour dégoûter du bon sens et de la sagesse. C'est donc de la jalousie gratuite, l'essence même de la jalousie, celle qui est parce qu'elle est ! Faut soigner cela !

Il arrivait devant le mât des signaux qui indique la hauteur de l'eau dans le port, et il alluma une allumette pour lire la liste des navires signalés au large et devant entrer à la prochaine marée. On attendait des steamers du Brésil, de la Plata[2], du Chili et du Japon, deux bricks danois, une goélette norvégienne et un vapeur turc, ce qui surprit Pierre autant que s'il avait lu « un vapeur suisse[3] » ; et il aperçut dans une sorte de

1. Bas : mesquin, méprisable.
2. La Plata : ville d'Argentine.
3. La Suisse n'a en effet pas de côtes et les Suisses ne sont généralement pas des marins.

songe bizarre un grand vaisseau couvert d'hommes en turban, qui montaient dans les cordages avec de larges pantalons.

– Que c'est bête, pensait-il ; le peuple turc est pourtant un peuple marin.

Ayant fait encore quelques pas, il s'arrêta pour contempler la rade. Sur sa droite, au-dessus de Sainte-Adresse[1], les deux phares électriques du cap de la Hève, semblables à deux cyclopes[2] monstrueux et jumeaux, jetaient sur la mer leurs longs et puissants regards. Partis des deux foyers voisins, les deux rayons parallèles, pareils aux queues géantes de deux comètes, descendaient, suivant une pente droite et démesurée, du sommet de la côte au fond de l'horizon. Puis sur les deux jetées, deux autres feux, enfants de ces colosses, indiquaient l'entrée du Havre ; et là-bas, de l'autre côté de la Seine, on en voyait d'autres encore, beaucoup d'autres, fixes ou clignotants, à éclats et à éclipses, s'ouvrant et se fermant comme des yeux, les yeux des ports, jaunes, rouges, verts, guettant la mer obscure couverte de navires, les yeux vivants de la terre hospitalière disant, rien que par le mouvement mécanique invariable et régulier de leurs paupières : « C'est moi. Je suis Trouville, je suis Honfleur, je suis la rivière de Pont-Audemer[3]. » Et dominant tous les autres, si haut que, de si loin, on le prenait pour une planète, le phare aérien d'Étouville montrait la route de Rouen, à travers les bancs de sable de l'embouchure du grand fleuve.

Puis sur l'eau profonde, sur l'eau sans limites, plus sombre que le ciel, on croyait voir, çà et là, des étoiles. Elles tremblotaient

1. **Sainte-Adresse :** ville située dans l'agglomération du Havre.
2. **Cyclopes :** géants n'ayant qu'un œil au milieu du front.
3. **Rivière de Pont-Audemer :** la Risle.

dans la brume nocturne, petites, proches ou lointaines, blanches, vertes ou rouges aussi. Presque toutes étaient immobiles, quelques-unes, cependant, semblaient courir ; c'étaient les feux des bâtiments[1] à l'ancre attendant la marée prochaine, ou des bâtiments en marche venant chercher un mouillage[2].

Juste à ce moment la lune se leva derrière la ville ; et elle avait l'air du phare énorme et divin, allumé dans le firmament pour guider la flotte infinie des vraies étoiles.

Pierre murmura, presque à haute voix :

« Voilà, et nous nous faisons de la bile[3] pour quatre sous ! »

Tout près de lui soudain, dans la tranchée large et noire ouverte entre les jetées, une ombre, une grande ombre fantastique, glissa. S'étant penché sur le parapet de granit, il vit une barque de pêche qui rentrait, sans un bruit de voix, sans un bruit de flot, sans un bruit d'aviron, doucement poussée par sa haute voile brune tendue à la brise du large.

Il pensa : « Si on pouvait vivre là-dessus, comme on serait tranquille, peut-être ! » Puis, ayant fait encore quelques pas, il aperçut un homme assis à l'extrémité du môle[4].

Un rêveur, un amoureux, un sage, un heureux ou un triste ? Qui était-ce ? Il s'approcha, curieux, pour voir la figure de ce solitaire ; et il reconnut son frère.

– Tiens, c'est toi, Jean ?

– Tiens... Pierre... Qu'est-ce que tu viens faire ici ?

– Mais je prends l'air. Et toi ?

---

1. **Bâtiments :** navires.
2. **Mouillage :** ancrage, lieu où jeter l'ancre.
3. **De la bile :** du souci.
4. **Môle :** jetée située à l'entrée d'un port.

Jean se mit à rire :

– Je prends l'air également.

Et Pierre s'assit à côté de son frère.

– Hein, c'est rudement beau ?

– Mais oui.

Au son de la voix il comprit que Jean n'avait rien regardé ; il reprit :

– Moi, quand je viens ici, j'ai des désirs fous de partir, de m'en aller avec tous ces bateaux, vers le Nord ou vers le Sud. Songe que ces petits feux, là-bas, arrivent de tous les coins du monde, des pays aux grandes fleurs et aux belles filles pâles ou cuivrées, des pays aux oiseaux-mouches, aux éléphants, aux lions libres, aux rois nègres[1], de tous les pays qui sont nos contes de fées à nous qui ne croyons plus à la Chatte blanche[2] ni à la Belle au bois dormant[3]. Ce serait rudement chic de pouvoir s'offrir une promenade par là-bas ; mais voilà, il faudrait de l'argent, beaucoup…

Il se tut brusquement, songeant que son frère l'avait maintenant, cet argent, et que délivré de tout souci, délivré du travail quotidien, libre, sans entraves, heureux, joyeux, il pouvait aller où bon lui semblerait, vers les blondes Suédoises ou les brunes Havanaises.

Puis une de ces pensées involontaires, fréquentes chez lui, si brusques, si rapides, qu'il ne pouvait ni les prévoir, ni les arrêter, ni les modifier, venues, semblait-il, d'une seconde âme indépendante et violente, le traversa : « Bah ! il est trop niais, il épousera la petite Rosémilly. » Il s'était levé.

---

1. Nègres : le terme n'avait pas à l'époque sa connotation raciste d'aujourd'hui.

2. *La Chatte blanche* : conte de Mme d'Aulnoy (1651-1705).

3. *La Belle au bois dormant* : conte de Charles Perrault (1628-1703).

– Je te laisse rêver d'avenir ; moi, j'ai besoin de marcher.

Il serra la main de son frère, et reprit avec un accent très cordial :

– Eh bien, mon petit Jean, te voilà riche ! Je suis bien content de t'avoir rencontré tout seul ce soir, pour te dire combien cela me fait plaisir, combien je te félicite et combien je t'aime.

Jean, d'une nature douce et tendre, très ému, balbutiait :

– Merci… merci… mon bon Pierre, merci.

Et Pierre s'en retourna, de son pas lent, la canne sous le bras, les mains derrière le dos.

Lorsqu'il fut rentré dans la ville, il se demanda de nouveau ce qu'il ferait, mécontent de cette promenade écourtée ; d'avoir été privé de la mer par la présence de son frère.

Il eut une inspiration : « Je vais boire un verre de liqueur chez le père Marowsko » ; et il remonta vers le quartier d'Ingouville[1].

Il avait connu le père Marowsko dans les hôpitaux à Paris. C'était un vieux Polonais, réfugié politique[2], disait-on, qui avait eu des histoires terribles là-bas et qui était venu exercer en France, après nouveaux examens, son métier de pharmacien. On ne savait rien de sa vie passée ; aussi des légendes avaient-elles couru parmi les internes, les externes, et plus tard parmi les voisins. Cette réputation de conspirateur redoutable, de nihiliste[3], de régicide[4], de patriote prêt à tout, échappé à la

1. Quartier d'Ingouville : quartier du nord du Havre.

2. Réfugié politique : Polonais auquel la France a accordé sa protection, parce qu'il était poursuivi dans son pays pour des raisons politiques, probablement pour avoir participé au soulèvement de la Pologne contre la Russie (1830-1831).

3. Nihiliste : personne qui ne croit en rien.

4. Régicide : personne qui tue un roi.

mort par miracle, avait séduit l'imagination aventureuse et vive de Pierre Roland ; et il était devenu l'ami du vieux Polonais, sans avoir jamais obtenu de lui, d'ailleurs, aucun aveu sur son existence ancienne. C'était encore grâce au jeune médecin que le bonhomme était venu s'établir au Havre, comptant sur une belle clientèle que le nouveau docteur lui fournirait.

En attendant, il vivait pauvrement dans sa modeste pharmacie, en vendant des remèdes aux petits-bourgeois et aux ouvriers de son quartier.

Pierre allait souvent le voir après dîner et causer une heure avec lui, car il aimait la figure calme et la rare conversation de Marowsko, dont il jugeait profonds les longs silences.

Un seul bec de gaz brûlait au-dessus du comptoir chargé de fioles. Ceux de la devanture n'avaient point été allumés, par économie. Derrière ce comptoir, assis sur une chaise et les jambes allongées l'une sur l'autre, un vieux homme chauve, avec un grand nez d'oiseau qui, continuant son front dégarni, lui donnait un air triste de perroquet, dormait profondément, le menton sur la poitrine.

Au bruit du timbre[1], il s'éveilla, se leva, et reconnaissant le docteur, vint au-devant de lui, les mains tendues.

Sa redingote noire, tigrée de taches d'acides et de sirops, beaucoup trop vaste pour son corps maigre et petit, avait un aspect d'antique soutane[2] ; et l'homme parlait avec un fort accent polonais qui donnait à sa voix fluette[3] quelque chose d'enfantin, un zézaiement et des intonations de jeune être qui commence à prononcer.

---

1. Timbre : sonnette.

2. Soutane : vêtement long et noir porté par les prêtres.

3. Fluette : faible, délicate.

Pierre s'assit et Marowsko demanda :

– Quoi de neuf, mon cher docteur ?

– Rien. Toujours la même chose partout.

– Vous n'avez pas l'air gai, ce soir.

– Je ne le suis pas souvent.

– Allons, allons, il faut secouer cela. Voulez-vous un verre de liqueur ?

– Oui, je veux bien.

– Alors je vais vous faire goûter une préparation nouvelle. Voilà deux mois que je cherche à tirer quelque chose de la groseille, dont on n'a fait jusqu'ici que du sirop… eh bien ! j'ai trouvé… j'ai trouvé… une bonne liqueur, très bonne, très bonne.

Et ravi, il alla vers une armoire, l'ouvrit et choisit une fiole qu'il apporta. Il remuait et agissait par gestes courts, jamais complets, jamais il n'allongeait le bras tout à fait, n'ouvrait toutes grandes les jambes, ne faisait un mouvement entier et définitif. Ses idées semblaient pareilles à ses actes ; il les indiquait, les promettait, les esquissait, les suggérait, mais ne les énonçait pas.

Sa plus grande préoccupation dans la vie semblait être d'ailleurs la préparation des sirops et des liqueurs. « Avec un bon sirop ou une bonne liqueur, on fait fortune », disait-il souvent.

Il avait inventé des centaines de préparations sucrées sans parvenir à en lancer une seule. Pierre affirmait que Marowsko le faisait penser à Marat[1].

1. Marat (1743-1793) : révolutionnaire français, assassiné par Charlotte Corday.

Deux petits verres furent pris dans l'arrière-boutique et apportés sur la planche aux préparations ; puis les deux hommes examinèrent en l'élevant vers le gaz la coloration du liquide.

– Joli rubis ! déclara Pierre.

– N'est-ce pas ?

La vieille tête de perroquet du Polonais semblait ravie.

Le docteur goûta, savoura, réfléchit, goûta de nouveau, réfléchit encore et se prononça :

– Très bon, très bon, et très neuf comme saveur ; une trouvaille, mon cher !

– Ah ! vraiment, je suis bien content.

Alors Marowsko demanda conseil pour baptiser la liqueur nouvelle ; il voulait l'appeler « essence de groseille », ou bien « fine groseille », ou bien « grosélia », ou bien « groséline ».

Pierre n'approuvait aucun de ces noms.

Le vieux eut une idée :

– Ce que vous avez dit tout à l'heure est très bon, très bon : « Joli rubis ».

Le docteur contesta encore la valeur de ce nom, bien qu'il l'eût trouvé, et il conseilla simplement « groseillette », que Marowsko déclara admirable.

Puis ils se turent et demeurèrent assis quelques minutes, sans prononcer un mot, sous l'unique bec de gaz.

Pierre, enfin, presque malgré lui :

– Tiens, il nous est arrivé une chose assez bizarre, ce soir. Un des amis de mon père, en mourant, a laissé sa fortune à mon frère.

Le pharmacien sembla ne pas comprendre tout de suite, mais, après avoir songé, il espéra que le docteur héritait par moitié. Quand la chose eut été bien expliquée, il parut surpris et fâché ; et pour exprimer son mécontentement de voir son jeune ami sacrifié, il répéta plusieurs fois :

– Ça ne fera pas un bon effet.

Pierre, que son énervement reprenait, voulut savoir ce que Marowsko entendait par cette phrase.

– Pourquoi cela ne ferait-il pas un bon effet ? Quel mauvais effet pouvait résulter de ce que son frère héritait la fortune d'un ami de la famille ?

Mais le bonhomme, circonspect[1], ne s'expliqua pas davantage.

– Dans ce cas-là on laisse aux deux frères également, je vous dis que ça ne fera pas un bon effet.

Et le docteur, impatienté, s'en alla, rentra dans la maison paternelle et se coucha.

Pendant quelque temps, il entendit Jean qui marchait doucement dans la chambre voisine, puis il s'endormit après avoir bu deux verres d'eau.

1. Circonspect : prudent, réservé.

III

Le docteur se réveilla le lendemain avec la résolution bien arrêtée[1] de faire fortune.

Plusieurs fois déjà il avait pris cette détermination sans en poursuivre la réalité. Au début de toutes ses tentatives de carrière nouvelle, l'espoir de la richesse vite acquise soutenait ses efforts et sa confiance jusqu'au premier obstacle, jusqu'au premier échec qui le jetait dans une voie nouvelle.

Enfoncé dans son lit entre les draps chauds, il méditait. Combien de médecins étaient devenus millionnaires en peu de temps ! Il suffisait d'un grain de savoir-faire, car, dans le cours de ses études, il avait pu apprécier les plus célèbres professeurs, et il les jugeait des ânes. Certes il valait autant qu'eux, sinon mieux. S'il parvenait par un moyen quelconque à capter la clientèle élégante et riche du Havre, il pouvait gagner cent mille francs par an avec facilité. Et il calculait, d'une façon précise, les gains assurés. Le matin, il sortirait, il irait chez ses malades. En prenant la moyenne, bien faible, de dix par jour, à vingt francs l'un, cela lui ferait, au minimum, soixante-douze mille francs par an, même soixante-quinze mille, car le chiffre de dix malades était inférieur à la réalisation certaine. Après midi, il recevrait dans son cabinet une autre moyenne de

1. Résolution bien arrêtée : ferme intention.

dix visiteurs à dix francs, soit trente-six mille francs. Voilà donc cent vingt mille francs, chiffre rond. Les clients anciens et les amis qu'il irait voir à dix francs et qu'il recevrait à cinq francs feraient peut-être sur ce total une légère diminution compensée par les consultations avec d'autres médecins et par tous les petits bénéfices courants de la profession.

Rien de plus facile que d'arriver là avec de la réclame[1] habile, des échos dans le *Figaro*[2] indiquant que le corps scientifique parisien avait les yeux sur lui, s'intéressait à des cures surprenantes entreprises par le jeune et modeste savant havrais[3]. Et il serait plus riche que son frère, plus riche et célèbre, et content de lui-même, car il ne devrait sa fortune qu'à lui ; et il se montrerait généreux pour ses vieux parents, justement fiers de sa renommée. Il ne se marierait pas, ne voulant point encombrer son existence d'une femme unique et gênante, mais il aurait des maîtresses parmi ses clientes les plus jolies.

Il se sentait si sûr du succès, qu'il sauta hors du lit comme pour le saisir tout de suite, et il s'habilla afin d'aller chercher par la ville l'appartement qui lui convenait.

Alors, en rôdant à travers les rues, il songea combien sont légères les causes déterminantes de nos actions. Depuis trois semaines, il aurait pu, il aurait dû prendre cette résolution née brusquement en lui, sans aucun doute, à la suite de l'héritage de son frère.

Il s'arrêtait devant les portes où pendait un écriteau annonçant soit un bel appartement, soit un riche appartement à louer, les indications sans adjectif le laissant toujours plein de

1. Réclame : publicité.
2. ***Le Figaro*** **:** quotidien conservateur fondé en 1854, diffusé aujourd'hui encore.
3. Havrais : habitant du Havre.

dédain[1]. Alors il visitait avec des façons hautaines, mesurait la hauteur des plafonds, dessinait sur son calepin[2] le plan du logis, les communications, la disposition des issues, annonçait qu'il était médecin et qu'il recevait beaucoup. Il fallait que l'escalier fût large et bien tenu ; il ne pouvait monter d'ailleurs au-dessus du premier étage.

Après avoir noté sept ou huit adresses et griffonné deux cents renseignements, il rentra pour déjeuner avec un quart d'heure de retard.

Dès le vestibule[3], il entendit un bruit d'assiettes. On mangeait donc sans lui. Pourquoi ? Jamais on n'était aussi exact dans la maison. Il fut froissé, mécontent, car il était un peu susceptible. Dès qu'il entra, Roland lui dit :

– Allons, Pierre, dépêche-toi, sacrebleu ! Tu sais que nous allons à deux heures chez le notaire. Ce n'est pas le jour de musarder[4].

Le docteur s'assit, sans répondre, après avoir embrassé sa mère et serré la main de son père et de son frère ; et il prit dans le plat creux, au milieu de la table, la côtelette réservée pour lui. Elle était froide et sèche. Ce devait être la plus mauvaise. Il pensa qu'on aurait pu la laisser dans le fourneau jusqu'à son arrivée, et ne pas perdre la tête au point d'oublier complètement l'autre fils, le fils aîné. La conversation, interrompue par son entrée, reprit au point où il l'avait coupée.

– Moi, disait à Jean Mme Roland, voici ce que je ferais tout de suite. Je m'installerais richement, de façon à frapper l'œil,

1. Dédain : mépris.
2. Calepin : carnet.
3. Vestibule : pièce d'entrée d'une maison.
4. Musarder : flâner, perdre son temps.

je me montrerais dans le monde, je monterais à cheval, et je choisirais une ou deux causes intéressantes pour les plaider et me bien poser au Palais[1]. Je voudrais être une sorte d'avocat amateur très recherché. Grâce à Dieu, te voici à l'abri du besoin, et si tu prends une profession, en somme, c'est pour ne pas perdre le fruit de tes études et parce qu'un homme ne doit jamais rester à rien faire.

Le père Roland, qui pelait une poire, déclara :

– Cristi ! à ta place, c'est moi qui achèterais un joli bateau, un cotre[2] sur le modèle de nos pilotes. J'irais jusqu'au Sénégal, avec ça.

Pierre, à son tour, donna son avis. En somme, ce n'était pas la fortune qui faisait la valeur morale, la valeur intellectuelle d'un homme. Pour les médiocres elle n'était qu'une cause d'abaissement, tandis qu'elle mettait au contraire un levier puissant aux mains des forts. Ils étaient rares d'ailleurs, ceux-là. Si Jean était vraiment un homme supérieur, il le pourrait montrer maintenant qu'il se trouvait à l'abri du besoin. Mais il lui faudrait travailler cent fois plus qu'il ne l'aurait fait en d'autres circonstances. Il ne s'agissait pas de plaider pour ou contre la veuve et l'orphelin et d'empocher tant d'écus pour tout procès gagné ou perdu, mais de devenir un jurisconsulte[3] éminent, une lumière du droit.

Et il ajouta comme conclusion :

– Si j'avais de l'argent, moi, j'en découperais, des cadavres[4] !

1. Palais : palais de justice, tribunal.

2. Cotre : navire de forme élancée, à un mât.

3. Jurisconsulte : personne dont la profession est de donner des avis sur les questions de droit.

4. Les cadavres destinés à être disséqués par les médecins ou futurs médecins devaient en effet être achetés.

Le père Roland haussa les épaules :

– Tra la la ! Le plus sage dans la vie c'est de se la couler douce. Nous ne sommes pas des bêtes de peine, mais des hommes. Quand on naît pauvre, il faut travailler ; eh bien ! tant pis, on travaille ; mais quand on a des rentes, sacristi ! il faudrait être jobard pour s'esquinter le tempérament[1].

Pierre répondit avec hauteur[2] :

– Nos tendances ne sont pas les mêmes ! Moi, je ne respecte au monde que le savoir et l'intelligence, tout le reste est méprisable.

Mme Roland s'efforçait toujours d'amortir les heurts incessants entre le père et le fils ; elle détourna donc la conversation, et parla d'un meurtre qui avait été commis, la semaine précédente, à Bolbec-Nointot[3]. Les esprits aussitôt furent occupés par les circonstances environnant le forfait, et attirés par l'horreur intéressante, par le mystère attrayant des crimes, qui, même vulgaires, honteux et répugnants, exercent sur la curiosité humaine une étrange et générale fascination.

De temps en temps, cependant, le père Roland tirait sa montre :

– Allons, dit-il, il va falloir se mettre en route.

Pierre ricana :

– Il n'est pas encore une heure. Vrai, ça n'était point la peine de me faire manger une côtelette froide.

– Viens-tu chez le notaire ? demanda sa mère.

1. Être jobard pour s'esquinter le tempérament : ne pas être malin pour s'épuiser au travail.

2. Avec hauteur : de manière prétentieuse.

3. Bolbec-Nointo : gare qui dessert la ville de Bolbec, en Haute-Normandie.

Il répondit sèchement :

– Moi, non, pour quoi faire ? Ma présence est fort inutile.

Jean demeurait silencieux comme s'il ne s'agissait point de lui. Quand on avait parlé du meurtre de Bolbec, il avait émis, en juriste, quelques idées et développé quelques considérations sur les crimes et sur les criminels. Maintenant, il se taisait de nouveau, mais la clarté de son œil, la rougeur animée de ses joues, jusqu'au luisant de sa barbe, semblaient proclamer son bonheur.

Après le départ de sa famille, Pierre, se trouvant seul de nouveau, recommença ses investigations du matin à travers les appartements à louer. Après deux ou trois heures d'escaliers montés et descendus, il découvrit enfin, sur le boulevard François-Ier, quelque chose de joli : un grand entresol[1] avec deux portes sur des rues différentes, deux salons, une galerie vitrée où les malades, en attendant leur tour, se promèneraient au milieu des fleurs, et une délicieuse salle à manger en rotonde[2] ayant vue sur la mer.

Au moment de louer, le prix de trois mille francs l'arrêta, car il fallait payer d'avance le premier terme[3], et il n'avait rien, pas un sou devant lui.

La petite fortune amassée par son père s'élevait à peine à huit mille francs de rentes, et Pierre se faisait ce reproche d'avoir mis souvent ses parents dans l'embarras par ses longues hésitations dans le choix d'une carrière, ses tentatives toujours abandonnées et ses continuels recommencements d'études. Il partit donc en promettant une réponse avant deux jours ;

1. **Entresol :** appartement situé entre le rez-de-chaussée et le premier étage.
2. **Salle à manger en rotonde :** salle à manger circulaire, surmontée d'un dôme.
3. **Terme :** loyer.

et l'idée lui vint de demander à son frère ce premier trimestre, ou même le semestre, soit quinze cents francs, dès que Jean serait en possession de son héritage.

« Ce sera un prêt de quelques mois à peine, pensait-il. Je le rembourserai peut-être même avant la fin de l'année. C'est tout simple, d'ailleurs, et il sera content de faire cela pour moi. »

Comme il n'était pas encore quatre heures, et qu'il n'avait rien à faire, absolument rien, il alla s'asseoir dans le Jardin public ; et il demeura longtemps sur son banc, sans idées, les yeux à terre, accablé par une lassitude qui devenait de la détresse.

Tous les jours précédents, depuis son retour dans la maison paternelle, il avait vécu ainsi pourtant, sans souffrir aussi cruellement du vide de l'existence et de son inaction. Comment avait-il donc passé son temps du lever jusqu'au coucher ?

Il avait flâné sur la jetée aux heures de marée, flâné par les rues, flâné dans les cafés, flâné chez Marowsko, flâné partout. Et voilà que, tout à coup, cette vie, supportée jusqu'ici, lui devenait odieuse, intolérable. S'il avait eu quelque argent il aurait pris une voiture pour faire une longue promenade dans la campagne, le long des fossés de ferme ombragés de hêtres et d'ormes ; mais il devait compter le prix d'un bock[1] ou d'un timbre-poste, et ces fantaisies-là ne lui étaient point permises. Il songea soudain combien il est dur, à trente ans passés, d'être réduit à demander, en rougissant, un louis[2] à sa mère, de temps en temps ; et il murmura, en grattant la terre du bout de sa canne :

– Cristi ! si j'avais de l'argent !

---

1. Bock : verre de bière.
2. Louis : pièce d'or.

Et la pensée de l'héritage de son frère entra en lui de nouv à la façon d'une piqûre de guêpe ; mais il la chassa avec impatience, ne voulant point s'abandonner sur cette pente de jalousie.

Autour de lui des enfants jouaient dans la poussière des chemins. Ils étaient blonds avec de longs cheveux, et ils faisaient d'un air très sérieux, avec une attention grave, de petites montagnes de sable pour les écraser ensuite d'un coup de pied.

Pierre était dans un de ces jours mornes où on regarde dans tous les coins de son âme, où on en secoue tous les plis.

« Nos besognes ressemblent aux travaux de ces mioches », pensait-il. Puis il se demanda si le plus sage dans la vie n'était pas encore d'engendrer deux ou trois de ces petits êtres inutiles et de les regarder grandir avec complaisance et curiosité. Et le désir du mariage l'effleura. On n'est pas si perdu, n'étant plus seul. On entend au moins remuer quelqu'un près de soi aux heures de trouble et d'incertitude, c'est déjà quelque chose de dire « tu » à une femme, quand on souffre.

Il se mit à songer aux femmes.

Il les connaissait très peu, n'ayant eu au quartier Latin[1] que des liaisons de quinzaine, rompues quand était mangé l'argent du mois, et renouées ou remplacées le mois suivant. Il devait exister, cependant, des créatures très bonnes, très douces et très consolantes. Sa mère n'avait-elle pas été la raison et le charme du foyer paternel ? Comme il aurait voulu connaître une femme, une vraie femme !

Il se releva tout à coup avec la résolution[2] d'aller faire une petite visite à Mme Rosémilly.

---

1. Quartier Latin : quartier étudiant de Paris.
2. Résolution : intention.

Puis il se rassit brusquement. Elle lui déplaisait, celle-là ! Pourquoi ? Elle avait trop de bon sens vulgaire et bas ; et puis, ne semblait-elle pas lui préférer Jean ? Sans se l'avouer à lui-même d'une façon nette, cette préférence entrait pour beaucoup dans sa mésestime pour l'intelligence de la veuve, car, s'il aimait son frère, il ne pouvait s'abstenir de le juger un peu médiocre et de se croire supérieur.

Il n'allait pourtant point rester là jusqu'à la nuit, et, comme la veille au soir, il se demanda anxieusement : « Que vais-je faire ? »

Il se sentait maintenant à l'âme un besoin de s'attendrir, d'être embrassé et consolé. Consolé de quoi ? Il ne l'aurait su dire, mais il était dans une de ces heures de faiblesse et de lassitude où la présence d'une femme, la caresse d'une femme, le toucher d'une main, le frôlement d'une robe, un doux regard noir ou bleu semblent indispensables et tout de suite, à notre cœur.

Et le souvenir lui vint d'une petite bonne de brasserie ramenée un soir chez elle et revue de temps en temps.

Il se leva donc de nouveau pour aller boire un bock avec cette fille. Que lui dirait-il ? Que lui dirait-elle ? Rien, sans doute. Qu'importe ? il lui tiendrait la main quelques secondes ! Elle semblait avoir du goût pour lui. Pourquoi donc ne la voyait-il pas plus souvent ?

Il la trouva sommeillant sur une chaise dans la salle de brasserie presque vide. Trois buveurs fumaient leurs pipes, accoudés aux tables de chêne, la caissière lisait un roman, tandis que le patron, en manches de chemise, dormait tout à fait sur la banquette.

Dès qu'elle l'aperçut, la fille se leva vivement et, venant à lui :

– Bonjour, comment allez-vous ?

– Pas mal, et toi ?

– Moi, très bien. Comme vous êtes rare ?

– Oui, j'ai très peu de temps à moi. Tu sais que je suis médecin.

– Tiens, vous ne me l'aviez pas dit. Si j'avais su, j'ai été souffrante la semaine dernière, je vous aurais consulté. Qu'est-ce que vous prenez ?

– Un bock, et toi ?

– Moi, un bock aussi, puisque tu me le payes.

Et elle continua à le tutoyer comme si l'offre de cette consommation en avait été la permission tacite[1]. Alors, assis face à face, ils causèrent. De temps en temps elle lui prenait la main avec cette familiarité facile des filles dont la caresse est à vendre, et le regardant avec des yeux engageants elle lui disait :

– Pourquoi ne viens-tu pas plus souvent ? Tu me plais beaucoup, mon chéri.

Mais déjà il se dégoûtait d'elle, la voyait bête, commune, sentant le peuple. Les femmes, se disait-il, doivent nous apparaître dans un rêve ou dans une auréole de luxe qui poétise leur vulgarité.

Elle lui demandait :

– Tu es passé l'autre matin avec un beau blond à grande barbe, est-ce ton frère ?

---

1. Tacite : implicite, non formulée.

– Oui, c'est mon frère.

– Il est rudement joli garçon.

– Tu trouves ?

– Mais oui, et puis il a l'air d'un bon vivant.

Quel étrange besoin le poussa tout à coup à raconter à cette servante de brasserie l'héritage de Jean ? Pourquoi cette idée, qu'il rejetait de lui lorsqu'il se trouvait seul, qu'il repoussait par crainte du trouble apporté dans son âme, lui vint-elle aux lèvres en cet instant, et pourquoi la laissa-t-il couler, comme s'il eût eu besoin de vider de nouveau devant quelqu'un son cœur gonflé d'amertume ?

Il dit en croisant ses jambes :

– Il a joliment de la chance, mon frère, il vient d'hériter de vingt mille francs de rentes[1].

Elle ouvrit tout grands ses yeux bleus et cupides[2] :

– Oh ! et qui est-ce qui lui a laissé cela, sa grand'mère ou bien sa tante ?

– Non, un vieil ami de mes parents.

– Rien qu'un ami ? Pas possible ! Et il ne t'a rien laissé, à toi ?

– Non. Moi je le connaissais très peu.

Elle réfléchit quelques instants, puis, avec un sourire drôle sur les lèvres :

– Eh bien ! il a de la chance ton frère d'avoir des amis de cette espèce-là ! Vrai, ça n'est pas étonnant qu'il te ressemble si peu !

---

1. Il aura donc vingt mille francs de revenu annuel, sans travailler.

2. Cupides : envieux, intéressés.

Il eut envie de la gifler sans savoir au juste pourquoi, et il demanda, la bouche crispée :

– Qu'est-ce que tu entends par là ?

Elle avait pris un air bête et naïf :

– Moi, rien. Je veux dire qu'il a plus de chance que toi.

Il jeta vingt sous sur la table et sortit.

Maintenant il se répétait cette phrase : « Ça n'est pas étonnant qu'il te ressemble si peu. »

Qu'avait-elle pensé, qu'avait-elle sous-entendu dans ces mots ? Certes il y avait là une malice, une méchanceté, une infamie. Oui, cette fille avait dû croire que Jean était le fils de Maréchal.

L'émotion qu'il ressentit à l'idée de ce soupçon jeté sur sa mère fut si violente qu'il s'arrêta et qu'il chercha de l'œil un endroit pour s'asseoir.

Un autre café se trouvait en face de lui, il y entra, prit une chaise, et comme le garçon se présentait : « Un bock », dit-il.

Il sentait battre son cœur ; des frissons lui couraient sur la peau. Et tout à coup le souvenir lui vint de ce qu'avait dit Marowsko la veille : « Ça ne fera pas un bon effet. » Avait-il eu la même pensée, le même soupçon que cette drôlesse ?

La tête penchée sur son bock il regardait la mousse blanche pétiller et fondre, et il se demandait : « Est-ce possible qu'on croie une chose pareille ? »

Les raisons qui feraient naître ce doute odieux dans les esprits lui apparaissaient maintenant, l'une après l'autre, claires, évidentes, exaspérantes. Qu'un vieux garçon sans héritiers laisse sa fortune aux deux enfants d'un ami, rien de plus simple et de plus naturel, mais qu'il la donne tout entière à un seul de ces enfants, certes le monde s'étonnera, chuchotera et finira par sourire. Comment n'avait-il pas prévu cela, comment son père ne l'avait-il pas senti, comment sa mère ne l'avait-elle pas deviné ? Non, ils s'étaient trouvés trop heureux de cet argent inespéré pour que cette idée les effleurât. Et puis comment ces honnêtes gens auraient-ils soupçonné une pareille ignominie[1] ?

Mais le public, mais le voisin, le marchand, le fournisseur, tous ceux qui les connaissaient n'allaient-ils pas répéter cette chose abominable, s'en amuser, s'en réjouir, rire de son père et mépriser sa mère ?

Et la remarque faite par la fille de brasserie que Jean était blond et lui brun, qu'ils ne se ressemblaient ni de figure, ni de démarche, ni de tournure, ni d'intelligence, frapperait maintenant tous les yeux et tous les esprits. Quand on parlerait d'un fils Roland on dirait : « Lequel, le vrai ou le faux ? »

Il se leva avec la résolution de prévenir son frère, de le mettre en garde contre cet affreux danger menaçant l'honneur de leur mère. Mais que ferait Jean ? Le plus simple, assurément, serait de refuser l'héritage qui irait alors aux pauvres, et de dire seulement aux amis et connaissances informés de ce legs que le testament contenait des clauses et conditions inacceptables qui auraient fait de Jean, non pas un héritier, mais un dépositaire[2].

Tout en rentrant à la maison paternelle, il songeait qu'il devait voir son frère seul, afin de ne point parler devant ses parents d'un pareil sujet.

Dès la porte il entendit un grand bruit de voix et de rires dans le salon, et, comme il entrait, il entendit Mme Rosémilly

1. Ignominie : grand déshonneur.

2. Dépositaire : personne qui reçoit quelque chose en dépôt, sans en être propriétaire.

et le capitaine Beausire, ramenés par son père et gardés à dîner afin de fêter la bonne nouvelle.

On avait fait apporter du vermouth[1] et de l'absinthe[2] pour se mettre en appétit, et on s'était mis d'abord en belle humeur. Le capitaine Beausire, un petit homme tout rond à force d'avoir roulé sur la mer, et dont toutes les idées semblaient rondes aussi, comme les galets des rivages, et qui riait avec des *r* plein la gorge, jugeait la vie une chose excellente dont tout était bon à prendre.

Il trinquait avec le père Roland, tandis que Jean présentait aux dames deux nouveaux verres pleins.

Mme Rosémilly refusait, quand le capitaine Beausire, qui avait connu feu son époux[3], s'écria :

« Allons, allons, Madame, *bis repetita placent*[4], comme nous disons en patois, ce qui signifie : « Deux vermouths ne font jamais mal. » Moi, voyez-vous, depuis que je ne navigue plus, je me donne comme ça, chaque jour, avant dîner, deux ou trois coups de roulis[5] artificiel ! J'y ajoute un coup de tangage[6] après le café, ce qui me fait grosse mer pour la soirée. Je ne vais jamais jusqu'à la tempête par exemple, jamais, jamais, car je crains les avaries.

Roland, dont le vieux long-courrier[7] flattait la manie nautique, riait de tout son cœur, la face déjà rouge et l'œil

1. **Vermouth** : apéritif à base de vin et de plantes amères.
2. **Absinthe** : liqueur faite avec une plante aromatique très amère.
3. **Feu son époux** : son époux, désormais décédé.
4. ***Bis repetita placent*** : « Les choses répétées deux fois plaisent. » Il s'agit d'une formule latine.
5. **Roulis** : mouvement d'oscillation latérale d'un bateau.
6. **Tangage** : balancement d'un navire d'avant en arrière.
7. **Long-courrier** : qui fait de longs voyages. Ici, le capitaine Beausire.

troublé par l'absinthe. Il avait un gros ventre de boutiquier, rien qu'un ventre où semblait réfugié le reste de son corps, un de ces ventres mous d'hommes toujours assis, qui n'ont plus ni cuisses, ni poitrine, ni bras, ni cou, le fond de leur chaise ayant tassé toute leur matière au même endroit.

Beausire au contraire, bien que court et gros, semblait plein comme un œuf et dur comme une balle.

Mme Roland n'avait point vidé son premier verre, et, rose de bonheur, le regard brillant, elle contemplait son fils Jean.

Chez lui maintenant la crise de joie éclatait. C'était une affaire finie, une affaire signée, il avait vingt mille francs de rentes. Dans la façon dont il riait, dont il parlait avec une voix plus sonore, dont il regardait les gens, à ses manières plus nettes, à son assurance plus grande, on sentait l'aplomb que donne l'argent.

Le dîner fut annoncé, et comme le vieux Roland allait offrir son bras à Mme Rosémilly : « Non, non, père, cria sa femme, aujourd'hui tout est pour Jean. »

Sur la table éclatait un luxe inaccoutumé : devant l'assiette de Jean, assis à la place de son père, un énorme bouquet rempli de faveurs [1] de soie, un vrai bouquet de grande cérémonie, s'élevait comme un dôme pavoisé [2], flanqué de quatre compotiers dont l'un contenait une pyramide de pêches magnifiques, le second un gâteau monumental gorgé de crème fouettée et couvert de clochettes de sucre fondu, une cathédrale en biscuit, le troisième des tranches d'ananas noyées dans un sirop clair, et le quatrième, luxe inouï, du raisin noir, venu des pays chauds.

---

1. Faveurs : rubans.
2. Pavoisé : décoré.

– Bigre ! dit Pierre en s'asseyant, nous célébrons l'avènement de Jean le Riche.

Après le potage on offrit du madère[1] ; et tout le monde déjà parlait en même temps. Beausire racontait un dîner qu'il avait fait à Saint-Domingue à la table d'un général nègre[2]. Le père Roland l'écoutait, tout en cherchant à glisser entre les phrases le récit d'un autre repas donné par un de ses amis, à Meudon, et dont chaque convive avait été quinze jours malade. Mme Rosémilly, Jean et sa mère faisaient un projet d'excursion et de déjeuner à Saint-Jouin[3], dont ils se promettaient déjà un plaisir infini ; et Pierre regrettait de ne pas avoir dîné seul, dans une gargote[4] au bord de la mer, pour éviter tout ce bruit, ces rires et cette joie qui l'énervaient.

Il cherchait comment il allait s'y prendre, maintenant, pour dire à son frère ses craintes et pour le faire renoncer à cette fortune acceptée déjà, dont il jouissait, dont il se grisait d'avance. Ce serait dur pour lui, certes, mais il le fallait ; il ne pouvait hésiter, la réputation de leur mère étant menacée.

L'apparition d'un bar énorme rejeta Roland dans les récits de pêche. Beausire en narra de surprenantes au Gabon, à Sainte-Marie de Madagascar et surtout sur les côtes de la Chine et du Japon, où les poissons ont des figures drôles comme les habitants. Et il racontait les mines de ces poissons, leurs gros yeux d'or, leurs ventres bleus ou rouges, leurs nageoires bizarres, pareilles à des éventails, leur queue coupée

1. **Madère :** vin de l'île de Madère.
2. Voir note 1 p. 60.
3. **Saint-Jouin :** petite localité proche du Havre.
4. **Gargote :** restaurant bon marché.

en croissant de lune, en mimant d'une façon si plaisante que tout le monde riait aux larmes en l'écoutant.

Seul, Pierre paraissait incrédule et murmurait : « On a bien raison de dire que les Normands sont les Gascons du Nord[1]. »

Après le poisson vint un vol-au-vent[2], puis un poulet rôti, une salade, des haricots verts et un pâté d'alouettes de Pithiviers. La bonne de Mme Rosémilly aidait au service ; et la gaieté allait croissant avec le nombre des verres de vin. Quand sauta le bouchon de la première bouteille de champagne, le père Roland, très excité, imita avec sa bouche le bruit de cette détonation, puis déclara :

– J'aime mieux ça qu'un coup de pistolet.

Pierre, de plus en plus agacé, répondit en ricanant :

– Cela est peut-être, cependant, plus dangereux pour toi.

Roland, qui allait boire, reposa son verre plein sur la table et demanda :

– Pourquoi donc ?

Depuis longtemps il se plaignait de sa santé, de lourdeurs, de vertiges, de malaises constants et inexplicables. Le docteur reprit :

– Parce que la balle du pistolet peut fort bien passer à côté de toi, tandis que le verre de vin te passe forcément dans le ventre.

– Et puis ?

– Et puis il te brûle l'estomac, désorganise le système nerveux, alourdit la circulation et prépare l'apoplexie[3] dont sont menacés tous les hommes de ton tempérament.

1. Il accuse les Normands d'être vantards comme les Gascons avaient la réputation de l'être.

2. Vol-au-vent : croûte de pâte feuilletée dans laquelle on met de la viande, du poisson…

3. Apoplexie : attaque.

L'ivresse croissante de l'ancien bijoutier paraissait dissipée comme une fumée par le vent ; et il regardait son fils avec des yeux inquiets et fixes, cherchant à comprendre s'il ne se moquait pas.

Mais Beausire s'écria :

– Ah ! ces sacrés médecins, toujours les mêmes : ne mangez pas, ne buvez pas, n'aimez pas, et ne dansez pas en rond. Tout ça fait du bobo à petite santé. Eh bien ! j'ai pratiqué tout ça, moi, Monsieur, dans toutes les parties du monde, partout où j'ai pu, et le plus que j'ai pu, et je ne m'en porte pas plus mal.

Pierre répondit avec aigreur[1] :

– D'abord, vous, capitaine, vous êtes plus fort que mon père ; et puis tous les viveurs parlent comme vous jusqu'au jour où… et ils ne reviennent pas le lendemain dire au médecin prudent : « Vous aviez raison, docteur. » Quand je vois mon père faire ce qu'il y a de plus mauvais et de plus dangereux pour lui, il est bien naturel que je le prévienne. Je serais un mauvais fils si j'agissais autrement.

Mme Roland, désolée, intervint à son tour :

– Voyons, Pierre, qu'est-ce que tu as ? Pour une fois, ça ne lui fera pas de mal. Songe quelle fête pour lui, pour nous. Tu vas gâter tout son plaisir et nous chagriner tous. C'est vilain, ce que tu fais là !

Il murmura en haussant les épaules :

– Qu'il fasse ce qu'il voudra, je l'ai prévenu.

Mais le père Roland ne buvait pas. Il regardait son verre, son verre plein de vin lumineux et clair, dont l'âme légère, l'âme enivrante s'envolait par petites bulles venues du fond et montant,

1. **Aigreur** : amertume.

pressées et rapides, s'évaporer à la surface; il le regardait avec une méfiance de renard qui trouve une poule morte et flaire un piège.

Il demanda, en hésitant :

– Tu crois que ça me ferait beaucoup de mal ?

Pierre eut un remords et se reprocha de faire souffrir les autres de sa mauvaise humeur.

– Non, va, pour une fois, tu peux le boire ; mais n'en abuse point et n'en prends pas l'habitude.

Alors le père Roland leva son verre sans se décider encore à le porter à sa bouche. Il le contemplait douloureusement, avec envie et avec crainte ; puis il le flaira, le goûta, le but par petits coups, en les savourant, le cœur plein d'angoisse, de faiblesse et de gourmandise, puis de regrets, dès qu'il eut absorbé la dernière goutte.

Pierre, soudain, rencontra l'œil de Mme Rosémilly ; il était fixé sur lui limpide et bleu, clairvoyant et dur. Et il sentit, il pénétra, il devina la pensée nette qui animait ce regard, la pensée irritée de cette petite femme à l'esprit simple et droit, car ce regard disait : « Tu es jaloux, toi. C'est honteux, cela. »

Il baissa la tête en se remettant à manger.

Il n'avait pas faim, il trouvait tout mauvais. Une envie de partir le harcelait, une envie de n'être plus au milieu de ces gens, de ne plus les entendre causer, plaisanter et rire.

Cependant le père Roland, que les fumées du vin recommençaient à troubler, oubliait déjà les conseils de son fils et regardait d'un œil oblique et tendre une bouteille de champagne presque pleine encore à côté de son assiette. Il n'osait la toucher, par crainte d'admonestation[1] nouvelle, et il cher-

1. **Admonestation** : réprimande, remontrance.

chait par quelle malice, par quelle adresse, il pourrait s'en emparer sans éveiller les remarques de Pierre. Une ruse lui vint, la plus simple de toutes : il prit la bouteille avec nonchalance et, la tenant par le fond, tendit le bras à travers la table pour emplir d'abord le verre du docteur qui était vide ; puis il fit le tour des autres verres, et quand il en vint au sien il se mit à parler très haut, et s'il versa quelque chose dedans on eût juré certainement que c'était par inadvertance. Personne d'ailleurs n'y fit attention.

Pierre, sans y songer, buvait beaucoup. Nerveux et agacé, il prenait à tout instant, et portait à ses lèvres d'un geste inconscient la longue flûte de cristal où l'on voyait courir les bulles dans le liquide vivant et transparent. Il le faisait alors couler très lentement dans sa bouche pour sentir la petite piqûre sucrée du gaz évaporé sur sa langue.

Peu à peu une chaleur douce emplit son corps. Partie du ventre, qui semblait en être le foyer, elle gagnait la poitrine, envahissait les membres, se répandait dans toute la chair, comme une onde tiède et bienfaisante portant de la joie avec elle. Il se sentait mieux, moins impatient, moins mécontent ; et sa résolution de parler à son frère ce soir-là même s'affaiblissait, non pas que la pensée d'y renoncer l'eût effleuré, mais pour ne point troubler si vite le bien-être qu'il sentait en lui.

Beausire se leva afin de porter un toast.

Ayant salué à la ronde, il prononça :

– Très gracieuses dames, Messeigneurs, nous sommes réunis pour célébrer un événement heureux qui vient de frapper un de nos amis. On disait autrefois que la fortune était aveugle, je crois qu'elle était simplement myope ou malicieuse et qu'elle vient de faire emplette[1] d'une excellente jumelle marine, qui lui a permis de distinguer dans le port du Havre le fils de notre brave camarade Roland, capitaine de la *Perle*.

Des bravos jaillirent des bouches, soutenus par des battements de mains ; et Roland père se leva pour répondre.

Après avoir toussé, car il sentait sa gorge grasse et sa langue un peu lourde, il bégaya :

– Merci, capitaine, merci pour moi et mon fils. Je n'oublierai jamais votre conduite en cette circonstance. Je bois à vos désirs.

Il avait les yeux et le nez pleins de larmes, et il se rassit, ne trouvant plus rien.

Jean, qui riait, prit la parole à son tour :

– C'est moi, dit-il, qui dois remercier ici les amis dévoués, les amis excellents (il regardait Mme Rosémilly), qui me donnent aujourd'hui cette preuve touchante de leur affection. Mais ce n'est point par des paroles que je peux leur témoigner ma reconnaissance. Je la leur prouverai demain, à tous les instants de ma vie, toujours, car notre amitié n'est point de celles qui passent. »

Sa mère, fort émue, murmura :

– Très bien, mon enfant.

Mais Beausire s'écriait :

– Allons, madame Rosémilly, parlez au nom du beau sexe[2].

Elle leva son verre, et, d'une voix gentille, un peu nuancée de tristesse :

– Moi, dit-elle, je bois à la mémoire bénie de M. Maréchal.

---

1. Faire emplette de : acheter.

2. Beau sexe : femmes.

Il y eut quelques secondes d'accalmie, de recueil décent[1], comme après une prière, et Beausire, qui avai compliment coulant, fit cette remarque :

– Il n'y a que les femmes pour trouver de ces délicatesses.

Puis se tournant vers Roland père :

– Au fond, qu'est-ce que c'était que ce Maréchal ? Vous étiez donc bien intimes avec lui ?

Le vieux, attendri par l'ivresse, se mit à pleurer, et d'une voix bredouillante :

– Un frère... vous savez... un de ceux qu'on ne retrouve plus... nous ne nous quittions pas... il dînait à la maison tous les soirs... et il nous payait de petites fêtes au théâtre... je ne vous dis que ça... que ça... que ça... Un ami, un vrai... un vrai... n'est-ce pas, Louise ?

Sa femme répondit simplement :

– Oui, c'était un fidèle ami.

Pierre regardait son père et sa mère, mais comme on parla d'autre chose, il se remit à boire.

De la fin de cette soirée il n'eut guère de souvenir, on avait pris le café, absorbé des liqueurs, et beaucoup ri en plaisantant. Puis il se coucha, vers minuit, l'esprit confus et la tête lourde. Et il dormit comme une brute jusqu'à neuf heures le lendemain.

---

1. **Décent** : respectueux.

IV

Ce sommeil baigné de champagne et de chartreuse[1] l'avait sans doute adouci et calmé, car il s'éveilla en des dispositions d'âme très bienveillantes. Il appréciait, pesait et résumait, en s'habillant, ses émotions de la veille, cherchant à en dégager bien nettement et bien complètement les causes réelles, secrètes, les causes personnelles en même temps que les causes extérieures.

Il se pouvait en effet que la fille de brasserie eût eu une mauvaise pensée, une vraie pensée de prostituée, en apprenant qu'un seul des fils Roland héritait d'un inconnu; mais ces créatures-là n'ont-elles pas toujours des soupçons pareils, sans l'ombre d'un motif, sur toutes les honnêtes femmes? Ne les entend-on pas, chaque fois qu'elles parlent, injurier, calomnier, diffamer toutes celles qu'elles devinent irréprochables? Chaque fois qu'on cite devant elles une personne inattaquable, elles se fâchent, comme si on les outrageait, et s'écrient: « Ah! tu sais, je les connais tes femmes mariées, c'est du propre! Elles ont plus d'amants que nous, seulement elles les cachent parce qu'elles sont hypocrites. Ah! oui, c'est du propre! »

En toute autre occasion il n'aurait certes pas compris, pas même supposé possibles des insinuations de cette nature sur sa pauvre mère, si bonne, si simple, si digne. Mais il avait

1. Chartreuse : liqueur fabriquée par les moines.

l'âme troublée par ce levain[1] de jalousie qui fermentait en lui. Son esprit surexcité, à l'affût pour ainsi dire, et malgré lui, de tout ce qui pouvait nuire à son frère, avait même peut-être prêté à cette vendeuse de bocks[2] des intentions odieuses qu'elle n'avait pas eues. Il se pouvait que son imagination seule, cette imagination qu'il ne gouvernait point, qui échappait sans cesse à sa volonté, s'en allait libre, hardie, aventureuse et sournoise dans l'univers infini des idées, et en rapportait parfois d'inavouables, de honteuses, qu'elle cachait en lui, au fond de son âme, dans les replis insondables, comme des choses volées ; il se pouvait que cette imagination seule eût créé, inventé cet affreux doute. Son cœur, assurément, son propre cœur avait des secrets pour lui ; et ce cœur blessé n'avait-il pas trouvé dans ce doute abominable un moyen de priver son frère de cet héritage qu'il jalousait ? Il se suspectait lui-même, à présent, interrogeant, comme les dévots[3] leur conscience, tous les mystères de sa pensée.

Certes, Mme Rosémilly, bien que son intelligence fût limitée, avait le tact, le flair et le sens subtil des femmes. Or cette idée ne lui était pas venue, puisqu'elle avait bu, avec une simplicité parfaite, à la mémoire bénie de feu Maréchal[4]. Elle n'aurait point fait cela, elle, si le moindre soupçon l'eût effleurée. Maintenant il ne doutait plus, son mécontentement involontaire de la fortune tombée sur son frère et aussi, assurément, son amour religieux pour sa mère avaient exalté ses scrupules, scrupules pieux et respectables, mais exagérés.

---

1. Levain : ici, ce qui est propre à susciter une passion.

2. Bocks : verres de bière.

3. Dévots : hommes et femmes de grande foi et très pratiquants.

4. Feu Maréchal : Maréchal, désormais décédé.

En formulant cette conclusion, il fut content, comme on l'est d'une bonne action accomplie, et il se résolut à se montrer gentil pour tout le monde, en commençant par son père dont les manies, les affirmations niaises, les opinions vulgaires et la médiocrité trop visible l'irritaient sans cesse.

Il ne rentra pas en retard à l'heure du déjeuner et il amusa toute sa famille par son esprit et sa bonne humeur.

Sa mère lui disait, ravie :

– Mon Pierrot, tu ne te doutes pas comme tu es drôle et spirituel, quand tu veux bien.

Et il parlait, trouvait des mots, faisait rire par des portraits ingénieux de leurs amis. Beausire lui servit de cible, et un peu Mme Rosémilly, mais d'une façon discrète, pas trop méchante. Et il pensait, en regardant son frère : « Mais défends-la donc, jobard[1] ; tu as beau être riche, je t'éclipserai toujours quand il me plaira. »

Au café, il dit à son père :

– Est-ce que tu te sers de la *Perle* aujourd'hui ?

– Non, mon garçon.

– Je peux la prendre avec Jean-Bart ?

– Mais oui, tant que tu voudras.

Il acheta un bon cigare, au premier débit de tabac rencontré, et il descendit, d'un pied joyeux, vers le port.

Il regardait le ciel clair, lumineux, d'un bleu léger, rafraîchi, lavé par la brise de la mer.

Le matelot Papagris, dit Jean-Bart, sommeillait au fond de la barque qu'il devait tenir prête à sortir tous les jours à midi, quand on n'allait pas à la pêche le matin.

– À nous deux, patron ! cria Pierre.

1. Jobard : niais, idiot.

Il descendit l'échelle de fer du quai et sauta dans l'embarcation.

– Quel vent ? dit-il.

– Toujours vent d'amont[1], m'sieu Pierre. J'avons bonne brise au large.

– Eh bien ! mon père, en route.

Ils hissèrent la misaine[2], levèrent l'ancre, et le bateau, libre, se mit à glisser lentement vers la jetée sur l'eau calme du port. Le faible souffle d'air venu par les rues tombait sur le haut de la voile, si doucement qu'on ne sentait rien, et la *Perle* semblait animée d'une vie propre, de la vie des barques, poussée par une force mystérieuse cachée en elle. Pierre avait pris la barre et, le cigare aux dents, les jambes allongées sur le banc, les yeux mi-fermés sous les rayons aveuglants du soleil, il regardait passer contre lui les grosses pièces de bois goudronné du brise-lames[3].

Quand ils débouchèrent en pleine mer, en atteignant la pointe de la jetée nord qui les abritait, la brise, plus fraîche, glissa sur le visage et sur les mains du docteur comme une caresse un peu froide, entra dans sa poitrine qui s'ouvrit, en un long soupir, pour la boire, et, enflant la voile brune qui s'arrondit, fit s'incliner la *Perle* et la rendit plus alerte[4].

Jean-Bart tout à coup hissa le foc[5], dont le triangle, plein de vent, semblait une aile, puis gagnant l'arrière en deux enjambées il dénoua le tapecul[6] amarré contre son mât.

---

1. **Vent d'amont** : vent qui souffle de l'est ou du nord-est.
2. **Misaine** : voile basse de l'avant du navire.
3. **Brise-lames** : digue ou jetée destinée à briser les vagues, pour atténuer l'érosion d'une côte.
4. **Alerte** : rapide, vigoureuse.
5. **Foc** : petite voile triangulaire, située à l'avant du bateau.
6. **Tapecul** : petite voile d'arrière, évitant la dérive.

Alors, sur le flanc de la barque couchée brusquement, et courant maintenant de toute sa vitesse, ce fut un bruit doux et vif d'eau qui bouillonne et qui fuit.

L'avant ouvrait la mer, comme le soc[1] d'une charrue folle, et l'onde soulevée, souple et blanche d'écume, s'arrondissait et retombait, comme retombe, brune et lourde, la terre labourée des champs.

À chaque vague rencontrée, – elles étaient courtes et rapprochées, – une secousse secouait la *Perle* du bout du foc au gouvernail qui frémissait dans la main de Pierre ; et quand le vent, pendant quelques secondes, soufflait plus fort, les flots effleuraient le bordage comme s'ils allaient envahir la barque. Un vapeur charbonnier de Liverpool[2] était à l'ancre attendant la marée ; ils allèrent tourner par derrière, puis ils visitèrent, l'un après l'autre, les navires en rade[3], puis ils s'éloignèrent un peu plus pour voir se dérouler la côte.

Pendant trois heures, Pierre, tranquille, calme et content, vagabonda sur l'eau frémissante, gouvernant, comme une bête ailée, rapide et docile, cette chose de bois et de toile qui allait et venait à son caprice, sous une pression de ses doigts.

Il rêvassait, comme on rêvasse sur le dos d'un cheval ou sur le pont d'un bateau, pensant à son avenir, qui serait beau, et à la douceur de vivre avec intelligence. Dès le lendemain il demanderait à son frère de lui prêter, pour trois mois, quinze cents francs afin de s'installer tout de suite dans le joli appartement du boulevard François-Ier.

1. Soc : pièce de la charrue qui creuse le sillon.

2. Liverpool : ville du nord-ouest de l'Angleterre

3. Rade : bassin naturel où les navires peuvent mouiller.

Le matelot dit tout à coup :

– V'là d'la brume, m'sieur Pierre, faut rentrer.

Il leva les yeux et aperçut vers le nord une ombre grise, profonde et légère, noyant le ciel et couvrant la mer, accourant vers eux, comme un nuage tombé d'en haut.

Il vira de bord, et, vent arrière, fit route vers la jetée, suivi par la brume rapide qui le gagnait. Lorsqu'elle atteignit la *Perle*, l'enveloppant dans son imperceptible épaisseur, un frisson de froid courut sur les membres de Pierre, et une odeur de fumée et de moisissure, l'odeur bizarre des brouillards marins, lui fit fermer la bouche pour ne point goûter cette nuée humide et glacée. Quand la barque reprit dans le port sa place accoutumée, la ville entière était ensevelie déjà sous cette vapeur menue, qui, sans tomber, mouillait comme une pluie et glissait sur les maisons et les rues à la façon d'un fleuve qui coule.

Pierre, les pieds et les mains gelés, rentra vite, et se jeta sur son lit pour sommeiller jusqu'au dîner.

Lorsqu'il parut dans la salle à manger, sa mère disait à Jean :

– La galerie sera ravissante. Nous y mettrons des fleurs. Tu verras. Je me chargerai de leur entretien et de leur renouvellement. Quand tu donneras des fêtes, ça aura un coup d'œil féerique.

– De quoi parlez-vous donc ? demanda le docteur.

– D'un appartement délicieux que je viens de louer pour ton frère. Une trouvaille, un entresol donnant sur deux rues. Il a deux salons, une galerie vitrée et une petite salle à manger en rotonde[1], tout à fait coquette pour un garçon.

---

1. **Salle à manger en rotonde** : salle à manger circulaire, surmontée d'un dôme.

Pierre pâlit. Une colère lui serrait le cœur.

– Où est-ce situé, cela ? dit-il.

– Boulevard François-Ier.

Il n'eut plus de doute et s'assit, tellement exaspéré qu'il avait envie de crier : « C'est trop fort à la fin ! Il n'y en a donc plus que pour lui ! »

Sa mère, radieuse, parlait toujours :

– Et figure-toi que j'ai eu cela pour deux mille huit cents francs. On en voulait trois mille, mais j'ai obtenu deux cents francs de diminution en faisant un bail de trois, six ou neuf ans. Ton frère sera parfaitement là-dedans. Il suffit d'un intérieur élégant pour faire la fortune d'un avocat. Cela attire le client, le séduit, le retient, lui donne du respect et lui fait comprendre qu'un homme ainsi logé fait payer cher ses paroles.

Elle se tut quelques secondes, et reprit :

– Il faudrait trouver quelque chose d'approchant pour toi, bien plus modeste puisque tu n'as rien, mais assez gentil tout de même. Je t'assure que cela te servirait beaucoup.

Pierre répondit d'un ton dédaigneux :

– Oh ! moi, c'est par le travail et la science que j'arriverai.

Sa mère insista :

– Oui, mais je t'assure qu'un joli logement te servirait beaucoup tout de même.

Vers le milieu du repas il demanda tout à coup :

– Comment l'aviez-vous connu, ce Maréchal ?

Le père Roland leva la tête et chercha dans ses souvenirs :

– Attends, je ne me rappelle plus trop. C'est si vieux. Ah ! oui, j'y suis. C'est ta mère qui a fait sa connaissance dans la boutique, n'est-ce pas, Louise ? Il était venu commander quelque chose, et puis il est revenu souvent. Nous l'avons connu comme client avant de le connaître comme ami.

Pierre, qui mangeait des flageolets et les piquait un à un avec une pointe de sa fourchette, comme s'il les eût embrochés, reprit :

– À quelle époque ça s'est-il fait, cette connaissance-là ?

Roland chercha de nouveau, mais ne se souvenant plus de rien, il fit appel à la mémoire de sa femme :

– En quelle année, voyons, Louise, tu ne dois pas avoir oublié, toi qui as un si bon souvenir ? Voyons, c'était en... en... en cinquante-cinq ou cinquante-six ?... Mais cherche donc, tu dois le savoir mieux que moi ?

Elle chercha quelque temps en effet, puis d'une voix sûre et tranquille :

– C'était en cinquante-huit, mon gros. Pierre avait alors trois ans. Je suis bien certaine de ne pas me tromper, car c'est l'année où l'enfant eut la fièvre scarlatine, et Maréchal, que nous connaissions encore très peu, nous a été d'un grand secours.

Roland s'écria :

– C'est vrai, c'est vrai, il a été admirable, même ! Comme ta mère n'en pouvait plus de fatigue et que moi j'étais occupé à la boutique, il allait chez le pharmacien chercher tes médicaments. Vraiment, c'était un brave cœur. Et quand tu as été guéri, tu ne te figures pas comme il fut content et comme il t'embrassait. C'est à partir de ce moment-là que nous sommes devenus de grands amis.

Et cette pensée brusque, violente, entra dans l'âme de Pierre comme une balle qui troue et déchire : « Puisqu'il m'a connu le premier, qu'il fut si dévoué pour moi, puisqu'il m'aimait et m'embrassait tant, puisque je suis la cause de sa grande liaison avec mes parents, pourquoi a-t-il laissé toute sa fortune à mon frère et rien à moi ? »

Il ne posa plus de questions et demeura sombre, absorbé plutôt que songeur, gardant en lui une inquiétude nouvelle, encore indécise, le germe[1] secret d'un nouveau mal.

Il sortit de bonne heure et se remit à rôder par les rues. Elles étaient ensevelies sous le brouillard qui rendait pesante, opaque et nauséabonde la nuit. On eût dit une fumée pestilentielle[2] abattue sur la terre. On la voyait passer sur les becs de gaz qu'elle paraissait éteindre par moments. Les pavés des rues devenaient glissants comme par les soirs de verglas, et toutes les mauvaises odeurs semblaient sortir du ventre des maisons, puanteurs des caves, des fosses, des égouts, des cuisines pauvres, pour se mêler à l'affreuse senteur de cette brume errante.

Pierre, le dos arrondi et les mains dans ses poches, ne voulant point rester dehors par ce froid, se rendit chez Marowsko.

Sous le bec de gaz qui veillait pour lui, le vieux pharmacien dormait toujours. En reconnaissant Pierre, qu'il aimait d'un amour de chien fidèle, il secoua sa torpeur, alla chercher deux verres et apporta la groseillette[3].

– Eh bien ! demanda le docteur, où en êtes-vous avec votre liqueur ?

Le Polonais expliqua comment quatre des principaux cafés de la ville consentaient à la lancer dans la circulation, et

---

1. Germe : ce qui fait naître, l'origine.
2. Pestilentielle : qui dégage une odeur insupportable.
3. Groseillette : voir p. 64.

comment *le Phare de la côte* et *le Sémaphore havrais*[1] lui feraient de la réclame[2] en échange de quelques produits pharmaceutiques mis à la disposition des rédacteurs.

Après un long silence, Marowsko demanda si Jean, décidément, était en possession de sa fortune ; puis il fit encore deux ou trois questions vagues sur le même sujet. Son dévouement ombrageux pour Pierre se révoltait de cette préférence. Et Pierre croyait l'entendre penser, devinait, comprenait, lisait dans ses yeux détournés, dans le ton hésitant de sa voix, les phrases qui lui venaient aux lèvres et qu'il ne disait pas, qu'il ne dirait point, lui si prudent, si timide, si cauteleux[3].

Maintenant il ne doutait plus, le vieux pensait : « Vous n'auriez pas dû lui laisser accepter cet héritage qui fera mal parler de votre mère. » Peut-être même croyait-il que Jean était le fils de Maréchal. Certes il le croyait ! Comment ne le croirait-il pas, tant la chose devait paraître vraisemblable, probable, évidente ? Mais lui-même, lui Pierre, le fils, depuis trois jours ne luttait-il pas de toute sa force, avec toutes les subtilités de son cœur, pour tromper sa raison, ne luttait-il pas contre ce soupçon terrible ?

Et de nouveau, tout à coup, le besoin d'être seul pour songer, pour discuter cela avec lui-même, pour envisager hardiment, sans scrupules, sans faiblesse, cette chose possible et monstrueuse, entra en lui si dominateur qu'il se leva sans même boire son verre de groseillette, serra la main du pharmacien stupéfait et se replongea dans le brouillard de la rue.

1. Noms de journaux imaginaires. Un sémaphore est un poste sur une côte qui transmet des signaux aux navires.

2. Réclame : publicité.

3. Cauteleux : rusé, méfiant.

Il se disait : « Pourquoi ce Maréchal a-t-il laissé toute sa fortune à Jean ? »

Ce n'était plus la jalousie maintenant qui lui faisait chercher cela, ce n'était plus cette envie un peu basse[1] et naturelle qu'il savait cachée en lui et qu'il combattait depuis trois jours, mais la terreur d'une chose épouvantable, la terreur de croire lui-même que Jean, que son frère était le fils de cet homme !

Non, il ne le croyait pas, il ne pouvait même se poser cette question criminelle ! Cependant il fallait que ce soupçon si léger, si invraisemblable, fût rejeté de lui, complètement, pour toujours. Il lui fallait la lumière, la certitude, il fallait dans son cœur la sécurité complète, car il n'aimait que sa mère au monde.

Et tout seul en errant par la nuit, il allait faire, dans ses souvenirs, dans sa raison, l'enquête minutieuse d'où résulterait l'éclatante vérité. Après cela ce serait fini, il n'y penserait plus, plus jamais. Il irait dormir.

Il songeait : « Voyons, examinons d'abord les faits ; puis je me rappellerai tout ce que je sais de lui, de son allure avec mon frère et avec moi, je chercherai toutes les causes qui ont pu motiver cette préférence… Il a vu naître Jean ? – oui, mais il me connaissait auparavant. – S'il avait aimé ma mère d'un amour muet et réservé, c'est moi qu'il aurait préféré puisque c'est grâce à moi, grâce à ma fièvre scarlatine, qu'il est devenu l'ami intime de mes parents. Donc, logiquement, il devait me choisir, avoir pour moi une tendresse plus vive, à moins qu'il n'eût éprouvé pour mon frère, en le voyant grandir, une attraction, une prédilection instinctives. »

1. **Basse** : méprisable, mesquine.

Alors il chercha dans sa mémoire, avec une tension désespérée de toute sa pensée, de toute sa puissance intellectuelle, à reconstituer, à revoir, à reconnaître, à pénétrer l'homme, cet homme qui avait passé devant lui, indifférent à son cœur, pendant toutes ses années de Paris.

Mais il sentit que la marche, le léger mouvement de ses pas, troublait un peu ses idées, dérangeait leur fixité, affaiblissait leur portée, voilait sa mémoire.

Pour jeter sur le passé et les événements inconnus ce regard aigu, à qui rien ne devait échapper, il fallait qu'il fût immobile, dans un lieu vaste et vide. Et il se décida à aller s'asseoir sur la jetée, comme l'autre nuit.

En approchant du port il entendit vers la pleine mer une plainte lamentable et sinistre, pareille au meuglement d'un taureau, mais plus longue et plus puissante. C'était le cri d'une sirène, le cri des navires perdus dans la brume.

Un frisson remua sa chair, crispa son cœur, tant il avait retenti dans son âme et dans ses nerfs, ce cri de détresse, qu'il croyait avoir jeté lui-même. Une autre voix semblable gémit à son tour, un peu plus loin ; puis, tout près, la sirène du port, leur répondant, poussa une clameur déchirante.

Pierre gagna la jetée à grands pas, ne pensant plus à rien, satisfait d'entrer dans ces ténèbres lugubres et mugissantes.

Lorsqu'il se fut assis à l'extrémité du môle[1], il ferma les yeux pour ne point voir les foyers électriques, voilés de brouillard, qui rendent le port accessible la nuit, ni le feu rouge du phare sur la jetée sud, qu'on distinguait à peine cependant. Puis se

1. **Môle** : jetée située à l'entrée d'un port et destinée à le protéger.

tournant à moitié, il posa ses coudes sur le granit et cacha sa figure dans ses mains.

Sa pensée, sans qu'il prononçât ce mot avec ses lèvres, répétait comme pour l'appeler, pour évoquer et provoquer son ombre : « Maréchal !... Maréchal ! » Et dans le noir de ses paupières baissées, il le vit tout à coup tel qu'il l'avait connu. C'était un homme de soixante ans, portant en pointe sa barbe blanche, avec des sourcils épais, tout blancs aussi. Il n'était ni grand ni petit, avait l'air affable[1], les yeux gris et doux, le geste modeste, l'aspect d'un brave être, simple et tendre. Il appelait Pierre et Jean « mes chers enfants », n'avait jamais paru préférer l'un ou l'autre, et les recevait ensemble à dîner.

Et Pierre, avec une ténacité de chien qui suit une piste évaporée, se mit à rechercher les paroles, les gestes, les intonations, les regards de cet homme disparu de la terre. Il le retrouvait peu à peu, tout entier, dans son appartement de la rue Tronchet quand il les recevait à sa table, son frère et lui.

Deux bonnes le servaient, vieilles toutes deux, qui avaient pris, depuis bien longtemps sans doute, l'habitude de dire « monsieur Pierre » et « monsieur Jean ».

Maréchal tendait ses deux mains aux jeunes gens, la droite à l'un, la gauche à l'autre, au hasard de leur entrée.

– Bonjour, mes enfants, disait-il, avez-vous des nouvelles de vos parents ? Quant à moi, ils ne m'écrivent jamais.

On causait, doucement et familièrement, de choses ordinaires. Rien de hors-ligne[2] dans l'esprit de cet homme, mais

---

1. Affable : aimable.

2. Rien de hors-ligne : rien qui dépasse le commun, rien d'exceptionnel.

beaucoup d'aménité[1], de charme et de grâce. C'était certainement pour eux un bon ami, un de ces bons amis auxquels on ne songe guère parce qu'on les sent très sûrs.

Maintenant les souvenirs affluaient dans l'esprit de Pierre. Le voyant soucieux plusieurs fois, et devinant sa pauvreté d'étudiant, Maréchal lui avait offert et prêté, spontanément, de l'argent, quelques centaines de francs peut-être, oubliées par l'un et par l'autre et jamais rendues. Donc cet homme l'aimait toujours, s'intéressait toujours à lui, puisqu'il s'inquiétait de ses besoins. Alors... alors pourquoi laisser toute sa fortune à Jean? Non, il n'avait jamais été visiblement plus affectueux pour le cadet que pour l'aîné, plus préoccupé de l'un que de l'autre, moins tendre en apparence avec celui-ci qu'avec celui-là. Alors... alors... il avait donc eu une raison puissante et secrète de tout donner à Jean – tout – et rien à Pierre.

Plus il y songeait, plus il revivait le passé des dernières années, plus le docteur jugeait invraisemblable, incroyable cette différence établie entre eux.

Et une souffrance aiguë, une inexprimable angoisse entrée dans sa poitrine, faisait aller son cœur comme une loque[2] agitée. Les ressorts en paraissaient brisés, et le sang y passait à flots, librement, en le secouant d'un ballottement tumultueux.

Alors, à mi-voix, comme on parle dans les cauchemars, il murmura: « Il faut savoir. Mon Dieu, il faut savoir. »

Il cherchait plus loin, maintenant, dans les temps plus anciens où ses parents habitaient Paris. Mais les visages lui

---

1. Aménité: amabilité, douceur.

2. Loque: partie du corps privée d'énergie, presque sans vie.

échappaient, ce qui brouillait ses souvenirs. Il s'acharnait surtout à retrouver Maréchal avec des cheveux blonds, châtains ou noirs ? Il ne le pouvait pas, la dernière figure de cet homme, sa figure de vieillard, ayant effacé les autres. Il se rappelait pourtant qu'il était plus mince, qu'il avait la main douce et qu'il apportait souvent des fleurs, très souvent, car son père répétait sans cesse : « Encore des bouquets ! mais c'est de la folie, mon cher, vous vous ruinerez en roses. »

Maréchal répondait : « Laissez donc, cela me fait plaisir. »

Et soudain l'intonation de sa mère, de sa mère qui souriait et disait : « Merci, mon ami », lui traversa l'esprit, si nette qu'il crut l'entendre. Elle les avait donc prononcés bien souvent, ces trois mots, pour qu'ils se fussent gravés ainsi dans la mémoire de son fils !

Donc Maréchal apportait des fleurs, lui, l'homme riche, le monsieur, le client, à cette petite boutiquière, à la femme de ce bijoutier modeste. L'avait-il aimée ? Comment serait-il devenu l'ami de ces marchands s'il n'avait pas aimé la femme ? C'était un homme instruit, d'esprit assez fin. Que de fois il avait parlé poètes et poésie avec Pierre ! Il n'appréciait point les écrivains en artiste, mais en bourgeois qui vibre. Le docteur avait souvent souri de ces attendrissements, qu'il jugeait un peu niais. Aujourd'hui il comprenait que cet homme sentimental n'avait jamais pu, jamais, être l'ami de son père, de son père si positif[1], si terre à terre, si lourd, pour qui le mot « poésie » signifiait sottise.

Donc, ce Maréchal, jeune, libre, riche, prêt à toutes les tendresses, était entré, un jour, par hasard, dans une boutique,

1. Positif : rationnel, d'esprit scientifique.

ayant remarqué peut-être la jolie marchande. Il avait acheté, était revenu, avait causé, de jour en jour plus familier, et payant par des acquisitions fréquentes le droit de s'asseoir dans cette maison, de sourire à la jeune femme et de serrer la main du mari.

Et puis après... après... oh ! mon Dieu... après ?...

Il avait aimé et caressé le premier enfant, l'enfant du bijoutier, jusqu'à la naissance de l'autre, puis il était demeuré impénétrable jusqu'à la mort, puis, son tombeau fermé, sa chair décomposée, son nom effacé des noms vivants, tout son être disparu pour toujours, n'ayant plus rien à ménager, à redouter et à cacher, il avait donné toute sa fortune au deuxième enfant !... Pourquoi ?... Cet homme était intelligent... il avait dû comprendre et prévoir qu'il pouvait, qu'il allait presque infailliblement laisser supposer que cet enfant était à lui. – Donc il déshonorait une femme ? Comment aurait-il fait cela si Jean n'était point son fils ?

Et soudain un souvenir précis, terrible, traversa l'âme de Pierre. Maréchal avait été blond, blond comme Jean. Il se rappelait maintenant un petit portrait miniature vu autrefois, à Paris, sur la cheminée de leur salon, et disparu à présent. Où était-il ? Perdu, ou caché ? Oh ! s'il pouvait le tenir rien qu'une seconde ! Sa mère l'avait gardé peut-être dans le tiroir inconnu où l'on serre les reliques[1] d'amour.

Sa détresse, à cette pensée, devint si déchirante qu'il poussa un gémissement, une de ces courtes plaintes arrachées à la gorge par les douleurs trop vives. Et soudain, comme si elle l'eût entendu, comme si elle l'eût compris et lui eût répondu, la sirène de la jetée hurla tout près de lui. Sa clameur de monstre surnaturel, plus

1. **Reliques :** souvenirs.

retentissante que le tonnerre, rugissement sauvage et formidable fait pour dominer les voix du vent et des vagues, se répandit dans les ténèbres sur la mer invisible ensevelie sous les brouillards.

Alors, à travers la brume, proches ou lointains, des cris pareils s'élevèrent de nouveau dans la nuit. Ils étaient effrayants, ces appels poussés par les grands paquebots aveugles.

Puis tout se tut encore.

Pierre avait ouvert les yeux et regardait, surpris d'être là, réveillé de son cauchemar.

« Je suis fou, pensa-t-il, je soupçonne ma mère. » Et un flot d'amour et d'attendrissement, de repentir, de prière et de désolation noya son cœur. Sa mère ! La connaissant comme il la connaissait, comment avait-il pu la suspecter ? Est-ce que l'âme, est-ce que la vie de cette femme simple, chaste et loyale, n'étaient pas plus claires que l'eau ? Quand on l'avait vue et connue, comment ne pas la juger insoupçonnable ? Et c'était lui, le fils, qui avait douté d'elle ! Oh ! s'il avait pu la prendre en ses bras à ce moment, comme il l'eût embrassée, caressée, comme il se fût agenouillé pour demander grâce !

Elle aurait trompé son père, elle ?... Son père ! Certes, c'était un brave homme, honorable et probe[1] en affaires, mais dont l'esprit n'avait jamais franchi l'horizon de sa boutique. Comment cette femme, fort jolie autrefois, il le savait et on le voyait encore, douée d'une âme délicate, affectueuse, attendrie, avait-elle accepté comme fiancé et comme mari un homme si différent d'elle ?

Pourquoi chercher ? Elle avait épousé comme les fillettes épousent le garçon doté[2] que présentent les parents. Ils s'étaient

1. **Probe** : honnête.
2. **Doté** : riche.

installés aussitôt dans leur magasin de la rue Montmartre; et la jeune femme, régnant au comptoir, animée par l'esprit du foyer nouveau, par ce sens subtil et sacré de l'intérêt commun qui remplace l'amour et même l'affection dans la plupart des ménages commerçants de Paris, s'était mise à travailler avec toute son intelligence active et fine à la fortune espérée de leur maison. Et sa vie s'était écoulée ainsi, uniforme, tranquille, honnête, sans tendresse!...

Sans tendresse?... Était-il possible qu'une femme n'aimât point? Une femme jeune, jolie, vivant à Paris, lisant des livres, applaudissant des actrices mourant de passion sur la scène, pouvait-elle aller de l'adolescence à la vieillesse sans qu'une fois seulement, son cœur fût touché? D'une autre il ne le croirait pas, – pourquoi le croirait-il de sa mère?

Certes, elle avait pu aimer, comme une autre! car pourquoi serait-elle différente d'une autre, bien qu'elle fût sa mère?

Elle avait été jeune, avec toutes les défaillances[1] poétiques qui troublent le cœur des jeunes êtres! Enfermée, emprisonnée dans la boutique à côté d'un mari vulgaire et parlant toujours commerce, elle avait rêvé de clairs de lune, de voyages, de baisers donnés dans l'ombre des soirs. Et puis un homme, un jour, était entré comme entrent les amoureux dans les livres, et il avait parlé comme eux.

Elle l'avait aimé. Pourquoi pas? C'était sa mère! Eh bien! fallait-il être aveugle et stupide au point de rejeter l'évidence parce qu'il s'agissait de sa mère?

S'était-elle donnée[2]?... Mais oui, puisque cet homme n'avait pas eu d'autre amie; – mais oui, puisqu'il était resté

1. Défaillances: ici, faiblesses dues aux sentiments, aux rêves romanesques.
2. S'était-elle donnée: avait-elle accepté des relations sexuelles avec lui.

fidèle à la femme éloignée et vieillie, – mais oui, puisqu'il avait laissé toute sa fortune à son fils, à leur fils !...

Et Pierre se leva, frémissant d'une telle fureur qu'il eût voulu tuer quelqu'un ! Son bras tendu, sa main grande ouverte avaient envie de frapper, de meurtrir, de broyer, d'étrangler ! Qui ? tout le monde, son père, son frère, le mort, sa mère !

Il s'élança pour rentrer. Qu'allait-il faire ?

Comme il passait devant une tourelle auprès du mât des signaux, le cri strident de la sirène lui partit dans la figure. Sa surprise fut si violente qu'il faillit tomber et recula jusqu'au parapet de granit. Il s'y assit, n'ayant plus de force, brisé par cette commotion[1].

Le vapeur qui répondit le premier semblait tout proche et se présentait à l'entrée, la marée étant haute.

Pierre se retourna et aperçut son œil rouge, terni de brume. Puis, sous la clarté diffuse des feux électriques du port, une grande ombre noire se dessina entre les deux jetées. Derrière lui, la voix du veilleur, voix enrouée de vieux capitaine en retraite, criait :

– Le nom du navire ?

Et dans le brouillard la voix du pilote debout sur le pont, enrouée aussi, répondit :

– *Santa-Lucia*.

– Le pays ?

– Italie.

– Le port ?

– Naples.

Et Pierre devant ses yeux troublés crut apercevoir le panache de feu du Vésuve tandis qu'au pied du volcan, des

1. Commotion : choc violent.

lucioles voltigeaient dans les bosquets d'orangers de Sorrente ou de Castellamare[1] ! Que de fois il avait rêvé de ces noms familiers, comme s'il en connaissait les paysages. Oh ! s'il avait pu partir, tout de suite, n'importe où, et ne jamais revenir, ne jamais écrire, ne jamais laisser savoir ce qu'il était devenu ! Mais non, il fallait rentrer, rentrer dans la maison paternelle et se coucher dans son lit.

Tant pis, il ne rentrerait pas, il attendrait le jour. La voix des sirènes lui plaisait. Il se releva et se mit à marcher comme un officier qui fait le quart[2] sur un pont.

Un autre navire s'approchait derrière le premier, énorme et mystérieux. C'était un anglais qui revenait des Indes.

Il en vit venir encore plusieurs, sortant l'un après l'autre de l'ombre impénétrable. Puis, comme l'humidité du brouillard devenait intolérable, Pierre se remit en route vers la ville. Il avait si froid qu'il entra dans un café de matelots pour boire un grog[3] ; et quand l'eau-de-vie poivrée et chaude lui eut brûlé le palais et la gorge, il sentit en lui renaître un espoir.

Il s'était trompé, peut-être ? Il la connaissait si bien, sa déraison vagabonde ! Il s'était trompé sans doute ? Il avait accumulé les preuves ainsi qu'on dresse un réquisitoire[4] contre un innocent toujours facile à condamner quand on veut le croire coupable. Lorsqu'il aurait dormi, il penserait tout autrement. Alors il rentra pour se coucher, et, à force de volonté, il finit par s'assoupir.

---

1. Sorrente, Castellamare : villes italiennes, situées dans la province de Naples.

2. Fait le quart : surveille le navire pendant un certain temps. Autrefois, ce temps était de six heures.

3. Grog : boisson chaude qui peut être à base d'eau-de-vie.

4. Réquisitoire : discours d'accusation.

V

Mais le corps du docteur s'engourdit à peine une heure ou deux dans l'agitation d'un sommeil troublé. Quand il se réveilla, dans l'obscurité de sa chambre chaude et fermée, il ressentit, avant même que la pensée se fût rallumée en lui, cette oppression douloureuse, ce malaise de l'âme que laisse en nous le chagrin sur lequel on a dormi. Il semble que le malheur, dont le choc nous a seulement heurté la veille, se soit glissé, durant notre repos, dans notre chair elle-même, qu'il meurtrit et fatigue comme une fièvre. Brusquement le souvenir lui revint, et il s'assit dans son lit.

Alors il recommença lentement, un à un, tous les raisonnements qui avaient torturé son cœur sur la jetée pendant que criaient les sirènes. Plus il songeait, moins il doutait. Il se sentait traîné par sa logique, comme par une main qui attire et étrangle, vers l'intolérable certitude.

Il avait soif, il avait chaud, son cœur battait. Il se leva pour ouvrir sa fenêtre et respirer, et, quand il fut debout, un bruit léger lui parvint à travers le mur.

Jean dormait tranquille et ronflait doucement. Il dormait, lui ! Il n'avait rien pressenti, rien deviné ! Un homme qui avait connu leur mère lui laissait toute sa fortune. Il prenait l'argent, trouvant cela juste et naturel.

Il dormait, riche et satisfait, sans savoir que son frère haletait de souffrance et de détresse. Et une colère se levait en lui contre ce ronfleur insouciant et content.

La veille, il eût frappé[1] contre sa porte, serait entré, et, assis près du lit, lui aurait dit dans l'effarement de son réveil subit : « Jean, tu ne dois pas garder ce legs qui pourrait demain faire suspecter notre mère et la déshonorer. »

Mais aujourd'hui il ne pouvait plus parler, il ne pouvait pas dire à Jean qu'il ne le croyait point le fils de leur père. Il fallait à présent garder, enterrer en lui cette honte découverte par lui, cacher à tous la tache aperçue, et que personne ne devait découvrir, pas même son frère, surtout son frère.

Il ne songeait plus guère maintenant au vain[2] respect de l'opinion publique. Il aurait voulu que tout le monde accusât sa mère pourvu qu'il la sût innocente, lui, lui seul ! Comment pourrait-il supporter de vivre près d'elle, tous les jours, et de croire, en la regardant, qu'elle avait enfanté son frère de la caresse d'un étranger ?

Comme elle était calme et sereine pourtant, comme elle paraissait sûre d'elle ! Était-il possible qu'une femme comme elle, d'une âme pure et d'un cœur droit, pût tomber, entraînée par la passion, sans que, plus tard, rien n'apparût de ses remords, des souvenirs de sa conscience troublée ?

Ah ! les remords ! les remords ! ils avaient dû, jadis, dans les premiers temps, la torturer, puis ils s'étaient effacés, comme tout s'efface. Certes, elle avait pleuré sa faute, et, peu à peu, l'avait presque oubliée. Est-ce que toutes les femmes, toutes,

---

1. Il eût frappé : il aurait frappé.

2. Vain : inutile.

n'ont pas cette faculté d'oubli prodigieuse qui leur fait reconnaître à peine, après quelques années passées, l'homme à qui elles ont donné leur bouche et tout leur corps à baiser ? Le baiser frappe comme la foudre, l'amour passe comme un orage, puis la vie, de nouveau, se calme comme le ciel, et recommence ainsi qu'avant. Se souvient-on d'un nuage ?

Pierre ne pouvait plus demeurer dans sa chambre ! Cette maison, la maison de son père l'écrasait. Il sentait peser le toit sur sa tête et les murs l'étouffer. Et comme il avait très soif, il alluma sa bougie afin d'aller boire un verre d'eau fraîche au filtre de la cuisine.

Il descendit les deux étages, puis, comme il remontait avec la carafe pleine, il s'assit en chemise sur une marche de l'escalier où circulait un courant d'air, et il but, sans verre, par longues gorgées, comme un coureur essoufflé. Quand il eut cessé de remuer, le silence de cette demeure l'émut ; puis, un à un, il en distingua les moindres bruits. Ce fut d'abord l'horloge de la salle à manger dont le battement lui paraissait grandir de seconde en seconde. Puis il entendit de nouveau un ronflement, un ronflement de vieux, court, pénible et dur, celui de son père sans aucun doute ; et il fut crispé par cette idée, comme si elle venait seulement de jaillir en lui, que ces deux hommes qui ronflaient dans ce même logis, le père et le fils, n'étaient rien l'un à l'autre ! Aucun lien, même le plus léger, ne les unissait, et ils ne le savaient pas ! Ils se parlaient avec tendresse, ils s'embrassaient, se réjouissaient et s'attendrissaient ensemble des mêmes choses, comme si le même sang eût coulé dans leurs veines. Et deux personnes nées aux deux extrémités du monde ne pouvaient pas être plus étrangères l'une à l'autre que ce père et que ce fils. Ils croyaient s'aimer parce qu'un mensonge avait grandi entre eux. C'était un mensonge qui faisait cet amour paternel et cet amour filial, un mensonge impossible à dévoiler et que personne ne connaîtrait jamais que lui, le vrai fils.

Pourtant, pourtant, s'il se trompait ? Comment le savoir ? Ah ! si une ressemblance, même légère, pouvait exister entre son père et Jean, une de ces ressemblances mystérieuses qui vont de l'aïeul aux arrière-petits-fils, montrant que toute une race descend directement du même baiser. Il aurait fallu si peu de chose, à lui médecin, pour reconnaître cela, la forme de la mâchoire, la courbure du nez, l'écartement des yeux, la nature des dents ou des poils, moins encore, un geste, une habitude, une manière d'être, un goût transmis, un signe quelconque bien caractéristique pour un œil exercé.

Il cherchait et ne se rappelait rien, non, rien. Mais il avait mal regardé, mal observé, n'ayant aucune raison pour découvrir ces imperceptibles indications.

Il se leva pour rentrer dans sa chambre et se mit à monter l'escalier, à pas lents, songeant toujours. En passant devant la porte de son frère, il s'arrêta net, la main tendue pour l'ouvrir. Un désir impérieux[1] venait de surgir en lui de voir Jean tout de suite, de le regarder longuement, de le surprendre pendant le sommeil, pendant que la figure apaisée, que les traits détendus se reposent, que toute la grimace de la vie a disparu. Il saisirait ainsi le secret dormant de sa physionomie ; et si quelque ressemblance existait, appréciable, elle ne lui échapperait pas.

Mais si Jean s'éveillait, que dirait-il ? Comment expliquer cette visite ?

---

1. Impérieux : irrésistible.

Il demeurait debout, les doigts crispés sur la serrure et cherchant une raison, un prétexte.

Il se rappela tout à coup que, huit jours plus tôt, il avait prêté à son frère une fiole de laudanum[1] pour calmer une rage de dents. Il pouvait lui-même souffrir, cette nuit-là, et venir réclamer sa drogue. Donc il entra, mais d'un pied furtif[2], comme un voleur.

Jean, la bouche entrouverte, dormait d'un sommeil animal et profond. Sa barbe et ses cheveux blonds faisaient une tache d'or sur le linge blanc. Il ne s'éveilla point, mais il cessa de ronfler.

Pierre, penché vers lui, le contemplait d'un œil avide[3]. Non, ce jeune homme-là ne ressemblait pas à Roland ; et, pour la seconde fois, s'éveilla dans son esprit le souvenir du petit portrait disparu de Maréchal. Il fallait qu'il le trouvât ! En le voyant, peut-être, il ne douterait plus.

Son frère remua, gêné sans doute par sa présence, ou par la lueur de sa bougie pénétrant ses paupières. Alors le docteur recula, sur la pointe des pieds, vers la porte, qu'il referma sans bruit ; puis il retourna dans sa chambre, mais il ne se coucha pas.

Le jour fut lent à venir. Les heures sonnaient, l'une après l'autre, à la pendule de la salle à manger, dont le timbre avait un son profond et grave, comme si ce petit instrument d'horlogerie eût avalé une cloche de cathédrale. Elles montaient, dans l'escalier vide, traversaient les murs et les portes, allaient mourir au fond des chambres dans l'oreille inerte[4] des dormeurs. Pierre

1. Laudanum : médicament dérivé de l'opium.
2. Furtif : qui ne veut pas se faire remarquer, à la dérobée.
3. Avide : envieux, jaloux.
4. Inerte : qui ne réagit pas.

s'était mis à marcher de long en large, de son lit à sa fenêtre. Qu'allait-il faire ? Il se sentait trop bouleversé pour passer ce jour-là dans sa famille. Il voulait encore rester seul, au moins jusqu'au lendemain, pour réfléchir, se calmer, se fortifier pour la vie de chaque jour qu'il lui faudrait reprendre.

Eh bien ! il irait à Trouville[1], voir grouiller la foule sur la plage. Cela le distrairait, changerait l'air de sa pensée, lui donnerait le temps de se préparer à l'horrible chose qu'il avait découverte.

Dès que l'aurore parut, il fit sa toilette et s'habilla. Le brouillard s'était dissipé, il faisait beau, très beau. Comme le bateau de Trouville ne quittait le port qu'à neuf heures, le docteur songea qu'il lui faudrait embrasser sa mère avant de partir.

Il attendit le moment où elle se levait tous les jours, puis il descendit. Son cœur battait si fort en touchant sa porte qu'il s'arrêta pour respirer. Sa main, posée sur la serrure, était molle et vibrante, presque incapable du léger effort de tourner le bouton pour entrer. Il frappa. La voix de sa mère demanda :

– Qui est-ce ?

– Moi, Pierre.

– Qu'est-ce que tu veux ?

– Te dire bonjour parce que je vais passer la journée à Trouville avec des amis.

– C'est que je suis encore au lit.

– Bon, alors ne te dérange pas. Je t'embrasserai en rentrant, ce soir.

Il espéra qu'il pourrait partir sans la voir, sans poser sur ses joues le baiser faux qui lui soulevait le cœur d'avance.

1. **Trouville :** ville de Basse-Normandie.

Mais elle répondit :

– Un moment, je t'ouvre. Tu attendras que je me sois recouchée.

Il entendit ses pieds nus sur le parquet puis le bruit du verrou glissant. Elle cria :

– Entre.

Il entra. Elle était assise dans son lit tandis qu'à son côté, Roland, un foulard sur la tête et tourné vers le mur, s'obstinait à dormir. Rien ne l'éveillait tant qu'on ne l'avait pas secoué à lui arracher le bras. Les jours de pêche, c'était la bonne, sonnée à l'heure convenue par le matelot Papagris, qui venait tirer son maître de cet invincible repos.

Pierre, en allant vers elle, regardait sa mère ; et il lui semblait tout à coup qu'il ne l'avait jamais vue.

Elle lui tendit ses joues, il y mit deux baisers, puis s'assit sur une chaise basse.

– C'est hier soir que tu as décidé cette partie ? dit-elle.

– Oui, hier soir.

– Tu reviens pour dîner ?

– Je ne sais pas encore. En tout cas, ne m'attendez point.

Il l'examinait avec une curiosité stupéfaite. C'était sa mère, cette femme ! Toute cette figure, vue dès l'enfance, dès que son œil avait pu distinguer, ce sourire, cette voix si connue, si familière, lui paraissaient brusquement nouveaux et autres de ce qu'ils avaient été jusque-là pour lui. Il comprenait à présent que, l'aimant, il ne l'avait jamais regardée. C'était bien elle pourtant, et il n'ignorait rien des plus petits détails de son visage ; mais ces petits détails, il les apercevait nettement pour la première fois. Son attention anxieuse, fouillant cette tête chérie, la lui révélait différente, avec une physionomie qu'il n'avait jamais découverte.

Il se leva pour partir, puis, cédant soudain à l'invincible envie de savoir qui lui mordait le cœur depuis la veille :

– Dis donc, j'ai cru me rappeler qu'il y avait autrefois, à Paris, un petit portrait de Maréchal dans notre salon.

Elle hésita une seconde ou deux ; ou du moins il se figura qu'elle hésitait ; puis elle dit :

– Mais oui.

– Et qu'est-ce qu'il est devenu, ce portrait ?

Elle aurait pu encore répondre plus vite :

– Ce portrait… attends… je ne sais pas trop… Peut-être que je l'ai dans mon secrétaire.

– Tu serais bien aimable de le retrouver.

– Oui, je chercherai. Pourquoi le veux-tu ?

– Oh ! ce n'est pas pour moi. J'ai songé qu'il serait tout naturel de le donner à Jean, et que cela ferait plaisir à mon frère.

– Oui, tu as raison, c'est une bonne pensée. Je vais le chercher dès que je serai levée.

Et il sortit.

C'était un jour bleu, sans un souffle d'air. Les gens dans la rue semblaient gais, les commerçants allant à leurs affaires, les employés allant à leur bureau, les jeunes filles allant à leur magasin. Quelques-uns chantonnaient, mis en joie par la clarté.

Sur le bateau de Trouville, les passagers montaient déjà. Pierre s'assit, tout à l'arrière, sur un banc de bois.

Il se demandait :

– A-t-elle été inquiétée par ma question sur le portrait, ou seulement surprise ? L'a-t-elle égaré ou caché ? Sait-elle où il est, ou bien ne sait-elle pas ? Si elle l'a caché, pourquoi ?

Et son esprit, suivant toujours la même marche, de déduction en déduction, conclut ceci :

Le portrait, portrait d'ami, portrait d'amant, était resté dans le salon bien en vue, jusqu'au jour où la femme, où la mère s'était aperçue, la première, avant tout le monde, que ce portrait ressemblait à son fils. Sans doute, depuis longtemps, elle épiait cette ressemblance ; puis, l'ayant découverte, l'ayant vu naître et comprenant que chacun pourrait, un jour ou l'autre, l'apercevoir aussi, elle avait enlevé, un soir, la petite peinture redoutable et l'avait cachée, n'osant pas la détruire.

Et Pierre se rappelait fort bien maintenant que cette miniature avait disparu longtemps, longtemps avant leur départ de Paris ! Elle avait disparu, croyait-il, quand la barbe de Jean, se mettant à pousser, l'avait rendu tout à coup pareil au jeune homme blond qui souriait dans le cadre.

Le mouvement du bateau qui partait troubla sa pensée et la dispersa. Alors, s'étant levé, il regarda la mer.

Le petit paquebot sortit des jetées, tourna à gauche et soufflant, haletant, frémissant, s'en alla vers la côte lointaine qu'on apercevait dans la brume matinale. De place en place la voile rouge d'un lourd bateau de pêche immobile sur la mer plate avait l'air d'un gros rocher sortant de l'eau. Et la Seine descendant de Rouen semblait un large bras de mer séparant deux terres voisines.

En moins d'une heure on parvint au port de Trouville, et comme c'était le moment du bain, Pierre se rendit sur la plage.

De loin, elle avait l'air d'un long jardin plein de fleurs éclatantes. Sur la grande dune de sable jaune, depuis la jetée jusqu'aux Roches-Noires, les ombrelles de toutes les couleurs, les chapeaux de toutes les formes, les toilettes de toutes les nuances, par groupes devant les cabines, par lignes le long du flot ou dispersées çà et là, ressemblaient vraiment à des bouquets énormes dans une prairie démesurée. Et le bruit confus, proche et lointain des voix égrenées dans l'air léger, les appels, les cris d'enfants qu'on baigne, les rires clairs des femmes faisaient une rumeur[1] continue et douce, mêlée à la brise insensible et qu'on aspirait avec elle.

Pierre marchait au milieu de ces gens, plus perdu, plus séparé d'eux, plus isolé, plus noyé dans sa pensée torturante, que si on l'avait jeté à la mer du pont d'un navire, à cent lieues au large. Il les frôlait, entendait, sans écouter, quelques phrases ; et il voyait, sans regarder, les hommes parler aux femmes et les femmes sourire aux hommes.

Mais tout à coup, comme s'il s'éveillait, il les aperçut distinctement ; et une haine surgit en lui contre eux, car ils semblaient heureux et contents.

Il allait maintenant, frôlant les groupes, tournant autour, saisi par des pensées nouvelles. Toutes ces toilettes multicolores qui couvraient le sable comme un bouquet, ces étoffes jolies, ces ombrelles voyantes, la grâce factice[2] des tailles emprisonnées, toutes ces inventions ingénieuses de la mode depuis la chaussure mignonne jusqu'au chapeau extravagant, la séduction du geste, de la voix et du sourire, la coquetterie enfin étalée sur cette plage lui apparaissaient soudain comme une immense floraison de la perversité féminine. Toutes ces femmes parées voulaient plaire, séduire, et tenter quelqu'un.

1. Rumeur : bruit confus dans une foule.
2. Factice : fausse, artificielle.

Elles s'étaient faites belles pour les hommes, pour tous les hommes, excepté pour l'époux qu'elles n'avaient plus besoin de conquérir. Elles s'étaient faites belles pour l'amant d'aujourd'hui et l'amant de demain, pour l'inconnu rencontré, remarqué, attendu peut-être.

Et ces hommes, assis près d'elles, les yeux dans les yeux, parlant la bouche près de la bouche, les appelaient et les désiraient, les chassaient comme un gibier souple et fuyant, bien qu'il semblât si proche et si facile. Cette vaste plage n'était donc qu'une halle[1] d'amour où les unes se vendaient, les autres se donnaient, celles-ci marchandaient leurs caresses et celles-là se promettaient seulement. Toutes ces femmes ne pensaient qu'à la même chose, offrir et faire désirer leur chair déjà donnée, déjà vendue, déjà promise à d'autres hommes. Et il songea que sur la terre entière c'était toujours la même chose.

Sa mère avait fait comme les autres, voilà tout ! Comme les autres ? – non ! il existait des exceptions, et beaucoup, beaucoup ! Celles qu'il voyait autour de lui, des riches, des folles, des chercheuses d'amour, appartenaient en somme à la galanterie élégante et mondaine ou même à la galanterie tarifée[2], car on ne rencontrait pas, sur les plages piétinées par la légion des désœuvrées, le peuple des honnêtes femmes enfermées dans la maison close[3].

La mer montait, chassant peu à peu vers la ville les premières lignes des baigneurs. On voyait les groupes se lever

1. Halle : marché.

2. Galanterie tarifée : galanterie que l'on paye, prostitution.

3. Maison close : jeu sur le double sens de l'expression qui signifie à la fois « maison fermée », dans laquelle se tiendraient sagement les « honnêtes femmes » et « maison dans laquelle on peut s'allouer les services de prostituées ».

vivement et fuir, en emportant leurs sièges, devant le flot jaune qui s'en venait frangé d'une petite dentelle d'écume. Les cabines roulantes, attelées d'un cheval, remontaient aussi ; et sur les planches de la promenade, qui borde la plage d'un bout à l'autre, c'était maintenant une coulée continue, épaisse et lente, de foule élégante, formant deux courants contraires qui se coudoyaient et se mêlaient. Pierre, nerveux, exaspéré par ce frôlement, s'enfuit, s'enfonça dans la ville et s'arrêta pour déjeuner chez un simple marchand de vins, à l'entrée des champs.

Quand il eut pris son café, il s'étendit sur deux chaises devant la porte, et comme il n'avait guère dormi cette nuit-là, il s'assoupit à l'ombre d'un tilleul.

Après quelques heures de repos, s'étant secoué, il s'aperçut qu'il était temps de revenir pour reprendre le bateau, et il se mit en route, accablé par une courbature subite tombée sur lui pendant son assoupissement. Maintenant il voulait rentrer, il voulait savoir si sa mère avait retrouvé le portrait de Maréchal. En parlerait-elle la première, ou faudrait-il qu'il le demandât de nouveau ? Certes si elle attendait qu'on l'interrogeât encore, elle avait une raison secrète de ne point montrer ce portrait.

Mais lorsqu'il fut rentré dans sa chambre, il hésita à descendre pour le dîner. Il souffrait trop. Son cœur soulevé n'avait pas encore eu le temps de s'apaiser. Il se décida pourtant, et il parut dans la salle à manger comme on se mettait à table.

Un air de joie animait les visages.

– Eh bien ! dit Roland, ça avance-t-il, vos achats ! Moi, je ne veux rien voir avant que tout soit installé.

Sa femme répondit :

– Mais oui, ça va. Seulement il faut longtemps réfléchir pour ne pas commettre d'impair[1]. La question du mobilier nous préoccupe beaucoup.

Elle avait passé la journée à visiter avec Jean des boutiques de tapissiers et des magasins d'ameublement. Elle voulait des étoffes riches, un peu pompeuses, pour frapper l'œil. Son fils, au contraire, désirait quelque chose de simple et de distingué. Alors, devant tous les échantillons proposés, ils avaient répété, l'un et l'autre, leurs arguments. Elle prétendait que le client, le plaideur a besoin d'être impressionné, qu'il doit ressentir, en entrant dans le salon d'attente, l'émotion de la richesse.

Jean, au contraire, désirant n'attirer que la clientèle élégante et opulente[2], voulait conquérir l'esprit des gens fins par son goût modeste et sûr.

Et la discussion, qui avait duré toute la journée, reprit dès le potage.

Roland n'avait pas d'opinion. Il répétait :

– Moi, je ne veux entendre parler de rien. J'irai voir quand ce sera fini.

Mme Roland fit appel au jugement de son fils aîné.

– Voyons, toi, Pierre, qu'en penses-tu ?

Il avait les nerfs tellement surexcités qu'il eut envie de répondre par un juron. Il dit cependant sur un ton sec où vibrait son irritation :

– Oh ! moi, je suis tout à fait de l'avis de Jean. Je n'aime que la simplicité, qui est, quand il s'agit de goût, comparable à la droiture quand il s'agit de caractère.

---

1. Impair : maladresse, faute de goût.

2. Opulente : riche.

Sa mère reprit :

– Songe que nous habitons une ville de commerçants, où le bon goût ne court pas les rues.

Pierre répondit :

– Et qu'importe ? Est-ce une raison pour imiter les sots ? Si mes compatriotes sont bêtes ou malhonnêtes, ai-je besoin de suivre leur exemple ? Une femme ne commettra pas une faute pour cette raison que ses voisines ont des amants.

Jean se mit à rire :

– Tu as des arguments par comparaison qui semblent pris dans les maximes d'un moraliste.

Pierre ne répliqua point. Sa mère et son frère recommencèrent à parler d'étoffes et de fauteuils.

Il les regardait comme il avait regardé sa mère, le matin, avant de partir pour Trouville ; il les regardait en étranger qui observe, et il se croyait en effet entré tout à coup dans une famille inconnue.

Son père, surtout, étonnait son œil et sa pensée. Ce gros homme flasque[1], content et niais, c'était son père, à lui ! Non, non, Jean ne lui ressemblait en rien.

Sa famille ! Depuis deux jours, une main inconnue et malfaisante, la main d'un mort[2], avait arraché et cassé, un à un, tous les liens qui tenaient l'un à l'autre ces quatre êtres. C'était fini, c'était brisé. Plus de mère, car il ne pourrait plus la chérir, ne la pouvant vénérer avec ce respect absolu, tendre et pieux, dont a besoin le cœur des fils ; plus de frère, puisque ce frère était l'enfant d'un étranger ; il ne lui restait qu'un père, ce gros homme, qu'il n'aimait pas, malgré lui.

---

1. Flasque : mou.

2. Dans deux nouvelles fantastiques de Maupassant, intitulées *La Main d'écorché* (1875) et *La Main* (1883), la main du mort vient hanter les personnages.

Et tout à coup :

– Dis donc, maman, as-tu retrouvé ce portrait ?

Elle ouvrit des yeux surpris :

– Quel portrait ?

– Le portrait de Maréchal.

– Non… c'est-à-dire oui… je ne l'ai pas retrouvé, mais je crois savoir où il est.

– Quoi donc ? demanda Roland.

Pierre lui dit :

– Un petit portrait de Maréchal qui était autrefois dans notre salon à Paris. J'ai pensé que Jean serait content de le posséder.

Roland s'écria :

– Mais oui, mais oui, je m'en souviens parfaitement ; je l'ai même vu encore à la fin de l'autre semaine. Ta mère l'avait tiré de son secrétaire[1] en rangeant ses papiers. C'était jeudi ou vendredi. Tu te rappelles bien, Louise ? J'étais en train de me raser quand tu l'as pris dans un tiroir et posé sur une chaise à côté de toi, avec un tas de lettres dont tu as brûlé la moitié. Hein ? est-ce drôle que tu aies touché à ce portrait deux ou trois jours à peine avant l'héritage de Jean ? Si je croyais aux pressentiments, je dirais que c'en est un !

Mme Roland répondit avec tranquillité :

– Oui, oui, je sais où il est ; j'irai le chercher tout à l'heure.

Donc elle avait menti ! Elle avait menti en répondant, ce matin-là même, à son fils qui lui demandait ce qu'était devenue cette miniature : « Je ne sais pas trop… peut-être que je l'ai dans mon secrétaire. »

---

1. Secrétaire : meuble à tiroirs.

Elle l'avait vue, touchée, maniée, contemplée quelques jours auparavant, puis elle l'avait recachée dans le tiroir secret, avec des lettres, ses lettres à lui.

Pierre regardait sa mère, qui avait menti. Il la regardait avec une colère exaspérée de fils trompé, volé dans son affection sacrée, et avec une jalousie d'homme longtemps aveugle qui découvre enfin une trahison honteuse. S'il avait été le mari de cette femme, lui, son enfant, il l'aurait saisie par les poignets, par les épaules ou par les cheveux, et jetée à terre, frappée, meurtrie, écrasée ! Et il ne pouvait rien dire, rien faire, rien montrer, rien révéler. Il était son fils, il n'avait rien à venger, lui, on ne l'avait pas trompé.

Mais oui, elle l'avait trompé dans sa tendresse, trompé dans son pieux respect. Elle se devait à lui irréprochable, comme se doivent toutes les mères à leurs enfants. Si la fureur dont il était soulevé arrivait presque à de la haine, c'est qu'il la sentait plus criminelle envers lui qu'envers son père lui-même.

L'amour de l'homme et de la femme est un pacte volontaire où celui qui faiblit n'est coupable que de perfidie[1] ; mais quand la femme est devenue mère, son devoir a grandi puisque la nature lui confie une race. Si elle succombe alors, elle est lâche, indigne et infâme.

– C'est égal, dit tout à coup Roland en allongeant ses jambes sous la table, comme il faisait chaque soir pour siroter son verre de cassis, ça n'est pas mauvais de vivre à rien faire quand on a une petite aisance. J'espère que Jean nous offrira des dîners extra, maintenant. Ma foi, tant pis si j'attrape quelquefois mal à l'estomac.

---

1. Perfidie : traîtrise.

Puis se tournant vers sa femme :

– Va donc chercher ce portrait, ma chatte, puisque tu as fini de manger. Ça me fera plaisir aussi de le revoir.

Elle se leva, prit une bougie et sortit. Puis, après une absence qui parut longue à Pierre, bien qu'elle n'eût pas duré trois minutes, Mme Roland rentra, souriante, et tenant par l'anneau un cadre doré de forme ancienne.

– Voilà, dit-elle, je l'ai retrouvé presque tout de suite.

Le docteur, le premier, avait tendu la main. Il reçut le portrait, et, d'un peu loin, à bout de bras, l'examina. Puis, sentant bien que sa mère le regardait, il leva lentement les yeux sur son frère, pour comparer. Il faillit dire, emporté par sa violence : « Tiens, cela ressemble à Jean. » S'il n'osa pas prononcer ces redoutables paroles, il manifesta sa pensée par la façon dont il comparait la figure vivante et la figure peinte. Elles avaient, certes, des signes communs : la même barbe et le même front, mais rien d'assez précis pour permettre de déclarer : « Voilà le père, et voilà le fils. » C'était plutôt un air de famille, une parenté de physionomies qu'anime le même sang. Or, ce qui fut pour Pierre plus décisif encore que cette allure des visages, c'est que sa mère s'était levée, avait tourné le dos et feignait d'enfermer, avec trop de lenteur, le sucre et le cassis dans un placard.

Elle avait compris qu'il savait ou du moins qu'il soupçonnait !

– Passe-moi donc ça, disait Roland.

Pierre tendit la miniature et son père attira la bougie pour bien voir ; puis il murmura d'une voix attendrie :

– Pauvre garçon ! dire qu'il était comme ça quand nous l'avons connu. Cristi ! comme ça va vite ! Il était joli homme, tout de même, à cette époque, et si plaisant de manière, n'est-ce pas, Louise ?

Comme sa femme ne répondait pas, il reprit :

– Et quel caractère égal ! Je ne lui ai jamais vu de mauvaise humeur. Voilà, c'est fini, il n'en reste plus rien... que ce qu'il a laissé à Jean. Enfin, on pourra jurer que celui-là s'est montré bon ami et fidèle jusqu'au bout. Même en mourant il ne nous a pas oubliés.

Jean, à son tour, tendit le bras pour prendre le portrait. Il le contempla quelques instants, puis, avec regret :

– Moi, je ne le reconnais pas du tout. Je ne me le rappelle qu'avec ses cheveux blancs.

Et il rendit la miniature à sa mère. Elle y jeta un regard rapide, vite détourné, qui semblait craintif ; puis de sa voix naturelle :

– Cela t'appartient maintenant, mon Jeannot, puisque tu es son héritier. Nous le porterons dans ton nouvel appartement.

Et comme on entrait au salon, elle posa la miniature sur la cheminée, près de la pendule, où elle était autrefois.

Roland bourrait sa pipe, Pierre et Jean allumèrent des cigarettes. Ils les fumaient ordinairement, l'un en marchant à travers la pièce, l'autre assis, enfoncé dans un fauteuil, et les jambes croisées. Le père se mettait toujours à cheval sur une chaise et crachait de loin dans la cheminée.

Mme Roland, sur un siège bas, près d'une petite table qui portait la lampe, brodait, tricotait ou marquait du linge.

Elle commençait, ce soir-là, une tapisserie destinée à la chambre de Jean. C'était un travail difficile et compliqué dont le début exigeait toute son attention. De temps en temps cependant son œil qui comptait les points se levait et allait, prompt et furtif, vers le petit portrait du mort appuyé contre la pendule. Et le docteur, qui traversait l'étroit salon en quatre ou cinq enjambées, les mains derrière le dos et la cigarette aux lèvres, rencontrait chaque fois le regard de sa mère.

On eût dit qu'ils s'épiaient, qu'une lutte venait de se déclarer entre eux ; et un malaise douloureux, un malaise insoutenable crispait le cœur de Pierre. Il se disait, torturé et satisfait pourtant : « Doit-elle souffrir en ce moment, si elle sait que je l'ai devinée ! » Et à chaque retour vers le foyer, il s'arrêtait quelques secondes à contempler le visage blond de Maréchal, pour bien montrer qu'une idée fixe le hantait. Et ce petit portrait, moins grand qu'une main ouverte, semblait une personne vivante, méchante, redoutable, entrée soudain dans cette maison et dans cette famille.

Tout à coup la sonnette de la rue tinta. Mme Roland, toujours si calme, eut un sursaut qui révéla le trouble de ses nerfs au docteur.

Puis elle dit : « Ça doit être Mme Rosémilly. » Et son œil anxieux encore une fois se leva vers la cheminée.

Pierre comprit, ou crut comprendre sa terreur et son angoisse. Le regard des femmes est perçant, leur esprit agile, et leur pensée soupçonneuse. Quand celle qui allait entrer apercevrait cette miniature inconnue, du premier coup, peut-être, elle découvrirait la ressemblance entre cette figure et celle de Jean. Alors elle saurait et comprendrait tout ! Il eut peur, une peur brusque et horrible que cette honte fût dévoilée, et se retournant, comme la porte s'ouvrait, il prit la petite peinture et la glissa sous la pendule sans que son père et son frère l'eussent vu.

Rencontrant de nouveau les yeux de sa mère, ils lui parurent changés, troubles et hagards[1].

– Bonjour, disait Mme Rosémilly, je viens boire avec vous une tasse de thé.

Mais pendant qu'on s'agitait autour d'elle pour s'informer de sa santé, Pierre disparut par la porte restée ouverte.

Quand on s'aperçut de son départ, on s'étonna. Jean, mécontent à cause de la jeune veuve qu'il craignait blessée, murmurait :

– Quel ours !

Mme Roland répondit :

– Il ne faut pas lui en vouloir, il est un peu malade aujourd'hui et fatigué d'ailleurs de sa promenade à Trouville.

– N'importe, reprit Roland, ce n'est pas une raison pour s'en aller comme un sauvage.

Mme Rosémilly voulut arranger les choses en affirmant :

– Mais non, mais non, il est parti à l'anglaise[2] ; on se sauve toujours ainsi dans le monde quand on s'en va de bonne heure.

– Oh ! répondit Jean, dans le monde, c'est possible, mais on ne traite pas sa famille à l'anglaise, et mon frère ne fait que cela, depuis quelque temps.

1. **Hagards** : effarés, hébétés.

2. **À l'anglaise** : discrètement.

VI

Rien ne survint chez les Roland pendant une semaine ou deux. Le père pêchait, Jean s'installait aidé de sa mère, Pierre, très sombre, ne paraissait plus qu'aux heures des repas.

Son père lui ayant demandé un soir :

– Pourquoi diable nous fais-tu une figure d'enterrement ? Ça n'est pas d'aujourd'hui que je le remarque !

Le docteur répondit :

– C'est que je sens terriblement le poids de la vie.

Le bonhomme n'y comprit rien et, d'un air désolé :

– Vraiment c'est trop fort. Depuis que nous avons eu le bonheur de cet héritage, tout le monde semble malheureux. C'est comme s'il nous était arrivé un accident, comme si nous pleurions quelqu'un !

– Je pleure quelqu'un, en effet, dit Pierre.

– Toi ? qui donc ?

– Oh ! quelqu'un que tu n'as pas connu, et que j'aimais trop.

Roland s'imagina qu'il s'agissait d'une amourette, d'une personne légère[1] courtisée par son fils, et il demanda :

– Une femme, sans doute ?

– Oui, une femme.

---

1. Légère : peu respectueuse des règles de la morale.

– Morte ?

– Non, c'est pis, perdue.

– Ah !

Bien qu'il s'étonnât de cette confidence imprévue, faite devant sa femme, et du ton bizarre de son fils, le vieux n'insista point, car il estimait que ces choses-là ne regardent pas les tiers.

Mme Roland semblait n'avoir point entendu ; elle paraissait malade, étant très pâle. Plusieurs fois déjà son mari, surpris de la voir s'asseoir comme si elle tombait sur son siège, de l'entendre souffler comme si elle ne pouvait plus respirer, lui avait dit :

– Vraiment, Louise, tu as mauvaise mine, tu te fatigues trop sans doute à installer Jean ! Repose-toi un peu, sacristi ! Il n'est pas pressé, le gaillard, puisqu'il est riche.

Elle remuait la tête sans répondre.

Sa pâleur, ce jour-là, devint si grande que Roland, de nouveau, la remarqua.

– Allons, dit-il, ça ne va pas du tout, ma pauvre vieille, il faut te soigner.

Puis se tournant vers son fils :

– Tu le vois bien, toi, qu'elle est souffrante, ta mère. L'as-tu examinée, au moins ?

Pierre répondit :

– Non, je ne m'étais pas aperçu qu'elle eût quelque chose.

Alors Roland se fâcha :

– Mais ça crève les yeux, nom d'un chien ! À quoi ça te sert-il d'être docteur alors, si tu ne t'aperçois même pas que ta mère est indisposée ? Mais regarde-la, tiens, regarde-la. Non, vrai, on pourrait crever, ce médecin-là ne s'en douterait pas !

Mme Roland s'était mise à haleter, si blême que son mari s'écria :

– Mais elle va se trouver mal.

– Non… non… ce n'est rien… ça va passer… ce n'est rien.

Pierre s'était approché, et la regardant fixement :

– Voyons, qu'est-ce que tu as ? dit-il.

Elle répétait, d'une voix basse, précipitée :

– Mais rien… rien… je t'assure… rien.

Roland était parti chercher du vinaigre ; il rentra, et tendant la bouteille à son fils :

– Tiens… mais soulage-la donc, toi. As-tu tâté son cœur, au moins ?

Comme Pierre se penchait pour prendre son pouls, elle retira sa main d'un mouvement si brusque qu'elle heurta une chaise voisine.

– Allons, dit-il d'une voix froide, laisse-toi soigner puisque tu es malade.

Alors elle souleva et lui tendit son bras. Elle avait la peau brûlante, les battements du sang tumultueux et saccadés. Il murmura :

– En effet, c'est assez sérieux. Il faudra prendre des calmants. Je vais te faire une ordonnance.

Et comme il écrivait, courbé sur son papier, un bruit léger de soupirs pressés, de suffocation[1], de souffles courts et retenus le fit se retourner soudain.

Elle pleurait, les deux mains sur la face.

Roland, éperdu, demandait :

– Louise, Louise, qu'est-ce que tu as ? mais qu'est-ce que tu as donc ?

---

1. **Suffocation :** étouffement.

Elle ne répondait pas et semblait déchirée par un chagrin horrible et profond.

Son mari voulut prendre ses mains et les ôter de son visage. Elle résista, répétant :

– Non, non, non.

Il se tourna vers son fils :

– Mais qu'est-ce qu'elle a ? Je ne l'ai jamais vue ainsi.

– Ce n'est rien, dit Pierre, une petite crise de nerfs.

Et il lui semblait que son cœur à lui se soulageait à la voir ainsi torturée, que cette douleur allégeait son ressentiment, diminuait la dette d'opprobre[1] de sa mère. Il la contemplait comme un juge satisfait de sa besogne.

Mais soudain elle se leva, se jeta vers la porte, d'un élan si brusque qu'on ne put ni le prévoir ni l'arrêter ; et elle courut s'enfermer dans sa chambre.

Roland et le docteur demeurèrent face à face.

– Est-ce que tu y comprends quelque chose ? dit l'un.

– Oui, répondit l'autre, cela vient d'un simple petit malaise nerveux qui se déclare souvent à l'âge de maman. Il est probable qu'elle aura encore beaucoup de crises comme celle-là.

Elle en eut d'autres en effet, presque chaque jour, et que Pierre semblait provoquer d'une parole, comme s'il avait eu le secret de son mal étrange et inconnu. Il guettait sur sa figure les intermittences de repos, et, avec des ruses de tortionnaire, réveillait par un seul mot la douleur un instant calmée.

Et il souffrait autant qu'elle, lui ! Il souffrait affreusement de ne plus l'aimer, de ne plus la respecter et de la torturer. Quand il avait bien avivé la plaie saignante, ouverte par lui

1. **Opprobre** : honte, déshonneur.

dans ce cœur de femme et de mère, quand il sentait combien elle était misérable et désespérée, il s'en allait seul, par la ville, si tenaillé par les remords, si meurtri par la pitié, si désolé de l'avoir ainsi broyée sous son mépris de fils, qu'il avait envie de se jeter à la mer, de se noyer pour en finir.

Oh ! comme il aurait voulu pardonner, maintenant ! mais il ne le pouvait point, étant incapable d'oublier. Si seulement il avait pu ne pas la faire souffrir ; mais il ne le pouvait pas non plus, souffrant toujours lui-même. Il rentrait aux heures des repas, plein de résolutions[1] attendries, puis dès qu'il l'apercevait, dès qu'il voyait son œil, autrefois si droit et si franc, et fuyant à présent, craintif, éperdu, il frappait malgré lui, ne pouvant garder la phrase perfide[2] qui lui montait aux lèvres.

L'infâme secret, connu d'eux seuls, l'aiguillonnait contre elle. C'était un venin qu'il portait à présent dans les veines et qui lui donnait des envies de mordre à la façon d'un chien enragé.

Rien ne le gênait plus pour la déchirer sans cesse, car Jean habitait maintenant presque tout à fait son nouvel appartement, et il revenait seulement pour dîner et pour coucher, chaque soir, dans sa famille.

Il s'apercevait souvent des amertumes et des violences de son frère, qu'il attribuait à la jalousie. Il se promettait bien de le remettre à sa place, et de lui donner une leçon un jour ou l'autre, car la vie de famille devenait fort pénible à la suite de ces scènes continuelles. Mais comme il vivait à part maintenant, il souffrait moins de ces brutalités ; et son amour de la tranquillité le poussait à la patience. La fortune, d'ailleurs,

1. Résolutions : intentions.
2. Perfide : cruelle.

l'avait grisé, et sa pensée ne s'arrêtait plus guère qu'aux choses ayant pour lui un intérêt direct. Il arrivait, l'esprit plein de petits soucis nouveaux, préoccupé de la coupe d'une jaquette, de la forme d'un chapeau de feutre, de la grandeur convenable pour des cartes de visite. Et il parlait avec persistance de tous les détails de sa maison, de planches posées dans le placard de sa chambre pour serrer[1] le linge, de portemanteaux installés dans le vestibule, de sonneries électriques disposées pour prévenir toute pénétration clandestine dans le logis.

Il avait été décidé qu'à l'occasion de son installation, on ferait une partie de campagne à Saint-Jouin[2], et qu'on reviendrait prendre le thé, chez lui, après dîner. Roland voulait aller par mer, mais la distance et l'incertitude où l'on était d'arriver par cette voie, si le vent contraire soufflait, firent repousser son avis, et un break[3] fut loué pour cette excursion.

On partit vers dix heures afin d'arriver pour le déjeuner. La grand'route poudreuse se déployait à travers la campagne normande que les ondulations des plaines et les fermes entourées d'arbres font ressembler à un parc sans fin. Dans la voiture emportée au trot lent de deux gros chevaux, la famille Roland, Mme Rosémilly et le capitaine Beausire se taisaient, assourdis par le bruit des roues, et fermaient les yeux dans un nuage de poussière.

C'était l'époque des récoltes mûres[4]. À côté des trèfles d'un vert sombre, et des betteraves d'un vert cru, les blés jaunes

---

1. Serrer : ranger.

2. Saint-Jouin : petite localité des environs du Havre.

3. Break : voiture ayant un siège devant et deux autres derrières, positionnés dans le sens de la longueur et se faisant face.

4. Les faits se déroulent donc pendant l'été.

éclairaient la campagne d'une lueur dorée et blonde. Ils semblaient avoir bu la lumière du soleil tombée sur eux. On commençait à moissonner par places, et dans les champs attaqués par les faux, on voyait les hommes se balancer en promenant au ras du sol leur grande lame en forme d'aile.

Après deux heures de marche, le break prit un chemin à gauche, passa près d'un moulin à vent qui tournait, mélancolique épave grise, à moitié pourrie et condamnée, dernier survivant des vieux moulins, puis il entra dans une jolie cour et s'arrêta devant une maison coquette, auberge célèbre dans le pays.

La patronne, qu'on appelle la belle Alphonsine, s'en vint, souriante, sur sa porte, et tendit la main aux deux dames qui hésitaient devant le marchepied trop haut.

Sous une tente, au bord de l'herbage ombragé de pommiers, des étrangers déjeunaient déjà, des Parisiens venus d'Étretat[1] ; et on entendait dans l'intérieur de la maison des voix, des rires et des bruits de vaisselle.

On dut manger dans une chambre, toutes les salles étant pleines. Soudain Roland aperçut contre la muraille des filets à salicoques[2].

– Ah ! ah ! cria-t-il, on pêche du bouquet ici ?

– Oui, répondit Beausire, c'est même l'endroit où on en prend le plus de toute la côte.

– Bigre ! si nous y allions après déjeuner ?

Il se trouvait justement que la marée était basse à trois heures ; et on décida que tout le monde passerait l'après-midi dans les rochers, à chercher des salicoques.

---

1. Étretat : ville de Haute-Normandie, célèbre pour ses falaises.
2. Salicoques : crevettes.

On mangea peu, pour éviter l'afflux de sang à la tête quand on aurait les pieds dans l'eau. On voulait d'ailleurs se réserver pour le dîner, qui fut commandé magnifique et qui devait être prêt dès six heures, quand on rentrerait.

Roland ne se tenait pas d'impatience. Il voulait acheter les engins spéciaux employés pour cette pêche, et qui ressemblent beaucoup à ceux dont on se sert pour attraper des papillons dans les prairies.

On les nomme lanets. Ce sont de petites poches en filet attachées sur un cercle de bois, au bout d'un long bâton. Alphonsine, souriant toujours, les lui prêta. Puis elle aida les deux femmes à faire une toilette improvisée pour ne point mouiller leur robe. Elle offrit des jupes, de gros bas de laine et des espadrilles. Les hommes ôtèrent leurs chaussettes et achetèrent chez le cordonnier du lieu des savates et des sabots.

Puis on se mit en route, le lanet sur l'épaule et la hotte sur le dos. Mme Rosémilly, dans ce costume, était tout à fait gentille[1], d'une gentillesse imprévue, paysanne et hardie.

La jupe prêtée par Alphonsine, coquettement relevée et fermée par un point de couture afin de pouvoir courir et sauter sans peur dans les roches, montrait la cheville et le bas du mollet, un ferme mollet de petite femme souple et forte. La taille était libre pour laisser aux mouvements leur aisance ; et elle avait trouvé, pour se couvrir la tête, un immense chapeau de jardinier, en paille jaune, aux bords démesurés, à qui une branche de tamaris[2], tenant un côté retroussé, donnait un air mousquetaire et crâne[3].

---

1. Gentille : aimable, séduisante.
2. Tamaris : arbrisseau à petites feuilles et à fleurs roses.
3. Crâne : sûr d'elle.

Jean, depuis son héritage, se demandait tous les jours s'il l'épouserait ou non. Chaque fois qu'il la revoyait, il se sentait décidé à en faire sa femme, puis, dès qu'il se trouvait seul, il songeait qu'en attendant on a le temps de réfléchir. Elle était moins riche que lui maintenant, car elle ne possédait qu'une douzaine de mille francs de revenu, mais en biens-fonds[1], en fermes et en terrains dans Le Havre, sur les bassins ; et cela, plus tard, pouvait valoir une grosse somme. La fortune était donc à peu près équivalente, et la jeune veuve assurément lui plaisait beaucoup.

En la regardant marcher devant lui ce jour-là, il pensait : « Alors, il faut que je me décide. Certes, je ne trouverai pas mieux. »

Ils suivirent un petit vallon en pente, descendant du village vers la falaise ; et la falaise, au bout de ce vallon, dominait la mer de quatre-vingts mètres. Dans l'encadrement des côtes vertes, s'abaissant à droite et à gauche, un grand triangle d'eau, d'un bleu d'argent sous le soleil, apparaissait au loin, et une voile, à peine visible, avait l'air d'un insecte là-bas. Le ciel plein de lumière se mêlait tellement à l'eau qu'on ne distinguait point du tout où finissait l'un et où commençait l'autre ; et les deux femmes, qui précédaient les trois hommes, dessinaient sur cet horizon clair leurs tailles serrées dans leurs corsages.

Jean, l'œil allumé, regardait fuir devant lui la cheville mince, la jambe fine, la hanche souple et le grand chapeau provocant de Mme Rosémilly. Et cette fuite activait son désir, le poussait aux résolutions[2] décisives que prennent brusquement les hésitants

1. Biens-fonds : biens immobiliers, propriétés.
2. Résolutions : décisions.

et les timides. L'air tiède, où se mêlait à l'odeur des côtes, des ajoncs[1], des trèfles et des herbes, la senteur marine des roches découvertes, l'animait encore en le grisant doucement, et il se décidait un peu plus à chaque pas, à chaque seconde, à chaque regard jeté sur la silhouette alerte[2] de la jeune femme ; il se décidait à ne plus hésiter, à lui dire qu'il l'aimait et qu'il désirait l'épouser. La pêche lui servirait, facilitant leur tête-à-tête ; et ce serait, en outre, un joli cadre, un joli endroit pour parler d'amour, les pieds dans un bassin d'eau limpide, en regardant fuir sous les varechs[3] les longues barbes des crevettes.

Quand ils arrivèrent au bout du vallon, au bord de l'abîme, ils aperçurent un petit sentier qui descendait le long de la falaise, et sous eux, entre la mer et le pied de la montagne, à mi-côte à peu près, un surprenant chaos de rochers énormes, écroulés, renversés, entassés les uns sur les autres dans une espèce de plaine herbeuse et mouvementée qui courait à perte de vue vers le sud, formée par les éboulements anciens. Sur cette longue bande de broussailles et de gazon secouée, eût-on dit, par des sursauts de volcan, les rocs tombés semblaient les ruines d'une grande cité disparue qui regardait autrefois l'Océan, dominée elle-même par la muraille blanche et sans fin de la falaise.

– Ça, c'est beau, dit en s'arrêtant Mme Rosémilly.

Jean l'avait rejointe, et, le cœur ému, lui offrait la main pour descendre l'étroit escalier taillé dans la roche.

Ils partirent en avant, tandis que Beausire, se raidissant sur ses courtes jambes, tendait son bras replié à Mme Roland étourdie par le vide.

1. Ajoncs : arbrisseaux épineux.
2. Alerte : vive, agile.
3. Varechs : algues.

Roland et Pierre venaient les derniers, et le docteur dut traîner son père, tellement troublé par le vertige, qu'il se laissait glisser, de marche en marche, sur son derrière.

Les jeunes gens, qui dévalaient en tête, allaient vite, et soudain ils aperçurent, à côté d'un banc de bois qui marquait un repos vers le milieu de la valleuse[1], un filet d'eau claire jaillissant d'un petit trou de la falaise. Il se répandait d'abord en un bassin grand comme une cuvette qu'il s'était creusé lui-même, puis tombant en cascade haute de deux pieds à peine, il s'enfuyait à travers le sentier, où avait poussé un tapis de cresson[2], puis disparaissait dans les ronces et les herbes, à travers la plaine soulevée où s'entassaient les éboulements.

– Oh ! que j'ai soif ! s'écria Mme Rosémilly.

Mais comment boire ? Elle essayait de recueillir dans le fond de sa main l'eau qui lui fuyait à travers les doigts. Jean eut une idée, mit une pierre dans le chemin ; et elle s'agenouilla dessus afin de puiser à la source même avec ses lèvres qui se trouvaient ainsi à la même hauteur.

Quand elle releva sa tête, couverte de gouttelettes brillantes semées par milliers sur la peau, sur les cheveux, sur les cils, sur le corsage, Jean penché vers elle murmura :

– Comme vous êtes jolie !

Elle répondit, sur le ton qu'on prend pour gronder un enfant :

– Voulez-vous bien vous taire ?

C'étaient les premières paroles un peu galantes qu'ils échangeaient.

---

1. Valleuse : petite vallée qui aboutit à la mer et qui forme une entaille dans la falaise.

2. Cresson : plante qui peut se manger en salade.

– Allons, dit Jean fort troublé, sauvons-nous avant qu'on nous rejoigne.

Il apercevait, en effet, tout près d'eux maintenant, le dos du capitaine Beausire qui descendait à reculons afin de soutenir par les deux mains Mme Roland, et, plus haut, plus loin, Roland se laissait toujours glisser, calé sur son fond de culotte en se traînant sur les pieds et sur les coudes avec une allure de tortue, tandis que Pierre le précédait en surveillant ses mouvements.

Le sentier moins escarpé devenait une sorte de chemin en pente contournant les blocs énormes tombés autrefois de la montagne. Mme Rosémilly et Jean se mirent à courir et furent bientôt sur le galet. Ils le traversèrent pour gagner les roches. Elles s'étendaient en une longue et plate surface couverte d'herbes marines et où brillaient d'innombrables flaques d'eau. La mer basse était là-bas, très loin, derrière cette plaine gluante de varechs, d'un vert luisant et noir.

Jean releva son pantalon jusqu'au-dessus du mollet et ses manches jusqu'au coude, afin de se mouiller sans crainte, puis il dit : « En avant ! » et sauta avec résolution[1] dans la première mare rencontrée.

Plus prudente, bien que décidée aussi à entrer dans l'eau tout à l'heure, la jeune femme tournait autour de l'étroit bassin, à pas craintifs, car elle glissait sur les plantes visqueuses.

– Voyez-vous quelque chose ? disait-elle.

– Oui, je vois votre visage qui se reflète dans l'eau.

– Si vous ne voyez que cela, nous n'aurez pas une fameuse pêche.

1. **Avec résolution :** de manière décidée.

Il murmura d'une voix tendre :

– Oh ! de toutes les pêches c'est encore celle que je préférerais faire.

Elle riait :

– Essayez donc, vous allez voir comme il passera à travers votre filet.

– Pourtant... si vous vouliez ?

– Je veux vous voir prendre des salicoques... et rien de plus... pour le moment.

– Vous êtes méchante. Allons plus loin, il n'y a rien ici.

Et il lui offrit la main pour marcher sur les rochers gras. Elle s'appuyait un peu craintive, et lui, tout à coup, se sentait envahi par l'amour, soulevé de désirs, affamé d'elle, comme si le mal qui germait en lui avait attendu ce jour-là pour éclore.

Ils arrivèrent bientôt auprès d'une crevasse plus profonde, où flottaient sous l'eau frémissante et coulant vers la mer lointaine par une fissure invisible, des herbes longues, fines, bizarrement colorées, des chevelures roses et vertes, qui semblaient nager.

Mme Rosémilly s'écria :

– Tenez, tenez, j'en vois une, une grosse, une très grosse là-bas !

Il l'aperçut à son tour, et descendit dans le trou résolument[1], bien qu'il se mouillât jusqu'à la ceinture.

Mais la bête remuant ses longues moustaches reculait doucement devant le filet. Jean la poussait vers les varechs, sûr de l'y prendre. Quand elle se sentit bloquée, elle glissa d'un brusque élan par-dessus le lanet[2], traversa la mare et disparut.

---

1. **Résolument** : de manière décidée, sans hésiter.
2. **Lanet** : sorte de filet de pêche.

La jeune femme qui regardait, toute palpitante, cette chasse, ne put retenir ce cri :

– Oh ! maladroit !

Il fut vexé, et d'un mouvement irréfléchi traîna son filet dans un fond plein d'herbes. En le ramenant à la surface de l'eau, il vit dedans trois grosses salicoques transparentes, cueillies à l'aveuglette dans leur cachette invisible.

Il les présenta, triomphant, à Mme Rosémilly qui n'osait point les prendre, par peur de la pointe aiguë et dentelée dont leur tête fine est armée.

Elle s'y décida pourtant, et pinçant entre deux doigts le bout effilé de leur barbe, elle les mit, l'une après l'autre, dans sa hotte, avec un peu de varech qui les conserverait vivantes. Puis ayant trouvé une flaque d'eau moins creuse, elle y entra, à pas hésitants, un peu suffoquée par le froid qui lui saisissait les pieds, et elle se mit à pêcher elle-même. Elle était adroite et rusée, ayant la main souple et le flair de chasseur qu'il fallait. Presque à chaque coup, elle ramenait des bêtes trompées et surprises par la lenteur ingénieuse de sa poursuite.

Jean maintenant ne trouvait rien, mais il la suivait pas à pas, la frôlait, se penchait sur elle, simulait un grand désespoir de sa maladresse, voulait apprendre.

– Oh ! montrez-moi, disait-il, montrez-moi !

Puis, comme leurs deux visages se reflétaient, l'un contre l'autre, dans l'eau si claire dont les plantes noires du fond faisaient une glace limpide, Jean souriait à cette tête voisine qui le regardait d'en bas, et parfois, du bout des doigts, lui jetait un baiser qui semblait tomber dessus.

– Ah ! que vous êtes ennuyeux, disait la jeune femme ; mon cher, il ne faut jamais faire deux choses à la fois.

Il répondit :

– Je n'en fais qu'une. Je vous aime.

Elle se redressa, et d'un ton sérieux :

– Voyons, qu'est-ce qui vous prend depuis dix minutes, avez-vous perdu la tête ?

– Non, je n'ai pas perdu la tête. Je vous aime, et j'ose, enfin, vous le dire.

Ils étaient debout maintenant dans la mare salée qui les mouillait jusqu'aux mollets, et les mains ruisselantes appuyées sur leurs filets, ils se regardaient au fond des yeux.

Elle reprit, d'un ton plaisant et contrarié :

– Que vous êtes malavisé[1] de me parler de ça en ce moment ! Ne pouviez-vous attendre un autre jour et ne pas me gâter ma pêche ?

Il murmura :

– Pardon, mais je ne pouvais plus me taire. Je vous aime depuis longtemps. Aujourd'hui vous m'avez grisé à me faire perdre la raison.

Alors, tout à coup, elle sembla en prendre son parti, se résigner à parler d'affaires et à renoncer aux plaisirs.

– Asseyons-nous sur ce rocher, dit-elle, nous pourrons causer tranquillement.

Ils grimpèrent sur le roc un peu haut, et lorsqu'ils y furent installés côte à côte, les pieds pendants, en plein soleil, elle reprit :

– Mon cher ami, vous n'êtes plus un enfant et je ne suis pas une jeune fille. Nous savons fort bien l'un et l'autre de quoi il s'agit, et nous pouvons peser toutes les conséquences de nos actes. Si vous vous décidez aujourd'hui à me déclarer votre amour, je suppose naturellement que vous désirez m'épouser.

1. **Malavisé** : étourdi, pas malin.

Il ne s'attendait guère à cet exposé net de la situation, et il répondit niaisement :

– Mais oui.

– En avez-vous parlé à votre père et à votre mère ?

– Non, je voulais savoir si vous m'accepteriez.

Elle lui tendit sa main encore mouillée, et comme il y mettait la sienne avec élan :

– Moi, je veux bien, dit-elle. Je vous crois bon et loyal. Mais n'oubliez point que je ne voudrais pas déplaire à vos parents.

– Oh ! pensez-vous que ma mère n'a rien prévu et qu'elle vous aimerait comme elle vous aime si elle ne désirait pas un mariage entre nous ?

– C'est vrai, je suis un peu troublée.

Ils se turent. Et il s'étonnait, lui, au contraire, qu'elle fût si peu troublée, si raisonnable. Il s'attendait à des gentillesses galantes, à des refus qui disent oui, à toute une coquette comédie d'amour mêlée à la pêche, dans le clapotement de l'eau ! Et c'était fini, il se sentait lié, marié, en vingt paroles. Ils n'avaient plus rien à se dire puisqu'ils étaient d'accord et ils demeuraient maintenant un peu embarrassés tous deux de ce qui s'était passé, si vite, entre eux, un peu confus même, n'osant plus parler, n'osant plus pêcher, ne sachant que faire.

La voix de Roland les sauva :

– Par ici, par ici, les enfants. Venez voir Beausire. Il vide la mer, ce gaillard-là.

Le capitaine, en effet, faisait une pêche merveilleuse. Mouillé jusqu'aux reins, il allait de mare en mare, reconnaissant d'un seul coup d'œil les meilleures places, et fouillant, d'un mouvement lent et sûr de son lanet, toutes les cavités cachées sous les varechs.

Et les belles salicoques transparentes, d'un blond gris, frétillaient au fond de sa main quand il les prenait d'un geste sec pour les jeter dans sa hotte.

Mme Rosémilly surprise, ravie, ne le quitta plus, l'imitant de son mieux, oubliant presque sa promesse et Jean qui suivait, rêveur, pour se donner tout entière à cette joie enfantine de ramasser des bêtes sous les herbes flottantes.

Roland s'écria tout à coup :

– Tiens, Mme Roland qui nous rejoint.

Elle était restée d'abord seule avec Pierre sur la plage, car ils n'avaient envie ni l'un ni l'autre de s'amuser à courir dans les roches et à barboter dans les flaques ; et pourtant ils hésitaient à demeurer ensemble. Elle avait peur de lui, et son fils avait peur d'elle et de lui-même, peur de sa cruauté qu'il ne maîtrisait point.

Ils s'assirent donc, l'un près de l'autre, sur le galet.

Et tous deux, sous la chaleur du soleil calmée par l'air marin, devant le vaste et doux horizon d'eau bleue moirée d'argent, pensaient en même temps : « Comme il aurait fait bon ici, autrefois. »

Elle n'osait point parler à Pierre, sachant bien qu'il répondrait une dureté ; et il n'osait pas parler à sa mère sachant aussi que, malgré lui, il le ferait avec violence.

Du bout de sa canne il tourmentait les galets ronds, les remuait et les battait. Elle, les yeux vagues, avait pris entre ses doigts trois ou quatre petits cailloux qu'elle faisait passer d'une main dans l'autre, d'un geste lent et machinal. Puis son regard indécis, qui errait devant elle, aperçut, au milieu des varechs, son fils Jean qui pêchait avec Mme Rosémilly. Alors elle les suivit, épiant leurs mouvements, comprenant confusément, avec son instinct de mère, qu'ils ne causaient point comme tous les jours. Elle les vit se pencher côte à côte quand ils se regardaient dans l'eau, demeurer debout face à face quand ils interrogeaient leurs cœurs, puis grimper et s'asseoir sur le rocher pour s'engager l'un envers l'autre.

Leurs silhouettes se détachaient bien nettes, semblaient seules au milieu de l'horizon, prenaient dans ce large espace de ciel, de mer, de falaises, quelque chose de grand et de symbolique.

Pierre aussi les regardait, et un rire sec sortit brusquement de ses lèvres.

Sans se tourner vers lui, Mme Roland lui dit :

– Qu'est-ce que tu as donc ?

Il ricanait toujours :

– Je m'instruis. J'apprends comment on se prépare à être cocu.

Elle eut un sursaut de colère, de révolte, choquée du mot, exaspérée de ce qu'elle croyait comprendre.

– Pour qui dis-tu ça ?

– Pour Jean, parbleu ! C'est très comique de les voir ainsi !

Elle murmura, d'une voix basse, tremblante d'émotion :

– Oh ! Pierre, que tu es cruel ! Cette femme est la droiture même. Ton frère ne pourrait trouver mieux.

Il se mit à rire tout à fait, d'un rire voulu et saccadé :

– Ah ! ah ! ah ! La droiture même ! Toutes les femmes sont la droiture même… et tous leurs maris sont cocus. Ah ! ah ! ah !

Sans répondre elle se leva, descendit vivement la pente de galets, et, au risque de glisser, de tomber dans les trous cachés sous les herbes, de se casser la jambe ou le bras, elle s'en alla, courant presque, marchant à travers les mares, sans voir, tout droit devant elle, vers son autre fils.

En la voyant approcher, Jean lui cria :

– Eh bien ? maman, tu te décides ?

Sans répondre elle lui saisit le bras comme pour lui dire : « Sauve-moi, défends-moi. »

Il vit son trouble et, très surpris :

– Comme tu es pâle ! Qu'est-ce que tu as ?

Elle balbutia :

– J'ai failli tomber, j'ai eu peur sur ces roches.

Alors Jean la guida, la soutint, lui expliquant la pêche pour qu'elle y prît intérêt. Mais comme elle ne l'écoutait guère, et comme il éprouvait un besoin violent de se confier à quelqu'un, il l'entraîna plus loin et, à voix basse :

– Devine ce que j'ai fait ?

– Mais… mais… je ne sais pas.

– Devine.

– Je ne… je ne sais pas.

– Eh bien, j'ai dit à Mme Rosémilly que je désirais l'épouser.

Elle ne répondit rien, ayant la tête bourdonnante, l'esprit en détresse au point de ne plus comprendre qu'à peine. Elle répéta :

– L'épouser ?

– Oui, ai-je bien fait ? Elle est charmante, n'est-ce pas ?

– Oui… charmante… tu as bien fait.

– Alors tu m'approuves ?

– Oui… je t'approuve.

– Comme tu dis ça drôlement. On croirait que… que… tu n'es pas contente.

– Mais oui… je suis… contente.

– Bien vrai ?

– Bien vrai.

Et pour le lui prouver, elle le saisit à pleins bras et l'embrassa à plein visage, par grands baisers de mère.

Puis, quand elle se fut essuyé les yeux, où des larmes étaient venues, elle aperçut là-bas sur la plage un corps étendu sur le ventre, comme un cadavre, la figure dans le galet : c'était l'autre, Pierre, qui songeait, désespéré.

Alors elle emmena son petit Jean plus loin encore, tout près du flot, et ils parlèrent longtemps de ce mariage où se rattachait son cœur.

La mer montant les chassa vers les pêcheurs qu'ils rejoignirent, puis tout le monde regagna la côte. On réveilla Pierre qui feignait de dormir ; et le dîner fut très long, arrosé de beaucoup de vins.

VII

Dans le break, en revenant, tous les hommes, hormis Jean, sommeillèrent. Beausire et Roland s'abattaient, toutes les cinq minutes, sur une épaule voisine qui les repoussait d'une secousse. Ils se redressaient alors, cessaient de ronfler, ouvraient les yeux, murmuraient : « Bien beau temps », et retombaient, presque aussitôt, de l'autre côté.

Lorsqu'on entra dans Le Havre, leur engourdissement était si profond qu'ils eurent beaucoup de peine à le secouer, et Beausire refusa même de monter chez Jean où le thé les attendait. On dut le déposer devant sa porte.

Le jeune avocat, pour la première fois, allait coucher dans son logis nouveau ; et une grande joie, un peu puérile, l'avait saisi tout à coup de montrer, justement ce soir-là, à sa fiancée l'appartement qu'elle habiterait bientôt.

La bonne était partie, Mme Roland ayant déclaré qu'elle ferait chauffer l'eau et servirait elle-même, car elle n'aimait pas laisser veiller les domestiques, par crainte du feu.

Personne, autre qu'elle, son fils et les ouvriers, n'était encore entré, afin que la surprise fût complète quand on verrait combien c'était joli.

Dans le vestibule[1], Jean pria qu'on attendît. Il voulait allumer les bougies et les lampes, et il laissa dans l'obscurité

1. **Vestibule** : pièce d'entrée dans une maison.

Mme Rosémilly, son père et son frère, puis il cria : « Arrivez ! » en ouvrant toute grande la porte à deux battants.

La galerie vitrée, éclairée par un lustre et des verres de couleur cachés dans les palmiers, les caoutchoucs et les fleurs, apparaissait d'abord pareille à un décor de théâtre. Il y eut une seconde d'étonnement. Roland, émerveillé de ce luxe, murmura : « Nom d'un chien », saisi par l'envie de battre des mains comme devant les apothéoses[1].

Puis on pénétra dans le premier salon, petit, tendu avec une étoffe vieil or, pareille à celle des sièges. Le grand salon de consultation très simple, d'un rouge saumon pâle, avait grand air.

Jean s'assit dans le fauteuil devant son bureau chargé de livres, et d'une voix grave, un peu forcée :

– Oui, Madame, les textes de loi sont formels et me donnent, avec l'assentiment que je vous avais annoncé, l'absolue certitude qu'avant trois mois l'affaire dont nous nous sommes entretenus recevra une heureuse solution.

Il regardait Mme Rosémilly qui se mit à sourire en regardant Mme Roland ; et Mme Roland, lui prenant la main, la serra.

Jean, radieux, fit une gambade de collégien et s'écria :

– Hein, comme la voix porte bien. Il serait excellent pour plaider, ce salon.

Il se mit à déclamer :

– Si l'humanité seule, si ce sentiment de bienveillance naturelle que nous éprouvons pour toute souffrance devait être le mobile de l'acquittement que nous sollicitons de vous,

1. **Apothéoses** : moments extraordinaires, qui font naître l'enthousiasme du public (à la fin d'un spectacle ou lors d'une cérémonie en l'honneur de quelqu'un, entre autres).

nous ferions appel à votre pitié, messieurs les jurés, à votre cœur de père et d'homme ; mais nous avons pour nous le droit, et c'est la seule question du droit que nous allons soulever devant vous...

Pierre regardait ce logis qui aurait pu être le sien, et il s'irritait des gamineries de son frère, le jugeant, décidément, trop niais et pauvre d'esprit.

Mme Roland ouvrit une porte à droite.

– Voici la chambre à coucher, dit-elle.

Elle avait mis à la parer tout son amour de mère. La tenture était en cretonne[1] de Rouen qui imitait la vieille toile normande. Un dessin Louis XV – une bergère dans un médaillon que fermaient les becs unis de deux colombes – donnait aux murs, aux rideaux, au lit, aux fauteuils un air galant et champêtre tout à fait gentil[2].

– Oh ! c'est charmant, dit Mme Rosémilly, devenue un peu sérieuse, en entrant dans cette pièce.

– Cela vous plaît ? demanda Jean.

– Énormément.

– Si vous saviez comme ça me fait plaisir !

Ils se regardèrent une seconde, avec beaucoup de tendresse confiante au fond des yeux.

Elle était gênée un peu cependant, un peu confuse dans cette chambre à coucher qui serait sa chambre nuptiale. Elle avait remarqué, en entrant, que la couche était très large, une vraie couche de ménage, choisie par Mme Roland qui avait prévu sans doute et désiré le prochain mariage de son fils ; et

1. **Cretonne :** tissu de coton, utilisé pour l'ameublement.
2. **Gentil :** agréable, distingué.

cette précaution de mère lui faisait plaisir cependant, semblait lui dire qu'on l'attendait dans la famille.

Puis quand on fut rentré dans le salon, Jean ouvrit brusquement la porte de gauche et on aperçut la salle à manger ronde, percée de trois fenêtres, et décorée en lanterne japonaise. La mère et le fils avaient mis là toute la fantaisie dont ils étaient capables. Cette pièce à meubles de bambou, à magots[1], à potiches, à soieries pailletées d'or, à stores transparents où des perles de verre semblaient des gouttes d'eau, à éventails cloués aux murs pour maintenir les étoffes, avec ses écrans, ses sabres, ses masques, ses grues[2] faites en plumes véritables, tous ses menus bibelots de porcelaine, de bois, de papier, d'ivoire, de nacre et de bronze avait l'aspect prétentieux et maniéré que donnent les mains inhabiles et les yeux ignorants aux choses qui exigent le plus de tact, de goût et d'éducation artiste. Ce fut celle cependant qu'on admira le plus. Pierre seul fit des réserves avec une ironie un peu amère dont son frère se sentit blessé.

Sur la table, les fruits se dressaient en pyramides, et les gâteaux s'élevaient en monuments.

On n'avait guère faim ; on suça les fruits et on grignota les pâtisseries plutôt qu'on ne les mangea. Puis, au bout d'une heure, Mme Rosémilly demanda la permission de se retirer.

Il fut décidé que le père Roland l'accompagnerait à sa porte et partirait immédiatement avec elle, tandis que Mme Roland, en l'absence de la bonne, jetterait son coup d'œil de mère sur le logis afin que son fils ne manquât de rien.

– Faut-il revenir te chercher ? demanda Roland.

---

1. Magots : ici, figures ridicules en porcelaine.
2. Grues : objets à l'image des grues, oiseaux échassiers.

Elle hésita, puis répondit :

– Non, mon gros, couche-toi. Pierre me ramènera.

Dès qu'ils furent partis, elle souffla les bougies, serra les gâteaux, le sucre et les liqueurs dans un meuble dont la clef fût remise à Jean ; puis elle passa dans la chambre à coucher, entrouvrit le lit, regarda si la carafe était remplie d'eau fraîche et la fenêtre bien fermée.

Pierre et Jean étaient demeurés dans le petit salon, celui-ci encore froissé de la critique faite sur son goût, et celui-là de plus en plus agacé de voir son frère dans ce logis.

Ils fumaient assis tous les deux, sans se parler. Pierre tout à coup se leva :

– Cristi ! dit-il, la veuve avait l'air bien vanné[1] ce soir, les excursions ne lui réussissent pas.

Jean se sentit soulevé soudain par une de ces promptes et furieuses colères de débonnaires[2] blessés au cœur.

Le souffle lui manquait, tant son émotion était vive, et il balbutia :

– Je te défends désormais de dire « la veuve » quand tu parleras de Mme Rosémilly.

Pierre se tourna vers lui, hautain :

– Je crois que tu me donnes des ordres. Deviens-tu fou, par hasard ?

Jean aussitôt s'était dressé :

– Je ne deviens pas fou, mais j'en ai assez de tes manières envers moi.

Pierre ricana :

– Envers toi ? Est-ce que tu fais partie de Mme Rosémilly ?

1. Vanné : épuisé.

2. Débonnaires : qui sont d'humeur douce et agréable.

– Sache que Mme Rosémilly va devenir ma femme.

L'autre rit plus fort :

– Ah ! ah ! très bien. Je comprends maintenant pourquoi je ne devrai plus l'appeler « la veuve ». Mais tu as pris une drôle de manière pour m'annoncer ton mariage.

– Je te défends de plaisanter... tu entends... je te le défends.

Jean s'était approché, pâle, la voix tremblante, exaspéré de cette ironie poursuivant la femme qu'il aimait et qu'il avait choisie.

Mais Pierre soudain devint aussi furieux. Tout ce qui s'amassait en lui de colères impuissantes, de rancunes écrasées, de révoltes domptées depuis quelque temps et de désespoir silencieux, lui montant à la tête, l'étourdit comme un coup de sang.

– Tu oses ?... Tu oses ?... Et moi je t'ordonne de te taire, tu entends, je te l'ordonne.

Jean, surpris de cette violence, se tut quelques secondes, cherchant, dans ce trouble d'esprit où nous jette la fureur, la chose, la phrase, le mot qui pourrait blesser son frère jusqu'au cœur.

Il reprit, en s'efforçant de se maîtriser pour bien frapper, de ralentir sa parole pour la rendre plus aiguë :

– Voilà longtemps que je te sais jaloux de moi, depuis le jour où tu as commencé à dire « la veuve » parce que tu as compris que cela me faisait mal.

Pierre poussa un de ces rires stridents[1] et méprisants qui lui étaient familiers :

– Ah ! ah ! mon Dieu ! Jaloux de toi !... moi ?... moi ?... moi ?... et de quoi ?... de quoi, mon Dieu ? de ta figure ou de ton esprit ?...

1. Stridents : qui font un bruit perçant.

Mais Jean sentit bien qu'il avait touché la plaie de cette âme :

– Oui, tu es jaloux de moi, et jaloux depuis l'enfance ; et tu es devenu furieux quand tu as vu que cette femme me préférait et qu'elle ne voulait pas de toi.

Pierre bégayait, exaspéré de cette supposition :

– Moi... moi... jaloux de toi ? à cause de cette cruche, de cette dinde, de cette oie grasse[1] ?...

Jean qui voyait porter ses coups reprit :

– Et le jour où tu as essayé de ramer plus fort que moi, dans la *Perle* ? Et tout ce que tu dis devant elle pour te faire valoir ? Mais tu crèves de jalousie ! Et quand cette fortune m'est arrivée, tu es devenu enragé, et tu m'as détesté, et tu l'as montré de toutes les manières, et tu as fait souffrir tout le monde, et tu n'es pas une heure sans cracher la bile[2] qui t'étouffe.

Pierre ferma ses poings de fureur avec une envie irrésistible de sauter sur son frère et de le prendre à la gorge :

– Ah ! tais-toi, cette fois, ne parle point de cette fortune.

Jean s'écria :

– Mais la jalousie te suinte de la peau. Tu ne dis pas un mot à mon père, à ma mère ou à moi, où elle n'éclate. Tu feins de me mépriser parce que tu es jaloux ! tu cherches querelle à tout le monde parce que tu es jaloux. Et maintenant que je suis riche, tu ne te contiens plus, tu es devenu venimeux, tu tortures notre mère comme si c'était sa faute !...

1. Cruche, dinde, oie grasse : insultes qualifiant Mme de Rosémilly, ainsi désignée comme une femme stupide et peu séduisante.
2. Bile : colère, amertume.

Pierre avait reculé jusqu'à la cheminée, la bouche entrouverte, l'œil dilaté, en proie à une de ces folies de rage qui font commettre des crimes.

Il répéta d'une voix plus basse, mais haletante :

– Tais-toi, tais-toi donc !

– Non. Voilà longtemps que je voulais te dire ma pensée entière ; tu m'en donnes l'occasion, tant pis pour toi. J'aime une femme ! Tu le sais et tu la railles devant moi, tu me pousses à bout ; tant pis pour toi. Mais je casserai tes dents de vipère, moi ! Je te forcerai à me respecter.

– Te respecter, toi ?

– Oui, moi !

– Te respecter… toi… qui nous as tous déshonorés, par ta cupidité !

– Tu dis ? Répète… répète ?…

– Je dis qu'on n'accepte pas la fortune d'un homme quand on passe pour le fils d'un autre.

Jean demeurait immobile, ne comprenant pas, effaré devant l'insinuation qu'il pressentait :

– Comment ? Tu dis… répète encore ?

– Je dis ce que tout le monde chuchote, ce que tout le monde colporte, que tu es le fils de l'homme qui t'a laissé sa fortune. Eh bien ! un garçon propre n'accepte pas l'argent qui déshonore sa mère.

– Pierre… Pierre… Pierre… y songes-tu ?… Toi… c'est toi… toi… qui prononces cette infamie[1] ?

– Oui… moi… c'est moi. Tu ne vois donc point que j'en crève de chagrin depuis un mois, que je passe mes nuits sans

1. Infamie : parole déshonorante.

dormir et mes jours à me cacher comme une bête, que je ne sais plus ce que je dis ni ce que je fais, ni ce que je deviendrai tant je souffre, tant je suis affolé de honte et de douleur, car j'ai deviné d'abord et je sais maintenant.

– Pierre… Tais-toi… Maman est dans la chambre à côté ! Songe qu'elle peut nous entendre… qu'elle nous entend…

Mais il fallait qu'il vidât son cœur ! et il dit tout, ses soupçons, ses raisonnements, ses luttes, sa certitude, et l'histoire du portrait encore une fois disparu.

Il parlait par phrases courtes, hachées, presque sans suite, des phrases d'halluciné[1].

Il semblait maintenant avoir oublié Jean et sa mère dans la pièce voisine. Il parlait comme si personne ne l'écoutait, parce qu'il devait parler, parce qu'il avait trop souffert, trop comprimé et refermé sa plaie. Elle avait grossi comme une tumeur, et cette tumeur venait de crever, éclaboussant tout le monde. Il s'était mis à marcher comme il faisait presque toujours ; et les yeux fixes devant lui, gesticulant, dans une frénésie de désespoir, avec des sanglots dans la gorge, des retours de haine contre lui-même, il parlait comme s'il eût confessé sa misère et la misère des siens, comme s'il eût jeté sa peine à l'air invisible et sourd où s'envolaient ses paroles.

Jean éperdu, et presque convaincu soudain par l'énergie aveugle de son frère, s'était adossé contre la porte derrière laquelle il devinait que leur mère les avait entendus.

Elle ne pouvait point sortir ; il fallait passer par le salon. Elle n'était point revenue ; donc elle n'avait pas osé.

1. Halluciné : fou.

Pierre tout à coup, frappant du pied, cria :

– Tiens, je suis un cochon d'avoir dit ça !

Et il s'enfuit, nu-tête, dans l'escalier.

Le bruit de la grande porte de la rue, retombant avec fracas, réveilla Jean de la torpeur profonde où il était tombé. Quelques secondes s'étaient écoulées, plus longues que des heures, et son âme s'était engourdie dans un hébétement d'idiot. Il sentait bien qu'il lui faudrait penser tout à l'heure, et agir, mais il attendait, ne voulant même plus comprendre, savoir, se rappeler, par peur, par faiblesse, par lâcheté. Il était de la race des temporiseurs[1] qui remettent toujours au lendemain ; et quand il lui fallait, sur-le-champ, prendre une résolution, il cherchait encore, par instinct, à gagner quelques moments.

Mais le silence profond qui l'entourait maintenant, après les vociférations de Pierre, ce silence subit des murs, des meubles, avec cette lumière vive des six bougies et des deux lampes, l'effraya si fort tout à coup qu'il eut envie de se sauver aussi.

Alors il secoua sa pensée, il secoua son cœur, et il essaya de réfléchir.

Jamais il n'avait rencontré une difficulté dans sa vie. Il est des hommes qui se laissent aller comme l'eau qui coule. Il avait fait ses classes avec soin, pour n'être pas puni, et terminé ses études de droit avec régularité parce que son existence était calme. Toutes les choses du monde lui paraissaient naturelles sans éveiller autrement son attention. Il aimait l'ordre, la sagesse, le repos par tempérament, n'ayant point de replis dans

1. **Temporiseurs** : ceux qui temporisent, qui diffèrent l'action dans l'attente d'un temps plus favorable.

l'esprit ; et il demeurait, devant cette catastrophe, comme un homme qui tombe à l'eau sans avoir jamais nagé.

Il essaya de douter d'abord. Son frère avait menti par haine et par jalousie ?

Et pourtant, comment aurait-il été assez misérable pour dire de leur mère une chose pareille s'il n'avait pas été lui-même égaré par le désespoir ? Et puis Jean gardait dans l'oreille, dans le regard, dans les nerfs, jusque dans le fond de la chair, certaines paroles, certains cris de souffrance, des intonations et des gestes de Pierre, si douloureux qu'ils étaient irrésistibles, aussi irrécusables[1] que la certitude.

Il demeurait trop écrasé pour faire un mouvement ou pour avoir une volonté. Sa détresse devenait intolérable ; et il sentait que, derrière la porte, sa mère était là qui avait tout entendu et qui attendait.

Que faisait-elle ? Pas un mouvement, pas un frisson, pas un souffle, pas un soupir ne révélait la présence d'un être derrière cette planche. Se serait-elle sauvée ? Mais par où ? Si elle s'était sauvée… elle avait donc sauté par la fenêtre dans la rue !

Un sursaut de frayeur le souleva, si prompt et si dominateur qu'il enfonça plutôt qu'il n'ouvrit la porte et se jeta dans sa chambre.

Elle semblait vide. Une seule bougie l'éclairait, posée sur la commode.

Jean s'élança vers la fenêtre, elle était fermée, avec les volets clos. Il se retourna, fouillant les coins noirs de son regard anxieux, et il s'aperçut que les rideaux du lit avaient été tirés. Il y courut et les ouvrit. Sa mère était étendue sur sa couche,

1. Irrécusables : incontestables.

la figure enfouie dans l'oreiller, qu'elle avait ramené de ses deux mains crispées sur sa tête, pour ne plus entendre.

Il la crut d'abord étouffée. Puis l'ayant saisie par les épaules, il la retourna sans qu'elle lâchât l'oreiller qui lui cachait le visage et qu'elle mordait pour ne pas crier.

Mais le contact de ce corps raidi, de ces bras crispés, lui communiqua la secousse de son indicible torture[1]. L'énergie et la force dont elle retenait avec ses doigts et avec ses dents la toile gonflée de plumes sur sa bouche, sur ses yeux et sur ses oreilles pour qu'il ne la vît point et ne lui parlât pas, lui fit deviner, par la commotion qu'il reçut, jusqu'à quel point on peut souffrir. Et son cœur, son simple cœur, fut déchiré de pitié. Il n'était pas un juge, lui, même un juge miséricordieux[2], il était un homme plein de faiblesse et un fils plein de tendresse. Il ne se rappela rien de ce que l'autre lui avait dit, il ne raisonna pas et ne discuta point, il toucha seulement de ses deux mains le corps inerte[3] de sa mère, et ne pouvant arracher l'oreiller de sa figure, il cria en baisant sa robe :

– Maman, maman, ma pauvre maman, regarde-moi !

Elle aurait semblé morte si tous ses membres n'eussent été parcourus d'un frémissement presque insensible, d'une vibration de corde tendue. Il répétait :

– Maman, maman, écoute-moi. Ça n'est pas vrai. Je sais bien que ça n'est pas vrai.

---

1. Indicible torture : torture si intense qu'on ne parvient pas à en parler, qu'elle reste muette.

2. Miséricordieux : qui accorde sa pitié.

3. Inerte : qui ne réagit pas.

Elle eut un spasme, une suffocation, puis tout à coup elle sanglota dans l'oreiller. Alors tous ses nerfs se détendirent, ses muscles raidis s'amollirent, ses doigts s'entrouvrant lâchèrent la toile ; et il lui découvrit la face.

Elle était toute pâle, toute blanche, et de ses paupières fermées on voyait couler des gouttes d'eau. L'ayant enlacée par le cou, il lui baisa les yeux, lentement, par grands baisers désolés qui se mouillaient à ses larmes, et il disait toujours :

– Maman, ma chère maman, je sais bien que ça n'est pas vrai. Ne pleure pas, je le sais ! Ça n'est pas vrai !

Elle se souleva, s'assit, le regarda, et avec un de ces efforts de courage qu'il faut, en certains cas, pour se tuer, elle lui dit :

– Non, c'est vrai, mon enfant.

Et ils restèrent sans paroles, l'un devant l'autre. Pendant quelques instants encore elle suffoqua, tendant la gorge, en renversant la tête pour respirer, puis elle se vainquit de nouveau, et reprit :

– C'est vrai, mon enfant. Pourquoi mentir ? C'est vrai. Tu ne me croirais pas, si je mentais.

Elle avait l'air d'une folle. Saisi de terreur, il tomba à genoux près du lit en murmurant :

– Tais-toi, maman, tais-toi.

Elle s'était levée, avec une résolution[1] et une énergie effrayantes :

– Mais je n'ai plus rien à te dire, mon enfant, adieu.

Et elle marcha vers la porte.

Il la saisit à pleins bras, criant :

– Qu'est-ce que tu fais, maman, où vas-tu ?

1. **Résolution** : fermeté.

– Je ne sais pas… est-ce que je sais… je n'ai plus rien à faire… puisque je suis toute seule.

Elle se débattait pour s'échapper. La retenant, il ne trouvait qu'un mot à lui répéter :

– Maman… maman… maman…

Et elle disait dans ses efforts pour rompre cette étreinte :

– Mais non, mais non, je ne suis plus ta mère maintenant, je ne suis plus rien pour toi, pour personne, plus rien, plus rien ! Tu n'as plus ni père ni mère, mon pauvre enfant… adieu.

Il comprit brusquement que s'il la laissait partir il ne la reverrait jamais, et, l'enlevant, il la porta sur un fauteuil, l'assit de force, puis s'agenouillant et formant une chaîne de ses bras :

– Tu ne sortiras point d'ici, maman ; moi je t'aime et je te garde. Je te garde toujours, tu es à moi.

Elle murmura d'une voix accablée :

– Non, mon pauvre garçon, ça n'est plus possible. Ce soir tu pleures, et demain tu me jetterais dehors. Tu ne me pardonnerais pas non plus.

Il répondit avec un si grand élan de si sincère amour : – Oh ! moi ? moi ? Comme tu me connais peu ! – qu'elle poussa un cri, lui prit la tête par les cheveux, à pleines mains, l'attira avec violence et le baisa éperdument à travers la figure.

Puis elle demeura immobile, la joue contre la joue de son fils, sentant, à travers sa barbe, la chaleur de sa chair ; et elle lui dit, tout bas, dans l'oreille :

– Non, mon petit Jean. Tu ne me pardonnerais pas demain. Tu le crois et tu te trompes. Tu m'as pardonné ce soir, et ce pardon-là m'a sauvé la vie; mais il ne faut plus que tu me voies.

Il répéta, en l'étreignant :

– Maman, ne dis pas ça !

– Si, mon petit, il faut que je m'en aille. Je ne sais pas où, ni comment je m'y prendrai, ni ce que je dirai, mais il le faut. Je n'oserais plus te regarder, ni t'embrasser, comprends-tu ?

Alors, à son tour, il lui dit, tout bas, dans l'oreille :

– Ma petite mère, tu resteras, parce que je le veux, parce que j'ai besoin de toi. Et tu vas me jurer de m'obéir, tout de suite.

– Non, mon enfant.

– Oh ! maman, il le faut, tu entends. Il le faut.

– Non, mon enfant, c'est impossible. Ce serait nous condamner tous à l'enfer. Je sais ce que c'est, moi, que ce supplice-là, depuis un mois. Tu es attendri, mais quand ce sera passé, quand tu me regarderas comme me regarde Pierre, quand tu te rappelleras ce que je t'ai dit !... Oh !... mon petit Jean, songe... songe que je suis ta mère !...

– Je ne veux pas que tu me quittes, maman. Je n'ai que toi.

– Mais pense, mon fils, que nous ne pourrons plus nous voir sans rougir tous les deux, sans que je me sente mourir de honte et sans que tes yeux fassent baisser les miens.

– Ça n'est pas vrai, maman.

– Oui, oui, oui, c'est vrai ! Oh ! j'ai compris, va, toutes les luttes de ton pauvre frère, toutes, depuis le premier jour. Maintenant, lorsque je devine son pas dans la maison, mon cœur saute à briser ma poitrine, lorsque j'entends sa voix, je sens que je vais m'évanouir. Je t'avais encore, toi ! Maintenant, je ne t'ai plus. Oh ! mon petit Jean, crois-tu que je pourrais vivre entre vous deux ?

– Oui, maman. Je t'aimerai tant que tu n'y penseras plus.

– Oh ! oh ! comme si c'était possible !

– Oui, c'est possible.

– Comment veux-tu que je n'y pense plus entre ton frère et toi ? Est-ce que vous n'y penserez plus, vous ?

– Moi. Je te le jure !

– Mais tu y penseras à toutes les heures du jour.

– Non, je te le jure. Et puis, écoute : si tu pars, je m'engage et je me fais tuer.

Elle fut bouleversée par cette menace puérile et étreignit Jean en le caressant avec une tendresse passionnée. Il reprit :

– Je t'aime plus que tu ne crois, va, bien plus, bien plus. Voyons, sois raisonnable. Essaye de rester seulement huit jours. Veux-tu me promettre huit jours ? Tu ne peux pas me refuser ça ?

Elle posa ses deux mains sur les épaules de Jean, et le tenant à la longueur de ses bras :

– Mon enfant… tâchons d'être calmes et de ne pas nous attendrir. Laisse-moi te parler d'abord. Si je devais une seule fois entendre sur tes lèvres ce que j'entends depuis un mois dans la bouche de ton frère, si je devais une seule fois voir dans tes yeux ce que je lis dans les siens, si je devais deviner rien que par un mot ou par un regard que je te suis odieuse comme à lui… une heure après, tu entends, une heure après… je serais partie pour toujours.

– Maman, je te jure…

– Laisse-moi parler… Depuis un mois j'ai souffert tout ce qu'une créature peut souffrir. À partir du moment où j'ai compris que ton frère, que mon autre fils me soupçonnait, et qu'il devinait, minute par minute, la vérité, tous les instants de ma vie ont été un martyre qu'il est impossible de t'exprimer.

Elle avait une voix si douloureuse que la contagion de sa torture emplit de larmes les yeux de Jean.

Il voulut l'embrasser, mais elle le repoussa :

– Laisse-moi… écoute… j'ai encore tant de choses à te dire pour que tu comprennes… mais tu ne comprendras pas… c'est que… si je devais rester… il faudrait… Non, je ne peux pas !…

– Dis, maman, dis.

– Eh bien ! oui. Au moins je ne t'aurai pas trompé… Tu veux que je reste avec toi, n'est-ce pas ? Pour cela, pour que nous puissions nous voir encore, nous parler, nous rencontrer toute la journée dans la maison, car je n'ose plus ouvrir une porte dans la peur de trouver ton frère derrière elle, pour cela il faut, non pas que tu me pardonnes, – rien ne fait plus de mal qu'un pardon, – mais que tu ne m'en veuilles pas de ce que j'ai fait… Il faut que tu te sentes assez fort, assez différent de tout le monde pour te dire que tu n'es pas le fils de Roland, sans rougir de cela et sans me mépriser !… Moi j'ai assez souffert… j'ai trop souffert, je ne peux plus, non, je ne peux plus ! Et ce n'est pas d'hier, va, c'est de longtemps… Mais tu ne pourras jamais comprendre ça, toi ! Pour que nous puissions encore vivre ensemble, et nous embrasser, mon petit Jean, dis-toi bien que si j'ai été la maîtresse de ton père, j'ai été encore plus sa femme, sa vraie femme, que je n'en ai pas honte au fond du cœur, que je ne regrette rien, que je l'aime encore tout mort qu'il est, que je l'aimerai toujours, que je n'ai aimé que lui, qu'il a été toute ma vie, toute ma joie, tout mon espoir, toute ma consolation, tout, tout, tout pour moi, pendant si longtemps ! Écoute, mon petit : devant Dieu qui m'entend, je n'aurais jamais rien eu de bon dans l'existence, si je ne l'avais pas rencontré, jamais rien, pas une tendresse, pas une douceur, pas une de ces heures qui nous font tant regretter de vieillir, rien ! Je lui dois tout ! Je n'ai eu que lui au monde, et puis vous deux, ton frère et toi. Sans vous ce serait vide, noir et vide comme la nuit. Je n'aurais jamais aimé rien, rien connu, rien désiré, je n'aurais pas seulement pleuré, car j'ai pleuré, mon petit Jean. Oh ! oui, j'ai pleuré, depuis que nous sommes venus ici. Je m'étais donnée à lui tout entière, corps et âme, pour toujours, avec bonheur, et pendant plus de dix ans j'ai été sa femme comme il a été mon mari devant Dieu qui nous avait faits l'un pour l'autre. Et puis, j'ai compris qu'il m'aimait moins. Il était toujours bon et prévenant, mais je n'étais plus pour lui ce que j'avais été. C'était fini ! Oh ! que j'ai pleuré !... Comme c'est misérable et trompeur, la vie !... Il n'y a rien qui dure... Et nous sommes arrivés ici ; et jamais je ne l'ai plus revu, jamais il n'est venu... Il promettait dans toutes ses lettres !... Je l'attendais toujours !... et je ne l'ai plus revu !... et voilà qu'il est mort ! Mais il nous aimait encore puisqu'il a pensé à toi. Moi je l'aimerai jusqu'à mon dernier soupir, et je ne le renierai jamais, et je t'aime parce que tu es son enfant, et je ne pourrais pas avoir honte de lui devant toi ! Comprends-tu ? je ne pourrais pas ! Si tu veux que je reste, il faut que tu acceptes d'être son fils et que nous parlions de lui quelquefois, et que tu l'aimes un peu, et que nous pensions à lui quand nous nous regarderons. Si tu ne veux pas, si tu ne peux pas, adieu, mon petit, il est impossible que nous restions ensemble maintenant ! je ferai ce que tu décideras.

Jean répondit d'une voix douce :

– Reste, maman.

Elle le serra dans ses bras et se remit à pleurer ; puis elle reprit, la joue contre sa joue :

– Oui, mais Pierre ? Qu'allons-nous devenir avec lui !

Jean murmura :

– Nous trouverons quelque chose. Tu ne peux plus vivre auprès de lui.

Au souvenir de l'aîné elle fut crispée d'angoisse :

– Non, je ne puis plus, non ! non !

Et se jetant sur le cœur de Jean, elle s'écria, l'âme en détresse :

– Sauve-moi de lui, toi, mon petit, sauve-moi, fais quelque chose, je ne sais pas… trouve… sauve-moi !

– Oui, maman, je chercherai.

– Tout de suite… il faut… Tout de suite… ne me quitte pas ! J'ai si peur de lui… si peur !

– Oui, je trouverai. Je te promets.

– Oh ! mais vite, vite ! Tu ne comprends pas ce qui se passe en moi quand je le vois.

Puis elle lui murmura tout bas, dans l'oreille :

– Garde-moi ici, chez toi.

Il hésita, réfléchit et comprit, avec son bon sens positif[1], le danger de cette combinaison.

Mais il dut raisonner longtemps, discuter, combattre avec des arguments précis son affolement et sa terreur.

– Seulement ce soir, disait-elle, seulement cette nuit. Tu feras dire demain à Roland que je me suis trouvée malade.

1. Positif : rationnel, d'esprit scientifique.

– Ce n'est pas possible, puisque Pierre est rentré. Voyons, aie du courage. J'arrangerai tout, je te le promets, dès demain. Je serai à neuf heures à la maison. Voyons, mets ton chapeau. Je vais te reconduire.

– Je ferai ce que tu voudras, dit-elle avec un abandon enfantin, craintif et reconnaissant.

Elle essaya de se lever ; mais la secousse avait été trop forte ; elle ne pouvait encore se tenir sur ses jambes.

Alors il lui fit boire de l'eau sucrée, respirer de l'alcali[1], et il lui lava les tempes avec du vinaigre. Elle se laissait faire, brisée et soulagée comme après un accouchement.

Elle put enfin marcher et prit son bras. Trois heures sonnaient quand ils passèrent à l'hôtel de ville.

Devant la porte de leur logis il l'embrassa et lui dit : « Adieu, maman, bon courage. »

Elle monta, à pas furtifs, l'escalier silencieux, entra dans sa chambre, se dévêtit bien vite, et se glissa, avec l'émotion retrouvée des adultères anciens, auprès de Roland qui ronflait.

Seul dans la maison, Pierre ne dormait pas et l'avait entendue revenir.

---

1. Alcali : sels, pour redonner de la vigueur à quelqu'un.

VIII

Quand il fut rentré dans son appartement, Jean s'affaissa sur un divan, car les chagrins et les soucis qui donnaient à son frère des envies de courir et de fuir comme une bête chassée, agissant diversement sur sa nature somnolente, lui cassaient les jambes et les bras. Il se sentait mou à ne plus faire un mouvement, à ne pouvoir gagner son lit, mou de corps et d'esprit, écrasé et désolé. Il n'était point frappé, comme l'avait été Pierre, dans la pureté de son amour filial, dans cette dignité secrète qui est l'enveloppe des cœurs fiers, mais accablé par un coup du destin qui menaçait en même temps ses intérêts les plus chers.

Quand son âme enfin se fut calmée, quand sa pensée se fut éclaircie ainsi qu'une eau battue et remuée, il envisagea la situation qu'on venait de lui révéler. S'il eût appris de toute autre manière le secret de sa naissance, il se serait assurément indigné et aurait ressenti un profond chagrin ; mais après sa querelle avec son frère, après cette délation[1] violente et brutale ébranlant ses nerfs, l'émotion poignante de la confession de sa mère le laissa sans énergie pour se révolter. Le choc reçu par sa sensibilité avait été assez fort pour emporter, dans un irrésistible attendrissement, tous les préjugés et toutes les saintes susceptibilités de la morale naturelle. D'ailleurs, il

1. Délation : dénonciation.

n'était pas un homme de résistance. Il n'aimait lutter contre personne et encore moins contre lui-même ; il se résigna donc, et, par un penchant instinctif, par un amour inné du repos, de la vie douce et tranquille, il s'inquiéta aussitôt des perturbations qui allaient surgir autour de lui et l'atteindre du même coup. Il les pressentait inévitables, et, pour les écarter, il se décida à des efforts surhumains d'énergie et d'activité. Il fallait que tout de suite, dès le lendemain, la difficulté fût tranchée, car il avait aussi par instants ce besoin impérieux[1] des solutions immédiates qui constitue toute la force des faibles, incapables de vouloir longtemps. Son esprit d'avocat, habitué d'ailleurs à démêler et à étudier les situations compliquées, les questions d'ordre intime, dans les familles troublées, découvrit immédiatement toutes les conséquences prochaines de l'état d'âme de son frère. Malgré lui il en envisageait les suites à un point de vue presque professionnel, comme s'il eût réglé les relations futures de clients après une catastrophe d'ordre moral. Certes un contact continuel avec Pierre lui devenait impossible. Il l'éviterait facilement en restant chez lui, mais il était encore inadmissible que leur mère continuât à demeurer sous le même toit que son fils aîné.

Et longtemps il médita, immobile sur les coussins, imaginant et rejetant des combinaisons sans trouver rien qui pût le satisfaire.

Mais une idée soudaine l'assaillit : – Cette fortune qu'il avait reçue, un honnête homme la garderait-il ?

Il se répondit : « Non » d'abord, et se décida à la donner aux pauvres. C'était dur, tant pis. Il vendrait son mobilier et

1. **Impérieux :** irrésistible.

travaillerait comme un autre, comme travaillent tous ceux qui débutent. Cette résolution virile et douloureuse fouettant son courage, il se leva et vint poser son front contre les vitres. Il avait été pauvre, il redeviendrait pauvre. Il n'en mourrait pas, après tout. Ses yeux regardaient le bec de gaz qui brûlait en face de lui de l'autre côté de la rue. Or, comme une femme attardée passait sur le trottoir, il songea brusquement à Mme Rosémilly, et il reçut au cœur la secousse des émotions profondes nées en nous d'une pensée cruelle. Toutes les conséquences désespérantes de sa décision lui apparurent en même temps. Il devrait renoncer à épouser cette femme, renoncer au bonheur, renoncer à tout. Pouvait-il agir ainsi, maintenant qu'il s'était engagé vis-à-vis d'elle ? Elle l'avait accepté le sachant riche. Pauvre, elle l'accepterait encore ; mais avait-il le droit de lui demander, de lui imposer ce sacrifice ? Ne valait-il pas mieux garder cet argent comme un dépôt qu'il restituerait plus tard aux indigents[1] ?

Et dans son âme où l'égoïsme prenait des masques honnêtes, tous les intérêts déguisés luttaient et se combattaient. Les scrupules premiers cédaient la place aux raisonnements ingénieux, puis reparaissaient, puis s'effaçaient de nouveau.

Il revint s'asseoir, cherchant un motif décisif, un prétexte tout-puissant pour fixer ses hésitations et convaincre sa droiture[2] native. Vingt fois déjà il s'était posé cette question : « Puisque je suis le fils de cet homme, que je le sais et que je l'accepte, n'est-il pas naturel que j'accepte aussi son héritage ? »

1. Indigents : pauvres.
2. Droiture : honnêteté.

Mais cet argument ne pouvait empêcher le « non » murmuré par la conscience intime.

Soudain il songea : « Puisque je ne suis pas le fils de celui que j'avais cru être mon père, je ne puis plus rien accepter de lui, ni de son vivant, ni après sa mort. Ce ne serait ni digne ni équitable. Ce serait voler mon frère. »

Cette nouvelle manière de voir l'ayant soulagé, ayant apaisé sa conscience, il retourna vers la fenêtre.

« Oui, se disait-il, il faut que je renonce à l'héritage de ma famille, que je le laisse à Pierre tout entier, puisque je ne suis pas l'enfant de son père. Cela est juste. Alors n'est-il pas juste aussi que je garde l'argent de mon père à moi ? »

Ayant reconnu qu'il ne pouvait profiter de la fortune de Roland, s'étant décidé à l'abandonner intégralement, il consentit donc et se résigna à garder celle de Maréchal, car en repoussant l'une et l'autre il se trouverait réduit à la pure mendicité.

Cette affaire délicate une fois réglée, il revint à la question de la présence de Pierre dans la famille. Comment l'écarter ? Il désespérait de découvrir une solution pratique, quand le sifflet d'un vapeur[1] entrant au port sembla lui jeter une réponse en lui suggérant une idée.

Alors il s'étendit tout habillé sur son lit et rêvassa jusqu'au jour.

Vers neuf heures il sortit pour s'assurer si l'exécution de son projet était possible. Puis, après quelques démarches et quelques visites, il se rendit à la maison de ses parents. Sa mère l'attendait enfermée dans sa chambre.

---

1. Vapeur : bateau à vapeur.

– Si tu n'étais pas venu, dit-elle, je n'aurais jamais osé descendre.

On entendit aussitôt Roland qui criait dans l'escalier :

– On ne mange donc point aujourd'hui, nom d'un chien !

On ne répondit pas et il hurla :

– Joséphine, nom de Dieu ! qu'est-ce que vous faites ?

La voix de la bonne sortit des profondeurs du sous-sol :

– V'là, M'sieu, qué qui faut ?

– Où est Madame ?

– Madame est en haut avec m'sieu Jean !

Alors il vociféra en levant la tête vers l'étage supérieur :

– Louise ?

Mme Roland entrouvrit la porte et répondit :

– Quoi ? mon ami.

– On ne mange donc pas, nom d'un chien !

– Voilà, mon ami, nous venons.

Et elle descendit, suivie de Jean.

Roland s'écria en apercevant le jeune homme :

– Tiens, te voilà, toi ! Tu t'embêtes déjà dans ton logis.

– Non, père, mais j'avais à causer avec maman ce matin.

Jean s'avança, la main ouverte, et quand il sentit se refermer sur ses doigts l'étreinte paternelle du vieillard, une émotion bizarre et imprévue le crispa, l'émotion des séparations et des adieux sans espoir de retour.

Mme Roland demanda :

– Pierre n'est pas arrivé ?

Son mari haussa les épaules :

– Non, mais tant pis, il est toujours en retard. Commençons sans lui.

Elle se tourna vers Jean :

– Tu devrais aller le chercher, mon enfant ; ça le blesse quand on ne l'attend pas.

– Oui, maman, j'y vais.

Et le jeune homme sortit.

Il monta l'escalier, avec la résolution fiévreuse d'un craintif qui va se battre.

Quand il eut heurté la porte, Pierre répondit :

– Entrez.

Il entra.

L'autre écrivait, penché sur sa table.

– Bonjour, dit Jean.

Pierre se leva.

– Bonjour.

Et ils se tendirent la main comme si rien ne s'était passé.

– Tu ne descends pas déjeuner ?

– Mais… c'est que… j'ai beaucoup à travailler.

La voix de l'aîné tremblait, et son œil anxieux demandait au cadet ce qu'il allait faire.

– On t'attend.

– Ah ! est-ce que… est-ce que notre mère est en bas ?…

– Oui, c'est même elle qui m'a envoyé te chercher.

– Ah ! alors… je descends.

Devant la porte de la salle il hésita à se montrer le premier ; puis il l'ouvrit d'un geste saccadé, et il aperçut son père et sa mère assis à table, face à face.

Il s'approcha d'elle d'abord sans lever les yeux, sans prononcer un mot, et s'étant penché il lui tendit son front à baiser comme il faisait depuis quelque temps, au lieu de l'embrasser sur les joues comme jadis. Il devina qu'elle approchait sa bouche, mais il ne sentit point les lèvres sur sa peau, et il se redressa, le cœur battant, après ce simulacre de caresse[1].

Il se demandait : « Que se sont-ils dit, après mon départ ? »

Jean répétait avec tendresse « mère » et « chère maman », prenait soin d'elle, la servait et lui versait à boire. Pierre alors comprit qu'ils avaient pleuré ensemble, mais il ne put pénétrer leur pensée ! Jean croyait-il sa mère coupable ou son frère un misérable ?

Et tous les reproches qu'il s'était faits d'avoir dit l'horrible chose l'assaillirent de nouveau, lui serrant la gorge et lui fermant la bouche, l'empêchant de manger et de parler.

Il était envahi maintenant par un besoin de fuir intolérable, de quitter cette maison qui n'était plus sienne, ces gens qui ne tenaient plus à lui que par d'imperceptibles liens. Et il aurait voulu partir sur l'heure, n'importe où, sentant que c'était fini, qu'il ne pouvait plus rester près d'eux, qu'il les torturerait toujours malgré lui, rien que par sa présence, et qu'ils lui feraient souffrir sans cesse un insoutenable supplice.

Jean parlait, causait avec Roland. Pierre n'écoutant pas, n'entendait point. Il crut sentir cependant une intention dans la voix de son frère et prit garde au sens des paroles.

Jean disait :

– Ce sera, paraît-il, le plus beau bâtiment[2] de leur flotte. On parle de six mille cinq cents tonneaux. Il fera son premier voyage le mois prochain.

---

1. Simulacre de caresse : caresse feinte.
2. Bâtiment : navire.

Roland s'étonnait :

– Déjà ! Je croyais qu'il ne serait pas en état de prendre la mer cet été.

– Pardon ; on a poussé les travaux avec ardeur pour que la première traversée ait lieu avant l'automne. J'ai passé ce matin aux bureaux de la Compagnie[1] et j'ai causé avec un des administrateurs.

– Ah ! ah ! lequel ?

– M. Marchand, l'ami particulier du président du conseil d'administration.

– Tiens, tu le connais ?

– Oui. Et puis j'avais un petit service à lui demander.

– Ah ! alors tu me feras visiter en grand détail la *Lorraine* dès qu'elle entrera dans le port, n'est-ce pas ?

– Certainement, c'est très facile !

Jean paraissait hésiter, chercher ses phrases, poursuivre[2] une introuvable transition. Il reprit :

– En somme, c'est une vie très acceptable qu'on mène sur ces grands transatlantiques. On passe plus de la moitié des mois à terre dans deux villes superbes, New York et Le Havre, et le reste en mer avec des gens charmants. On peut même faire là des connaissances très agréables et très utiles pour plus tard, oui, très utiles, parmi les passagers. Songe que le capitaine, avec les économies sur le charbon, peut arriver à vingt-cinq mille francs par an, sinon plus…

Roland fit un « bigre ! » suivi d'un sifflement, qui témoignait d'un profond respect pour la somme et pour le capitaine.

1. Compagnie : Compagnie Générale Transatlantique.

2. Poursuivre : rechercher.

Jean reprit :

– Le commissaire de bord peut atteindre dix mille, et le médecin a cinq mille de traitement fixe, avec logement, nourriture, éclairage, chauffage, service, etc., etc. Ce qui équivaut à dix mille au moins, c'est très beau.

Pierre, qui avait levé les yeux, rencontra ceux de son frère, et le comprit.

Alors, après une hésitation, il demanda :

– Est-ce très difficile à obtenir, les places de médecin sur un transatlantique ?

– Oui et non. Tout dépend des circonstances et des protections.

Il y eut un long silence, puis le docteur reprit :

– C'est le mois prochain que part la *Lorraine* ?

– Oui, le sept.

Et ils se turent.

Pierre songeait. Certes ce serait une solution s'il pouvait s'embarquer comme médecin sur ce paquebot. Plus tard on verrait ; il le quitterait peut-être. En attendant il y gagnerait sa vie sans demander rien à sa famille. Il avait dû, l'avant-veille, vendre sa montre, car maintenant il ne tendait plus la main devant sa mère ! Il n'avait donc aucune ressource, hors celle-là, aucun moyen de manger d'autre pain que le pain de la maison inhabitable, de dormir dans un autre lit, sous un autre toit. Il dit alors, en hésitant un peu :

– Si je pouvais, je partirais volontiers là-dessus, moi.

Jean demanda :

– Pourquoi ne pourrais-tu pas ?

– Parce que je ne connais personne à la Compagnie transatlantique.

Roland demeurait stupéfait :

– Et tous tes beaux projets de réussite, que deviennent-ils ?

Pierre murmura :

– Il y a des jours où il faut savoir tout sacrifier, et renoncer aux meilleurs espoirs. D'ailleurs, ce n'est qu'un début, un moyen d'amasser quelques milliers de francs pour m'établir ensuite.

Son père, aussitôt, fut convaincu :

– Ça, c'est vrai. En deux ans tu peux mettre de côté six ou sept mille francs, qui bien employés te mèneront loin. Qu'en penses-tu, Louise ?

Elle répondit d'une voix basse, presque inintelligible[1] :

– Je pense que Pierre a raison.

Roland s'écria :

– Mais je vais en parler à M. Poulin, que je connais beaucoup ! Il est juge au tribunal de commerce et il s'occupe des affaires de la Compagnie. J'ai aussi M. Lenient, l'armateur[2] qui est intime avec un des vice-présidents.

Jean demanda à son frère :

– Veux-tu que je tâte aujourd'hui même M. Marchand ?

– Oui, je veux bien.

Pierre reprit, après avoir songé quelques instants :

– Le meilleur moyen serait peut-être encore d'écrire à mes maîtres de l'École de médecine qui m'avaient en grande estime. On embarque souvent sur ces bateaux-là des sujets médiocres. Des lettres très chaudes[3] des professeurs Mas-Roussel, Rémusot,

1. **Inintelligible** : incompréhensible.
2. **Armateur** : personne qui s'occupe de l'équipement et de l'exploitation commerciale d'un navire.
3. **Chaudes** : élogieuses.

Flache et Borriquel enlèveraient la chose en une heure mieux que toutes les recommandations douteuses. Il suffirait de faire présenter ces lettres par ton ami M. Marchand au conseil d'administration.

Jean approuvait tout à fait :

– Ton idée est excellente, excellente !

Et il souriait, rassuré, presque content, sûr du succès, étant incapable de s'affliger longtemps.

– Tu vas leur écrire aujourd'hui même, dit-il.

– Tout à l'heure, tout de suite. J'y vais. Je ne prendrai pas de café ce matin, je suis trop nerveux.

Il se leva et sortit.

Alors Jean se tourna vers sa mère :

– Toi, maman, qu'est-ce que tu fais ?

– Rien... je ne sais pas.

– Veux-tu venir avec moi jusque chez Mme Rosémilly ?

– Mais... oui... oui...

– Tu sais... il est indispensable que j'y aille aujourd'hui.

– Oui... oui... C'est vrai.

– Pourquoi ça, indispensable ? – demanda Roland, habitué d'ailleurs à ne jamais comprendre ce qu'on disait devant lui.

– Parce que je lui ai promis d'y aller.

– Ah ! très bien. C'est différent, alors.

Et il se mit à bourrer sa pipe, tandis que la mère et le fils montaient l'escalier pour prendre leurs chapeaux.

Quand ils furent dans la rue, Jean lui demanda :

– Veux-tu mon bras, maman ?

Il ne le lui offrait jamais, car ils avaient l'habitude de marcher côte à côte. Elle accepta et s'appuya sur lui.

Ils ne parlèrent point pendant quelque temps, puis il lui dit :

– Tu vois que Pierre consent parfaitement à s'en aller.

Elle murmura :

– Le pauvre garçon !

– Pourquoi ça, le pauvre garçon ? Il ne sera pas malheureux du tout sur la *Lorraine*.

– Non… je sais bien, mais je pense à tant de choses.

Longtemps elle songea, la tête baissée, marchant du même pas que son fils, puis avec cette voix bizarre qu'on prend par moments pour conclure une longue et secrète pensée :

– C'est vilain, la vie ! Si on y trouve une fois un peu de douceur, on est coupable de s'y abandonner et on le paye bien cher plus tard.

Il dit, très bas :

– Ne parle plus de ça, maman.

– Est-ce possible ? j'y pense tout le temps.

– Tu oublieras.

Elle se tut encore, puis, avec un regret profond :

– Ah ! comme j'aurais pu être heureuse en épousant un autre homme !

À présent, elle s'exaspérait contre Roland, rejetant sur sa laideur, sur sa bêtise, sur sa gaucherie[1], sur la pesanteur de son esprit et l'aspect commun de sa personne toute la responsabilité de sa faute et de son malheur. C'était à cela, à la vulgarité de cet homme, qu'elle devait de l'avoir trompé, d'avoir désespéré un de ses fils et fait à l'autre la plus douloureuse confession dont pût saigner le cœur d'une mère.

---

1. Gaucherie : maladresse.

Elle murmura : « C'est si affreux pour une jeune fille d'épouser un mari comme le mien. » Jean ne répondait pas. Il pensait à celui dont il avait cru être jusqu'ici le fils, et peut-être la notion confuse qu'il portait depuis longtemps de la médiocrité paternelle, l'ironie constante de son frère, l'indifférence dédaigneuse des autres et jusqu'au mépris de la bonne pour Roland avaient-ils préparé son âme à l'aveu terrible de sa mère. Il lui en coûtait moins d'être le fils d'un autre ; et après la grande secousse d'émotion de la veille, s'il n'avait pas eu le contrecoup de révolte, d'indignation et de colère redouté par Mme Roland, c'est que depuis bien longtemps il souffrait inconsciemment de se sentir l'enfant de ce lourdaud bonasse[1].

Ils étaient arrivés devant la maison de Mme Rosémilly.

Elle habitait, sur la route de Sainte-Adresse[2], le deuxième étage d'une grande construction qui lui appartenait. De ses fenêtres on découvrait toute la rade du Havre.

En apercevant Mme Roland qui entrait la première, au lieu de lui tendre les mains comme toujours, elle ouvrit les bras et l'embrassa, car elle devinait l'intention de sa démarche.

Le mobilier du salon, en velours frappé[3], était toujours recouvert de housses. Les murs, tapissés de papier à fleurs, portaient quatre gravures achetées par le premier mari, le capitaine. Elles représentaient des scènes maritimes et sentimentales. On voyait sur la première la femme d'un pêcheur agitant un mouchoir sur une côte, tandis que disparaît à l'horizon la voile qui emporte son homme. Sur la seconde, la

1. Bonasse : excessivement gentil, naïf.
2. Sainte-Adresse : ville de l'agglomération du Havre.
3. En velours frappé : avec des motifs imprimés en plein et en creux sur du velours.

même femme, à genoux sur la même côte, se tord les bras en regardant au loin, sous un ciel plein d'éclairs, sur une mer de vagues invraisemblables, la barque de l'époux qui va sombrer.

Les deux autres gravures représentaient des scènes analogues dans une classe supérieure de la société.

Une jeune femme blonde rêve, accoudée sur le bordage d'un grand paquebot qui s'en va. Elle regarde la côte déjà lointaine d'un œil mouillé de larmes et de regrets.

Qui a-t-elle laissé derrière elle ?

Puis, la même jeune femme assise près d'une fenêtre ouverte sur l'Océan est évanouie dans un fauteuil. Une lettre vient de tomber de ses genoux sur le tapis.

Il est donc mort, quel désespoir !

Les visiteurs, généralement, étaient émus et séduits par la tristesse banale de ces sujets transparents et poétiques. On comprenait tout de suite, sans explication et sans recherche, et on plaignait les pauvres femmes, bien qu'on ne sût pas au juste la nature du chagrin de la plus distinguée. Mais ce doute même aidait à la rêverie. Elle avait dû perdre son fiancé ! L'œil, dès l'entrée, était attiré invinciblement[1] vers ces quatre sujets et retenu comme par une fascination. Il ne s'en écartait que pour y revenir toujours, et toujours contempler les quatre expressions des deux femmes qui se ressemblaient comme deux sœurs. Il se dégageait surtout du dessin net, bien fini, soigné, distingué à la façon d'une gravure de mode, ainsi que du cadre bien luisant, une sensation de propreté et de rectitude[2] qu'accentuait encore le reste de l'ameublement.

---

1. **Invinciblement :** irrésistiblement.
2. **Rectitude :** honnêteté, caractère de ce qui est droit et raisonnable.

Les sièges demeuraient rangés suivant un ordre invariable, les uns contre la muraille, les autres autour du guéridon. Les rideaux blancs, immaculés, avaient des plis si droits et si réguliers qu'on avait envie de les friper un peu ; et jamais un grain de poussière ne ternissait le globe où la pendule dorée, de style Empire, une mappemonde portée par Atlas[1] agenouillé, semblait mûrir comme un melon d'appartement.

Les deux femmes en s'asseyant modifièrent un peu la place normale de leurs chaises.

– Vous n'êtes pas sortie aujourd'hui ? demandait Mme Roland.

– Non. Je vous avoue que je suis un peu fatiguée.

Et elle rappela, comme pour en remercier Jean et sa mère, tout le plaisir qu'elle avait pris à cette excursion et à cette pêche.

– Vous savez, disait-elle, que j'ai mangé ce matin mes salicoques. Elles étaient délicieuses. Si vous voulez, nous recommencerons un jour ou l'autre cette partie-là...

Le jeune homme l'interrompit :

– Avant d'en commencer une seconde, si nous terminions la première ?

– Comment ça ? Mais il me semble qu'elle est finie.

– Oh ! Madame, j'ai fait, de mon côté, dans ce rocher de Saint-Jouin, une pêche que je veux aussi rapporter chez moi.

Elle prit un air naïf et malin :

– Vous ? Quoi donc ? Qu'est-ce que vous avez trouvé ?

– Une femme ! Et nous venons, maman et moi, vous demander si elle n'a pas changé d'avis ce matin.

Elle se mit à sourire :

– Non, Monsieur, je ne change jamais d'avis, moi.

---

1. Atlas : dans la mythologie grecque, Titan condamné à soutenir le monde.

Ce fut lui qui lui tendit alors sa main toute grande, où elle fit tomber la sienne d'un geste vif et résolu[1]. Et il demanda :

– Le plus tôt possible, n'est-ce pas ?

– Quand vous voudrez.

– Six semaines ?

– Je n'ai pas d'opinion. Qu'en pense ma future belle-mère ?

Mme Roland répondit avec un sourire un peu mélancolique :

– Oh ! moi, je ne pense rien. Je vous remercie seulement d'avoir bien voulu Jean, car vous le rendrez très heureux.

– On fera ce qu'on pourra, maman.

Un peu attendrie, pour la première fois, Mme Rosémilly se leva et, prenant à pleins bras Mme Roland, l'embrassa longtemps comme un enfant ; et sous cette caresse nouvelle une émotion puissante gonfla le cœur malade de la pauvre femme. Elle n'aurait pu dire ce qu'elle éprouvait. C'était triste et doux en même temps. Elle avait perdu un fils, un grand fils, et on lui rendait à la place une fille, une grande fille.

Quand elles se retrouvèrent face à face, sur leurs sièges, elles se prirent les mains et restèrent ainsi, se regardant et se souriant, tandis que Jean semblait presque oublié d'elles.

Puis elles parlèrent d'un tas de choses auxquelles il fallait songer pour ce prochain mariage, et quand tout fut décidé, réglé, Mme Rosémilly parut soudain se souvenir d'un détail et demanda :

– Vous avez consulté M. Roland, n'est-ce pas ?

La même rougeur couvrit soudain les joues de la mère et du fils. Ce fut la mère qui répondit :

– Oh ! non, c'est inutile !

1. Résolu : décidé.

Puis elle hésita, sentant qu'une explication était nécessaire, et elle reprit :

– Nous faisons tout sans lui rien dire. Il suffit de lui annoncer ce que nous avons décidé.

Mme Rosémilly, nullement surprise, souriait, jugeant cela bien naturel, car le bonhomme comptait si peu.

Quand Mme Roland se retrouva dans la rue avec son fils :

– Si nous allions chez toi, dit-elle. Je voudrais bien me reposer.

Elle se sentait sans abri, sans refuge, ayant l'épouvante de sa maison.

Ils entrèrent chez Jean.

Dès qu'elle sentit la porte fermée derrière elle, elle poussa un gros soupir comme si cette serrure l'avait mise en sûreté ; puis, au lieu de se reposer, comme elle l'avait dit, elle commença à ouvrir les armoires, à vérifier les piles de linge, le nombre des mouchoirs et des chaussettes. Elle changeait l'ordre établi pour chercher des arrangements plus harmonieux, qui plaisaient davantage à son œil de ménagère ; et quand elle eut disposé les choses à son gré, aligné les serviettes, les caleçons et les chemises sur leurs tablettes spéciales, divisé tout le linge en trois classes principales, linge de corps, linge de maison et linge de table, elle se recula pour contempler son œuvre, et elle dit :

– Jean, viens donc voir comme c'est joli.

Il se leva et admira pour lui faire plaisir.

Soudain, comme il s'était rassis, elle s'approcha de son fauteuil à pas légers, par-derrière, et, lui enlaçant le cou de son bras droit, elle l'embrassa en posant sur la cheminée un petit objet enveloppé dans un papier blanc, qu'elle tenait de l'autre main.

Il demanda :

– Qu'est-ce que c'est ?

Comme elle ne répondait pas, il comprit, en reconnaissant la forme du cadre :

– Donne ! dit-il.

Mais elle feignit de ne pas entendre, et retourna vers ses armoires. Il se leva, prit vivement cette relique[1] douloureuse et, traversant l'appartement, alla l'enfermer à double tour, dans le tiroir de son bureau. Alors elle essuya du bout de ses doigts une larme au bord de ses yeux, puis elle dit, d'une voix un peu chevrotante :

– Maintenant, je vais voir si ta nouvelle bonne tient bien ta cuisine. Comme elle est sortie en ce moment, je pourrai tout inspecter pour me rendre compte.

1. **Relique :** souvenir.

IX

Les lettres de recommandation des professeurs Mas-Roussel, Rémusot, Flache et Borriquel, écrites dans les termes les plus flatteurs pour le Dr Pierre Roland, leur élève, avaient été soumises par M. Marchand au conseil de la Compagnie transatlantique, appuyées par MM. Poulin, juge au tribunal de commerce, Lenient, gros armateur, et Marival, adjoint au maire du Havre, ami particulier du capitaine Beausire.

Il se trouvait que le médecin de la *Lorraine* n'était pas encore désigné, et Pierre eut la chance d'être nommé en quelques jours. Le pli[1] qui l'en prévenait lui fut remis par la bonne Joséphine, un matin, comme il finissait sa toilette.

Sa première émotion fut celle du condamné à mort à qui on annonce sa peine commuée[2]; et il sentit immédiatement sa souffrance adoucie un peu par la pensée de ce départ et de cette vie calme, toujours bercée par l'eau qui roule, toujours errante, toujours fuyante.

Il vivait maintenant dans la maison paternelle en étranger muet et réservé. Depuis le soir où il avait laissé s'échapper devant son frère l'infâme[3] secret découvert par lui, il sentait

1. Pli : lettre.

2. Commuée : transformée (en réclusion criminelle à perpétuité, pour la peine de mort).

3. Infâme : indigne.

qu'il avait brisé les dernières attaches avec les siens. Un remords le harcelait d'avoir dit cette chose à Jean. Il se jugeait odieux, malpropre, méchant, et cependant il était soulagé d'avoir parlé.

Jamais il ne rencontrait plus le regard de sa mère ou le regard de son frère. Leurs yeux pour s'éviter avaient pris une mobilité surprenante et des ruses d'ennemis qui redoutent de se croiser. Toujours il se demandait : « Qu'a-t-elle pu dire à Jean ? A-t-elle avoué ou a-t-elle nié ? Que croit mon frère ? Que pense-t-il d'elle, que pense-t-il de moi ? » Il ne devinait pas et s'en exaspérait. Il ne leur parlait presque plus d'ailleurs, sauf devant Roland afin d'éviter ses questions.

Quand il eut reçu la lettre lui annonçant sa nomination, il la présenta, le jour même, à sa famille. Son père, qui avait une grande tendance à se réjouir de tout, battit des mains. Jean répondit d'un ton sérieux, mais l'âme pleine de joie :

– Je te félicite de tout mon cœur, car je sais qu'il y avait beaucoup de concurrents. Tu dois cela certainement aux lettres de tes professeurs.

Et sa mère baissa la tête en murmurant :

– Je suis bien heureuse que tu aies réussi.

Il alla, après le déjeuner, aux bureaux de la Compagnie, afin de se renseigner sur mille choses ; et il demanda le nom du médecin de la *Picardie*[1] qui devait partir le lendemain, pour s'informer près de lui de tous les détails de sa vie nouvelle et des particularités qu'il y devait rencontrer.

Le Dr Pirette étant à bord, il s'y rendit, et il fut reçu dans une petite chambre de paquebot par un jeune homme à

1. Picardie : navire qui, comme beaucoup d'autres, porte un nom de province française.

barbe blonde qui ressemblait à son frère. Ils causèrent longtemps.

On entendait dans les profondeurs sonores de l'immense bâtiment[1] une grande agitation confuse et continue, où la chute des marchandises entassées dans les cales se mêlait aux pas, aux voix, au mouvement des machines chargeant les caisses, aux sifflets des contremaîtres et à la rumeur des chaînes traînées ou enroulées sur les treuils par l'haleine rauque de la vapeur qui faisait vibrer un peu le corps entier du gros navire.

Mais lorsque Pierre eut quitté son collègue et se retrouva dans la rue, une tristesse nouvelle s'abattit sur lui, et l'enveloppa comme ces brumes qui courent sur la mer, venues du bout du monde et qui portent dans leur épaisseur insaisissable quelque chose de mystérieux et d'impur comme le souffle pestilentiel[2] de terres malfaisantes et lointaines.

En ses heures de plus grande souffrance il ne s'était jamais senti plongé ainsi dans un cloaque[3] de misère. C'est que la dernière déchirure était faite ; il ne tenait plus à rien. En arrachant de son cœur les racines de toutes ses tendresses, il n'avait pas éprouvé encore cette détresse de chien perdu qui venait soudain de le saisir.

Ce n'était pas une douleur morale et torturante, mais l'affolement d'une bête sans abri, une angoisse matérielle d'être errant qui n'a plus de toit et que la pluie, le vent, l'orage, toutes les forces brutales du monde vont assaillir. En mettant le pied sur ce paquebot, en entrant dans cette chambrette balancée sur les vagues, la chair de l'homme qui a toujours

1. Bâtiment : navire.
2. Pestilentiel : d'une odeur infecte.
3. Cloaque : bourbier, égout.

dormi dans un lit immobile et tranquille s'était révoltée contre l'insécurité de tous les lendemains futurs. Jusqu'alors elle s'était sentie protégée, cette chair, par le mur solide enfoncé dans la terre qui le tient, et par la certitude du repos à la même place, sous le toit qui résiste au vent. Maintenant, tout ce qu'on aime braver dans la chaleur du logis fermé deviendrait un danger et une constante souffrance.

Plus de sol sous les pas, mais la mer qui roule, qui gronde et engloutit. Plus d'espace autour de soi, pour se promener, courir, se perdre par les chemins, mais quelques mètres de planches pour marcher comme un condamné au milieu d'autres prisonniers. Plus d'arbres, de jardins, de rues, de maisons, rien que de l'eau et des nuages. Et sans cesse il sentirait remuer ce navire sous ses pieds. Les jours d'orage il faudrait s'appuyer aux cloisons, s'accrocher aux portes, se cramponner aux bords de la couchette étroite pour ne point rouler par terre. Les jours de calme il entendrait la trépidation ronflante de l'hélice et sentirait fuir ce bateau qui le porte, d'une fuite continue, régulière, exaspérante.

Et il se trouvait condamné à cette vie de forçat vagabond, uniquement parce que sa mère s'était livrée aux caresses d'un homme.

Il allait devant lui, défaillant à présent sous la mélancolie désolée des gens qui vont s'expatrier.

Il ne se sentait plus au cœur ce mépris hautain, cette haine dédaigneuse pour les inconnus qui passent, mais une triste envie de leur parler, de leur dire qu'il allait quitter la France, d'être écouté et consolé. C'était, au fond de lui, un besoin honteux de pauvre qui va tendre la main, un besoin timide et fort de sentir quelqu'un souffrir de son départ.

Il songea à Marowsko. Seul le vieux Polonais l'aimait assez pour ressentir une vraie et poignante émotion ; et le docteur se décida tout de suite à l'aller voir.

Quand il entra dans la boutique, le pharmacien, qui pilait des poudres au fond d'un mortier[1] de marbre, eut un petit tressaillement et quitta sa besogne :

– On ne vous aperçoit plus jamais ? dit-il.

Le jeune homme expliqua qu'il avait eu à entreprendre des démarches nombreuses, sans en dévoiler le motif, et il s'assit en demandant :

– Eh bien ! les affaires vont-elles ?

Elles n'allaient pas, les affaires. La concurrence était terrible, le malade rare et pauvre dans ce quartier travailleur. On n'y pouvait vendre que des médicaments à bon marché ; et les médecins n'y ordonnaient point ces remèdes rares et compliqués sur lesquels on gagne cinq cents pour cent. Le bonhomme conclut :

– Si ça dure encore trois mois comme ça, il faudra fermer boutique. Si je ne comptais pas sur vous, mon bon docteur, je me serais déjà mis à cirer des bottes.

Pierre sentit son cœur se serrer, et il se décida brusquement à porter le coup, puisqu'il le fallait :

– Oh ! moi... moi... je ne pourrai plus vous être d'aucun secours. Je quitte Le Havre au commencement du mois prochain.

Marowsko ôta ses lunettes, tant son émotion fut vive :

– Vous... vous... qu'est-ce que vous dites là ?

1. Mortier : vase pour piler certaines substances.

– Je dis que je m'en vais, mon pauvre ami.

Le vieux demeurait atterré, sentant crouler son dernier espoir, et il se révolta soudain contre cet homme qu'il avait suivi, qu'il aimait, en qui il avait eu tant de confiance, et qui l'abandonnait ainsi.

Il bredouilla :

– Mais vous n'allez pas me trahir à votre tour, vous ?

Pierre se sentait tellement attendri qu'il avait envie de l'embrasser :

– Mais je ne vous trahis pas. Je n'ai point trouvé à me caser ici et je pars comme médecin sur un paquebot transatlantique.

– Oh ! monsieur Pierre ! Vous m'aviez si bien promis de m'aider à vivre !

– Que voulez-vous ! Il faut que je vive moi-même. Je n'ai pas un sou de fortune.

Marowsko répétait :

– C'est mal, c'est mal, ce que vous faites. Je n'ai plus qu'à mourir de faim, moi. À mon âge, c'est fini. C'est mal. Vous abandonnez un pauvre vieux qui est venu pour vous suivre. C'est mal.

Pierre voulait s'expliquer, protester, donner ses raisons, prouver qu'il n'avait pu faire autrement ; le Polonais n'écoutait point, révolté de cette désertion, et il finit par dire, faisant allusion sans doute à des événements politiques :

– Vous autres Français, vous ne tenez pas vos promesses[1].

---

1. Allusion au soulèvement des Polonais contre les Russes en 1830. Les Polonais n'avaient pas reçu l'aide des Français, contrairement à ce qu'ils espéraient.

Alors Pierre se leva, froissé à son tour, et le prenant d'un peu haut :

– Vous êtes injuste, père Marowsko. Pour se décider à ce que j'ai fait, il faut de puissants motifs ; et vous devriez le comprendre. Au revoir. J'espère que je vous retrouverai plus raisonnable.

Et il sortit.

– Allons, pensait-il, personne n'aura pour moi un regret sincère.

Sa pensée cherchait, allant à tous ceux qu'il connaissait, ou qu'il avait connus, et elle retrouva, au milieu de tous les visages défilant dans son souvenir, celui de la fille de brasserie qui lui avait fait soupçonner sa mère.

Il hésita, gardant contre elle une rancune instinctive, puis soudain, se décidant, il pensa : « Elle avait raison, après tout. » Et il s'orienta pour retrouver sa rue.

La brasserie était, par hasard, remplie de monde et remplie aussi de fumée. Les consommateurs, bourgeois et ouvriers, car c'était un jour de fête, appelaient, riaient, criaient, et le patron lui-même servait, courant de table en table, emportant des bocks vides et les rapportant pleins de mousse.

Quand Pierre eut trouvé une place, non loin du comptoir, il attendit, espérant que la bonne le verrait et le reconnaîtrait.

Mais elle passait et repassait devant lui, sans un coup d'œil, trottant menu sous ses jupes avec un petit dandinement gentil.

Il finit par frapper la table d'une pièce d'argent. Elle accourut.

– Que désirez-vous, Monsieur ?

Elle ne le regardait pas, l'esprit perdu dans le calcul des consommations servies.

– Eh bien ! fit-il, c'est comme ça qu'on dit bonjour à ses amis ?

Elle fixa ses yeux sur lui, et d'une voix pressée :

– Ah ! c'est vous. Vous allez bien. Mais je n'ai pas le temps aujourd'hui. C'est un bock que vous voulez ?

– Oui, un bock.

Quand elle l'apporta, il reprit :

– Je viens te faire mes adieux. Je pars.

Elle répondit avec indifférence :

– Ah bah ! Où allez-vous ?

– En Amérique.

– On dit que c'est un beau pays.

Et rien de plus. Vraiment il fallait être bien malavisé[1] pour lui parler ce jour-là. Il y avait trop de monde au café !

Et Pierre s'en alla vers la mer. En arrivant sur la jetée, il vit la *Perle* qui rentrait portant son père et le capitaine Beausire. Le matelot Papagris ramait ; et les deux hommes, assis à l'arrière, fumaient leur pipe avec un air de parfait bonheur. Le docteur songea en les voyant passer : « Bienheureux les simples d'esprit[2]. »

Et il s'assit sur un des bancs du brise-lames[3] pour tâcher de s'engourdir dans une somnolence de brute.

Quand il rentra, le soir, à la maison, sa mère lui dit, sans oser lever les yeux sur lui :

– Il va te falloir un tas d'affaires pour partir, et je suis un peu embarrassée. Je t'ai commandé tantôt ton linge de corps et j'ai

1. Malavisé : peu malin.

2. Paroles inspirées du Sermon sur la montagne, tiré du Nouveau Testament (Matthieu, V, 3).

3. Brise-lames : digue ou jetée destinée à briser les vagues, pour atténuer l'érosion d'une côte.

passé chez le tailleur pour les habits ; mais n'as-tu besoin de rien d'autre, de choses que je ne connais pas, peut-être ?

Il ouvrit la bouche pour dire : « Non, de rien. » Mais il songea qu'il lui fallait au moins accepter de quoi se vêtir décemment, et ce fut d'un ton très calme qu'il répondit :

– Je ne sais pas encore, moi ; je m'informerai à la Compagnie.

Il s'informa, et on lui remit la liste des objets indispensables. Sa mère, en la recevant de ses mains, le regarda pour la première fois depuis bien longtemps, et elle avait au fond des yeux l'expression si humble, si douce, si triste, si suppliante des pauvres chiens battus qui demandent grâce.

Le 1er octobre, la *Lorraine*, venant de Saint-Nazaire, entra au port du Havre, pour en repartir le 7 du même mois à destination de New York ; et Pierre Roland dut prendre possession de la petite cabine flottante où serait désormais emprisonnée sa vie.

Le lendemain, comme il sortait, il rencontra dans l'escalier sa mère qui l'attendait et qui murmura d'une voix à peine intelligible :

– Tu ne veux pas que je t'aide à t'installer sur ce bateau ?

– Non, merci, tout est fini.

Elle murmura :

– Je désire tant voir ta chambrette.

– Ce n'est pas la peine. C'est très laid et très petit.

Il passa, la laissant atterrée, appuyée au mur, et la face blême.

Or Roland, qui visita la *Lorraine* ce jour-là même, ne parla pendant le dîner que de ce magnifique navire et s'étonna beaucoup que sa femme n'eût aucune envie de le connaître puisque leur fils allait s'embarquer dessus.

Pierre ne vécut guère dans sa famille pendant les jours qui suivirent. Il était nerveux, irritable, dur, et sa parole brutale semblait fouetter tout le monde. Mais la veille de son départ il parut soudain très changé, très adouci. Il demanda, au moment d'embrasser ses parents avant d'aller coucher à bord pour la première fois :

– Vous viendrez me dire adieu, demain sur le bateau ?

Roland s'écria :

– Mais oui, mais oui, parbleu. N'est-ce pas, Louise ?

– Mais certainement, dit-elle tout bas.

Pierre reprit :

– Nous partons à onze heures juste. Il faut être là-bas à neuf heures et demie au plus tard.

– Tiens ! s'écria son père, une idée. En te quittant nous courrons bien vite nous embarquer sur la *Perle* afin de t'attendre hors des jetées et de te voir encore une fois. N'est-ce pas, Louise ?

– Oui, certainement.

Roland reprit :

– De cette façon, tu ne nous confondras pas avec la foule qui encombre le môle[1] quand partent les transatlantiques. On ne peut jamais reconnaître les siens dans le tas. Ça te va ?

– Mais oui, ça me va. C'est entendu.

Une heure plus tard il était étendu dans son petit lit marin, étroit et long comme un cercueil. Il y resta longtemps, les yeux ouverts, songeant à tout ce qui s'était passé depuis deux mois dans sa vie, et surtout dans son âme. À force d'avoir souffert et fait souffrir les autres, sa douleur agressive et vengeresse s'était

1. Môle : jetée située à l'entrée d'un port.

fatiguée, comme une lame émoussée. Il n'avait presque plus le courage d'en vouloir à quelqu'un et de quoi que ce fût, et il laissait aller sa révolte à vau-l'eau[1] à la façon de son existence. Il se sentait tellement las de lutter, las de frapper, las de détester, las de tout, qu'il n'en pouvait plus et tâchait d'engourdir son cœur dans l'oubli, comme on tombe dans le sommeil. Il entendait vaguement autour de lui les bruits nouveaux du navire, bruits légers, à peine perceptibles en cette nuit calme du port ; et de sa blessure jusque-là si cruelle il ne sentait plus aussi que les tiraillements douloureux des plaies qui se cicatrisent.

Il avait dormi profondément quand le mouvement des matelots le tira de son repos. Il faisait jour, le train de marée arrivait au quai amenant les voyageurs de Paris.

Alors il erra sur le navire au milieu de ces gens affairés, inquiets, cherchant leurs cabines, s'appelant, se questionnant et se répondant au hasard, dans l'effarement du voyage commencé. Après qu'il eut salué le capitaine et serré la main de son compagnon le commissaire du bord, il entra dans le salon où quelques Anglais sommeillaient déjà dans les coins. La grande pièce aux murs de marbre blanc encadrés de filets d'or prolongeait indéfiniment dans les glaces la perspective de ses longues tables flanquées de deux lignes illimitées de sièges tournants, en velours grenat[2]. C'était bien là le vaste hall flottant et cosmopolite où devaient manger en commun les gens riches de tous les continents. Son luxe opulent[3] était celui des grands hôtels, des théâtres, des lieux publics, le luxe imposant

1. **Il laissait aller sa révolte à vau-l'eau** : il laissait partir sa révolte à la dérive.
2. **Grenat** : couleur rouge sombre.
3. **Opulent** : très riche.

et banal qui satisfait l'œil des millionnaires. Le docteur allait passer dans la partie du navire réservée à la seconde classe, quand il se souvint qu'on avait embarqué la veille au soir un grand troupeau d'émigrants, et il descendit dans l'entrepont[1]. En y pénétrant, il fut saisi par une odeur nauséabonde d'humanité pauvre et malpropre, puanteur de chair nue plus écœurante que celle du poil ou de la laine des bêtes. Alors, dans une sorte de souterrain obscur et bas, pareil aux galeries des mines, Pierre aperçut des centaines d'hommes, de femmes et d'enfants étendus sur des planches superposées ou grouillant par tas sur le sol. Il ne distinguait point les visages, mais voyait vaguement cette foule sordide en haillons[2], cette foule de misérables vaincus par la vie, épuisés, écrasés, partant avec une femme maigre et des enfants exténués pour une terre inconnue, où ils espéraient ne point mourir de faim, peut-être.

Et songeant au travail passé, au travail perdu, aux efforts stériles, à la lutte acharnée, reprise chaque jour en vain, à l'énergie dépensée par ces gueux[3], qui allaient recommencer encore, sans savoir où, cette existence d'abominable misère, le docteur eut envie de leur crier : « Mais foutez-vous donc à l'eau avec vos femelles et vos petits ! » Et son cœur fut tellement étreint par la pitié qu'il s'en alla, ne pouvant supporter leur vue.

Son père, sa mère, son frère et Mme Rosémilly l'attendaient déjà dans sa cabine.

– Si tôt, dit-il.

– Oui, répondit Mme Roland d'une voix tremblante, nous voulions avoir le temps de te voir un peu.

---

1. Entrepont : espace entre deux ponts dans un navire.

2. Haillons : vêtements usés, déchirés.

3. Gueux : pauvres, mendiants.

Il la regarda. Elle était en noir, comme si elle eût porté un deuil, et il s'aperçut brusquement que ses cheveux, encore gris le mois dernier, devenaient tout blancs à présent.

Il eut grand-peine à faire asseoir les quatre personnes dans sa petite demeure, et il sauta sur son lit. Par la porte restée ouverte on voyait passer une foule nombreuse comme celle d'une rue un jour de fête, car tous les amis des embarqués et une armée de simples curieux avaient envahi l'immense paquebot. On se promenait dans les couloirs, dans les salons, partout, et des têtes s'avançaient jusque dans la chambre tandis que des voix murmuraient au-dehors : « C'est l'appartement du docteur. »

Alors Pierre poussa la porte ; mais dès qu'il se sentit enfermé avec les siens, il eut envie de la rouvrir, car l'agitation du navire trompait leur gêne et leur silence.

Mme Rosémilly voulut enfin parler :

– Il vient bien peu d'air par ces petites fenêtres, dit-elle.

– C'est un hublot, répondit Pierre.

Il en montra l'épaisseur qui rendait le verre capable de résister aux chocs les plus violents, puis il expliqua longuement le système de fermeture. Roland à son tour demanda :

– Tu as ici même la pharmacie ?

Le docteur ouvrit une armoire et fit voir une bibliothèque de fioles qui portaient des noms latins sur des carrés de papier blanc.

Il en prit une pour énumérer les propriétés de la matière qu'elle contenait, puis une seconde, puis une troisième, et il fit un vrai cours de thérapeutique[1] qu'on semblait écouter avec grande attention.

1. **Thérapeutique** : ce qui est relatif au traitement des maladies, médecine.

Roland répétait en remuant la tête :

– Est-ce intéressant, cela !

On frappa doucement contre la porte.

– Entrez ! cria Pierre.

Et le capitaine Beausire parut.

Il dit, en tendant la main :

– Je viens tard parce que je n'ai pas voulu gêner vos épanchements[1].

Il dut aussi s'asseoir sur le lit. Et le silence recommença.

Mais, tout à coup, le capitaine prêta l'oreille. Des commandements lui parvenaient à travers la cloison, et il annonça :

– Il est temps de nous en aller si nous voulons embarquer dans la *Perle* pour vous voir encore à la sortie, et vous dire adieu en pleine mer.

Roland père y tenait beaucoup, afin d'impressionner les voyageurs de la *Lorraine* sans doute, et il se leva avec empressement :

– Allons, adieu, mon garçon.

Il embrassa Pierre sur ses favoris[2], puis rouvrit la porte.

Mme Roland ne bougeait point et demeurait les yeux baissés, très pâle.

Son mari lui toucha le bras :

– Allons, dépêchons-nous, nous n'avons pas une minute à perdre.

Elle se dressa, fit un pas vers son fils et lui tendit, l'une après l'autre, deux joues de cire blanche, qu'il baisa sans dire un mot. Puis il serra la main de Mme Rosémilly, et celle de son frère en lui demandant :

– À quand ton mariage ?

1. **Épanchements** : fait de se laisser aller à exprimer ses sentiments personnels.
2. **Favoris** : touffes de barbe qui encadrent les joues.

– Je ne sais pas encore au juste. Nous le ferons coïncider avec un de tes voyages.

Tout le monde enfin sortit de la chambre et remonta sur le pont encombré de public, de porteurs de paquets et de marins. La vapeur ronflait dans le ventre énorme du navire qui semblait frémir d'impatience.

– Adieu, dit Roland toujours pressé.

– Adieu, répondit Pierre debout au bord d'un des petits ponts de bois qui faisaient communiquer la *Lorraine* avec le quai.

Il serra de nouveau toutes les mains et sa famille s'éloigna.

– Vite, vite, en voiture ! criait le père.

Un fiacre[1] les attendait qui les conduisit à l'avant-port où Papagris tenait la *Perle* toute prête à prendre le large.

Il n'y avait aucun souffle d'air ; c'était un de ces jours secs et calmes d'automne, où la mer polie semble froide et dure comme de l'acier.

Jean saisit un aviron, le matelot borda l'autre et ils se mirent à ramer. Sur le brise-lames, sur les jetées, jusque sur les parapets de granit, une foule innombrable, remuante et bruyante, attendait la *Lorraine.*

La *Perle* passa entre ces deux vagues humaines et fut bientôt hors du môle.

Le capitaine Beausire, assis entre les deux femmes, tenait la barre et il disait :

– Vous allez voir que nous nous trouverons juste sur sa route, mais là, juste.

1. **Fiacre** : voiture à cheval que l'on peut louer.

Et les deux rameurs tiraient de toute leur force pour aller le plus loin possible. Tout à coup Roland s'écria :

– La voilà. J'aperçois sa mâture[1] et ses deux cheminées. Elle sort du bassin.

– Hardi ! les enfants, répétait Beausire.

Mme Roland prit son mouchoir dans sa poche et le posa sur ses yeux.

Roland était debout, cramponné au mât ; il annonçait :

– En ce moment elle évolue dans l'avant-port… Elle ne bouge plus… Elle se remet en mouvement… Elle a dû prendre son remorqueur… Elle marche… bravo !… Elle s'engage dans les jetées !… Entendez-vous la foule qui crie… bravo !… c'est le *Neptune* qui la tire… je vois son avant maintenant… la voilà, la voilà… Nom de Dieu, quel bateau ! Nom de Dieu ! regardez donc !…

Mme Rosémilly et Beausire se retournèrent ; les deux hommes cessèrent de ramer ; seule Mme Roland ne remua point.

L'immense paquebot, traîné par un puissant remorqueur qui avait l'air, devant lui, d'une chenille, sortait lentement et royalement du port. Et le peuple havrais massé sur les môles, sur la plage, aux fenêtres, emporté soudain par un élan patriotique se mit à crier : « Vive la *Lorraine* ! » acclamant et applaudissant ce départ magnifique, cet enfantement d'une grande ville maritime qui donnait à la mer sa plus belle fille.

Mais Elle, dès qu'elle eut franchi l'étroit passage enfermé entre deux murs de granit, se sentant libre enfin, abandonna son remorqueur, et elle partit toute seule comme un énorme monstre courant sur l'eau.

1. **Mâture** : ensemble des mâts d'un navire.

– La voilà… la voilà !… criait toujours Roland. Elle vient droit sur nous.

Et Beausire, radieux, répétait :

– Qu'est-ce que je vous avais promis, hein ? Est-ce que je connais leur route ?

Jean, tout bas, dit à sa mère :

– Regarde, maman, elle approche.

Et Mme Roland découvrit ses yeux aveuglés par les larmes.

La *Lorraine* arrivait, lancée à toute vitesse dès sa sortie du port, par ce beau temps clair, calme. Beausire, la lunette braquée, annonça :

– Attention ! M. Pierre est à l'arrière, tout seul, bien en vue. Attention !

Haut comme une montagne et rapide comme un train, le navire, maintenant, passait presque à toucher la *Perle*.

Et Mme Roland éperdue, affolée, tendit les bras vers lui, et elle vit son fils, son fils Pierre, coiffé de sa casquette galonnée[1], qui lui jetait à deux mains des baisers d'adieu.

Mais il s'en allait, il fuyait, disparaissait, devenu déjà tout petit, effacé comme une tache imperceptible sur le gigantesque bâtiment. Elle s'efforçait de le reconnaître encore et ne le distinguait plus.

Jean lui avait pris la main.

– Tu as vu ? dit-il.

– Oui, j'ai vu. Comme il est bon !

Et on retourna vers la ville.

– Cristi ! ça va vite, déclarait Roland avec une conviction enthousiaste.

---

1. Galonnée : ornée de ruban.

Le paquebot, en effet, diminuait de seconde en seconde comme s'il eût fondu dans l'Océan. Mme Roland tournée vers lui le regardait s'enfoncer à l'horizon vers une terre inconnue, à l'autre bout du monde. Sur ce bateau que rien ne pouvait arrêter, sur ce bateau qu'elle n'apercevrait plus tout à l'heure, était son fils, son pauvre fils. Et il lui semblait que la moitié de son cœur s'en allait avec lui, il lui semblait aussi que sa vie était finie, il lui semblait encore qu'elle ne reverrait jamais plus son enfant.

– Pourquoi pleures-tu, demanda son mari, puisqu'il sera de retour avant un mois ?

Elle balbutia :

– Je ne sais pas. Je pleure parce que j'ai mal.

Lorsqu'ils furent revenus à terre, Beausire les quitta tout de suite pour aller déjeuner chez un ami. Alors Jean partit en avant avec Mme Rosémilly, et Roland dit à sa femme :

– Il a une belle tournure, tout de même, notre Jean.

– Oui, répondit la mère.

Et comme elle avait l'âme trop troublée pour songer à ce qu'elle disait, elle ajouta :

– Je suis bien heureuse qu'il épouse Mme Rosémilly.

Le bonhomme fut stupéfait :

– Ah bah ! Comment ? Il va épouser Mme Rosémilly ?

– Mais oui. Nous comptions te demander ton avis aujourd'hui même.

– Tiens ! tiens ! Y a-t-il longtemps qu'il est question de cette affaire-là ?

– Oh ! non. Depuis quelques jours seulement. Jean voulait être sûr d'être agréé par elle avant de te consulter.

Roland se frottait les mains :

– Très bien, très bien. C'est parfait. Moi je l'approuve absolument.

Comme ils allaient quitter le quai et prendre le boulevard François-Ier, sa femme se retourna encore une fois pour jeter un dernier regard sur la haute mer ; mais elle ne vit plus rien qu'une petite fumée grise, si lointaine, si légère qu'elle avait l'air d'un peu de brume.

Trois nouvelles réalistes
Aux champs,
Le Testament, Un fils

Présentation

Maupassant est l'auteur d'un très grand nombre de nouvelles, c'est-à-dire de récits courts, présentant peu de personnages et souvent dotés d'une conclusion frappante. *Aux champs* paraît pour la première fois le 31 octobre 1882 dans le journal *Le Gaulois*. Le texte s'inscrit dans le recueil des *Contes de la bécasse* (1883), tout comme *Le Testament* et *Un fils*, parus dans *Gil Blas* les 7 novembre et 19 avril 1882 sous le pseudonyme de Maufrigneuse[1]. Ces trois nouvelles réalistes évoquent avec noirceur et cruauté les problèmes posés par la vie familiale, à travers les motifs de l'argent, de l'adultère et de la bâtardise, qui sont également au cœur de *Pierre et Jean* (1888).

■ Des nouvelles réalistes

La peinture d'un milieu

Dans *Aux champs*, Maupassant évoque avec un certain réalisme **la vie des paysans et leur parler**, qui signale leur **manque de culture**. Il donne au lecteur l'image de ce qu'était un village de province à la fin du XIXe siècle, animé par les rivalités, voire les haines, entre voisins, et marqué par la domination de quelques notables : le maire, l'adjoint, le curé, l'instituteur.

---

1. Maufrigneuse : pseudonyme de Maupassant pour signer les contes, nouvelles et chroniques qui paraissent dans *Gil Blas*, un ancien quotidien de presse écrite, entre 1881 et 1885. Cette référence à un personnage de la *Comédie humaine* de Balzac, la duchesse de Maufrigneuse, montre que Maupassant semble ainsi se reconnaître comme l'héritier de Balzac, l'un des premiers auteurs réalistes.

Dans *Le Testament*, Mme de Courcils appartient à un **milieu beaucoup plus favorisé**. Mariée à « un de ces rustres qu'on appelle des gentilshommes campagnards » et qui n'ont pour toute noblesse que l'orgueil et le désir de pouvoir, elle n'en est pas moins exposée à la **vulgarité** et à la **brutalité**, qui s'expriment simplement de manière **plus hypocrite** que dans le milieu paysan.

Les deux personnages d'*Un fils*, « gens de marque et de réputation », sont plus **urbains** et plus **cultivés** que M. de Courcils, mais tout aussi **prétentieux**. L'académicien se sent presque à l'étranger en Bretagne, et en particulier à Pont-l'Abbé. Une fois tombé le masque de sa respectabilité sociale, il se comporte avec la sauvagerie du maître qui ne connaît que la **loi du plus fort** et abuse sans scrupule de la jeune servante de l'auberge.

Le rôle de l'argent

Le milieu paysan, que décrit *Aux champs*, est caractérisé par sa **pauvreté**. La **seule richesse** des Tuvache et des Vallin est leurs **enfants**, à peine considérés comme des individus, et désignés par des termes péjoratifs : « marmaille », « produits », « mioches ». Les parents s'occupent d'eux comme des « gardeurs d'oie » de leurs bêtes. Maupassant insiste sur les effets de symétrie entre les deux familles : « La première des deux demeures [...] était occupée par les Tuvache, qui avaient trois filles et un garçon ; l'autre masure abritait les Vallin, qui avaient une fille et trois garçons. » Rien ne les différencie vraiment, avant l'intervention de Mme d'Hubières, qui révèle le tempérament intéressé des Vallin. Pour eux, **même la vie humaine s'achète**. Mme d'Hubières emporte donc le petit Vallin « comme un bibelot » indispensable dans le décor de toute famille bourgeoise.

Dans *Le Testament*, Mme de Courcils possède de l'argent et en fait une arme contre son mari et ses enfants légitimes, qui l'ont méprisée. L'héritage est le témoignage posthume de liberté que la mère envoie à son mari et à ses enfants légitimes, ainsi qu'un signe d'amour pour M. de Bourneval et son fils René.

Dans *Un fils*, l'académicien voudrait **se servir de son argent pour apaiser sa conscience**. Il donne quelques sous pour améliorer le sort de ce « fils », décrit comme une « brute dont les grands cheveux jaunes semblaient un fumier plus sordide que celui des bêtes ». **L'absence d'argent déshumanise l'individu, mais sa présence le pervertit**, s'il n'a pas les moyens intellectuels et moraux d'en user raisonnablement : le « gueux » profite de ce don inespéré pour acheter de l'alcool. L'académicien en tire une leçon de conservatisme social : il est vain de sortir un homme de la pauvreté et de la bêtise. Il faut « le tenir comme un prisonnier », dans son propre intérêt et surtout dans celui de la société, pour éviter le risque du désordre.

■ Un regard cruel sur la famille

Les difficultés du mariage

Dans *Aux champs*, Maupassant nous donne cette image pathétique des Tuvache, confrontés aux reproches de leur fils : « Les deux vieux se taisaient, atterrés, larmoyants. » Le couple n'aura connu que l'**habitude du travail acharné**, la **misère** et les **exigences de la survie**, qui laissent peu de place à l'amour et au bonheur.

Le mariage, dans les milieux aisés, n'est pas plus heureux. Il est souvent une **union arrangée** pour des raisons sociales et économiques, **qui aboutit à l'adultère**. Mme de Courcils, dans *Le Testament*, a été la victime d'une telle union : « Toute sa vie fut un martyre. » L'adultère est la liberté que son mari se donne à ses dépens. L'humiliation la conduit à accepter à son tour les faveurs de M. de Bourneval. Dieu, le « Juge suprême », contrairement à une **morale hypocrite effrayée par l'éventualité d'un « affreux scandale »**, ne saurait condamner une liaison inspirée par l'amour sincère entre deux êtres.

La conséquence d'une liaison extérieure au mariage est parfois la naissance d'un **enfant naturel**. Pour Mme de Courcils, dans *Le Testament*, cet enfant est le **fils préféré**, fruit de l'amour, le seul qui la respecte. Dans *Un fils*, le père supposé fait de l'enfant naturel une règle. Il considère qu'« il n'est guère d'homme qui ne possède des enfants ignorés, ces enfants dits *de père inconnu*, qu'il a faits, comme cet arbre reproduit, presque inconsciemment. » Il atténue ainsi sa propre responsabilité dans le désastre qu'il a causé : la vie brisée de la jeune servante et son fils bâtard méprisé de tous et devenu méprisable, faute d'éducation.

La mise en cause de la morale traditionnelle

Dans *Aux champs*, la conclusion invite à une **relativisation des valeurs morales traditionnelles**. Le choix des Tuvache semble finalement discutable. Maupassant n'exclut d'ailleurs pas qu'ils aient très vite regretté leur refus de vendre leur fils qui, jaloux de la situation de l'enfant des Vallin, leur reproche ensuite sa propre misère avec lucidité et cruauté. La décision des Vallin, moralement répréhensible, a été conforme à l'intérêt de l'enfant. La famille s'est montrée plus **pragmatique** que les Tuvache et a sacrifié la morale à une ambition moins noble, mais plus concrète et plus utile : la **richesse**, sans laquelle tout discours sur la dignité de l'individu n'a pas de sens.

Dans *Le Testament*, René de Bourneval, inspiré par la **pensée sceptique** et surtout par sa propre **expérience**, ne croit pas aux discours hypocrites, qui masquent souvent l'immoralité de ceux qui les profèrent. Il pense qu' « il n'y a pas d'hommes honnêtes » mais, au mieux, des comportements moins malhonnêtes que d'autres. Les **valeurs morales** sont **relatives**. L'adultère, en particulier, n'est pas condamnable dans l'absolu. On ne peut le juger sans comprendre la souffrance de ceux qui sont prisonniers d'un mariage malheureux.

Dans *Un fils*, le sénateur considère que **l'assouvissement du désir justifie tout**. Le récit de son ami, qui évoque pourtant ses angoisses et ses remords de ne pouvoir aider son fils, lui inspire cette seule remarque : « C'est bon vraiment d'avoir vingt-cinq ans, et même de faire des enfants comme ça. » Cette conclusion, à la fois légère et nostalgique, dédramatise les réflexions tragiques de l'académicien. Elle n'en témoigne pas moins d'une vision très sombre de l'existence : seul semble compter le **plaisir individuel, égoïste**.

La culture et la raison n'évitent pas à l'individu d'obéir d'abord à ses pulsions. Le père ressent toutefois quelques sentiments pour son fils, qu'il considérait, avant de connaître son histoire, à l'égal d'un animal. Chacun peut éprouver de la pitié pour celui qu'il a sacrifié, lorsqu'il en reconnaît enfin la part d'humanité.

Aux champs

(1882)

À Octave Mirbeau[1].

Les deux chaumières étaient côte à côte, au pied d'une colline, proches d'une petite ville de bains[2]. Les deux paysans besognaient[3] dur sur la terre inféconde[4] pour élever tous leurs petits. Chaque ménage en avait quatre. Devant les deux portes voisines, toute la marmaille grouillait[5] du matin au soir. Les deux aînés avaient six ans et les deux cadets quinze mois environ ; les mariages et, ensuite, les naissances s'étaient produits à peu près simultanément dans l'une et l'autre maison.

Les deux mères distinguaient à peine leurs produits[6] dans le tas ; et les deux pères confondaient tout à fait. Les huit noms dansaient dans leur tête, se mêlaient sans cesse ; et, quand il fallait en appeler un, les hommes souvent en criaient trois avant d'arriver au véritable.

La première des deux demeures, en venant de la station d'eaux de Rolleport[7], était occupée par les Tuvache, qui avaient trois

1. Octave Mirbeau : écrivain normand (1848-1917), ami de Maupassant.
2. Ville de bains : station thermale.
3. Besognaient : travaillaient.
4. Inféconde : stérile, qui ne produit rien.
5. Toute la marmaille grouillait : tous les enfants bougeaient, remuaient (péjoratif).
6. Produits : enfants (ici, péjoratif).
7. Station d'eaux de Rolleport : station thermale de Rolleport, localité imaginaire.

filles et un garçon ; l'autre masure[1] abritait les Vallin, qui avaient une fille et trois garçons.

Tout cela vivait péniblement de soupe, de pommes de terre et de grand air. À sept heures, le matin, puis à midi, puis à six heures, le soir, les ménagères réunissaient leurs mioches pour donner la pâtée, comme des gardeurs d'oies assemblent leurs bêtes. Les enfants étaient assis, par rang d'âge, devant la table en bois, vernie par cinquante ans d'usage. Le dernier moutard[2] avait à peine la bouche au niveau de la planche. On posait devant eux l'assiette creuse pleine de pain molli dans l'eau où avaient cuit les pommes de terre, un demi-chou et trois oignons ; et toute la ligne mangeait jusqu'à plus faim. La mère empâtait[3] elle-même le petit. Un peu de viande au pot-au-feu, le dimanche, était une fête pour tous ; et le père, ce jour-là, s'attardait au repas en répétant : « Je m'y ferais bien tous les jours. »

Par un après-midi du mois d'août, une légère voiture[4] s'arrêta brusquement devant les deux chaumières, et une jeune femme, qui conduisait elle-même, dit au monsieur assis à côté d'elle :

« Oh ! regarde, Henri, ce tas d'enfants ! Sont-ils jolis, comme ça, à grouiller[5] dans la poussière ! »

L'homme ne répondit rien, accoutumé à ces admirations qui étaient une douleur et presque un reproche pour lui.

La jeune femme reprit :

« Il faut que je les embrasse ! Oh ! comme je voudrais en avoir un, celui-là, le tout petit. »

Et, sautant de la voiture, elle courut aux enfants, prit un des deux derniers, celui des Tuvache, et, l'enlevant dans ses bras, elle le baisa passionnément sur ses joues sales, sur ses cheveux blonds

1. **Masure** : maison misérable.
2. **Moutard** : enfant (péjoratif).
3. **Empâtait** : nourrissait (péjoratif).
4. **Voiture** : voiture à chevaux.
5. **Grouiller** : bouger, remuer.

frisés et pommadés de terre, sur ses menottes[1] qu'il agitait pour se débarrasser des caresses ennuyeuses.

Puis elle remonta dans sa voiture et partit au grand trot. Mais elle revint la semaine suivante, s'assit elle-même par terre, prit le moutard dans ses bras, le bourra de gâteaux, donna des bonbons à tous les autres ; et joua avec eux comme une gamine, tandis que son mari attendait patiemment dans sa frêle voiture.

Elle revint encore, fit connaissance avec les parents, reparut tous les jours, les poches pleines de friandises et de sous.

Elle s'appelait Mme Henri d'Hubières.

Un matin, en arrivant, son mari descendit avec elle ; et, sans s'arrêter aux mioches[2], qui la connaissaient bien maintenant, elle pénétra dans la demeure des paysans.

Ils étaient là, en train de fendre du bois pour la soupe ; ils se redressèrent tout surpris, donnèrent des chaises et attendirent. Alors la jeune femme, d'une voix entrecoupée, tremblante, commença :

« Mes braves gens, je viens vous trouver parce que je voudrais bien… je voudrais bien emmener avec moi votre… votre petit garçon… »

Les campagnards, stupéfaits et sans idée, ne répondirent pas.

Elle reprit haleine et continua.

« Nous n'avons pas d'enfants ; nous sommes seuls, mon mari et moi… Nous le garderions… voulez-vous ? »

La paysanne commençait à comprendre. Elle demanda :

« Vous voulez nous prend'e[3] Charlot ? Ah ! ben non, pour sûr. »

Alors M. d'Hubières intervint :

« Ma femme s'est mal expliquée. Nous voulons l'adopter, mais il reviendra vous voir. S'il tourne bien, comme tout porte à le croire,

1. Menottes : petites mains (vocabulaire enfantin).

2. Mioches : enfants (péjoratif).

3. Le discours de Mme Tuvache imite les difficultés de prononciation, les erreurs de syntaxe et les régionalismes censés caractériser le parler paysan.

il sera notre héritier. Si nous avions, par hasard, des enfants, il partagerait également avec eux. Mais s'il ne répondait pas à nos soins, nous lui donnerions, à sa majorité, une somme de vingt mille francs, qui sera immédiatement déposée en son nom chez un notaire. Et, comme on a aussi pensé à vous, on vous servira jusqu'à votre mort une rente[1] de cent francs par mois. Avez-vous bien compris ? »

La fermière s'était levée, toute furieuse.

« Vous voulez que j'vous vendions Charlot ? Ah ! mais non ; c'est pas des choses qu'on d'mande à une mère, çà ! Ah ! mais non ! Ce serait une abomination. »

L'homme ne disait rien, grave et réfléchi ; mais il approuvait sa femme d'un mouvement continu de la tête.

Mme d'Hubières, éperdue, se mit à pleurer, et, se tournant vers son mari, avec une voix pleine de sanglots, une voix d'enfant dont tous les désirs ordinaires sont satisfaits, elle balbutia :

« Ils ne veulent pas, Henri, ils ne veulent pas ! »

Alors, ils firent une dernière tentative.

« Mais, mes amis, songez à l'avenir de votre enfant, à son bonheur, à… »

La paysanne, exaspérée, lui coupa la parole :

« C'est tout vu, c'est tout entendu, c'est tout réfléchi… Allez-vous-en, et pi[2], que j'vous revoie point par ici. C'est i permis[3] d'vouloir prendre un éfant[4] comme ça ! »

Alors, Mme d'Hubières, en sortant, s'avisa qu'ils étaient deux tout petits, et elle demanda, à travers ses larmes, avec une ténacité[5] de femme volontaire et gâtée, qui ne veut jamais attendre :

« Mais l'autre petit n'est pas à vous ? »

---

1. Rente : revenu tiré de l'argent épargné par la famille d'Hubières, et non du travail.

2. Pi : puis (parler paysan).

3. C'est i permis : il n'est pas permis (parler paysan).

4. Éfant : enfant (parler paysan).

5. Ténacité : insistance, entêtement.

Le père Tuvache répondit :

« Non, c'est aux voisins ; vous pouvez y aller, si vous voulez. »

Et il rentra dans sa maison, où retentissait la voix indignée de sa femme.

Les Vallin étaient à table, en train de manger avec lenteur des tranches de pain qu'ils frottaient parcimonieusement[1] avec un peu de beurre piqué au couteau, dans une assiette entre eux deux.

M. d'Hubières recommença ses propositions, mais avec plus d'insinuations, de précautions oratoires, d'astuce.

Les deux ruraux[2] hochaient la tête en signe de refus ; mais, quand ils apprirent qu'ils auraient cent francs par mois, ils se considérèrent, se consultant de l'œil, très ébranlés[3].

Ils gardèrent longtemps le silence, torturés, hésitants. La femme enfin demanda :

« Qué qu't'en dis, l'homme ? »

Il prononça d'un ton sentencieux :

« J'dis qu'c'est point méprisable[4]. »

Alors Mme d'Hubières, qui tremblait d'angoisse, leur parla de l'avenir du petit, de son bonheur, et de tout l'argent qu'il pourrait leur donner plus tard.

Le paysan demanda :

« C'te rente de douze cents francs, ce s'ra promis d'vant l'notaire ? »

M. d'Hubières répondit :

« Mais certainement, dès demain. »

1. Parcimonieusement : en veillant à ne pas trop dépenser.

2. Ruraux : paysans.

3. Ébranlés : émus, perturbés.

4. C'est point méprisable : ce n'est pas négligeable, c'est à prendre en considération.

La fermière, qui méditait, reprit :

« Cent francs par mois, c'est point suffisant pour nous priver du p'tit ; ça travaillera dans quéqu'z'ans c't'éfant[1] ; i nous faut cent vingt francs. »

Mme d'Hubières, trépignant d'impatience, les accorda tout de suite ; et, comme elle voulait enlever l'enfant, elle donna cent francs en cadeau pendant que son mari faisait un écrit. Le maire et un voisin, appelés aussitôt, servirent de témoins complaisants.

Et la jeune femme, radieuse, emporta le marmot[2] hurlant, comme on emporte un bibelot désiré d'un magasin.

Les Tuvache, sur leur porte, le regardaient partir, muets, sévères, regrettant peut-être leur refus.

On n'entendit plus du tout parler du petit Jean Vallin. Les parents, chaque mois, allaient toucher leurs cent vingt francs chez le notaire ; et ils étaient fâchés avec leurs voisins parce que la mère Tuvache les agonisait d'ignominies[3], répétant sans cesse de porte en porte qu'il fallait être dénaturé pour vendre son enfant, que c'était une horreur, une saleté, une corromperie[4].

Et parfois elle prenait en ses bras son Charlot avec ostentation[5], lui criant, comme s'il eût compris :

« J't'ai pas vendu, mé [6], j't'ai pas vendu, mon p'tiot. J'vends pas m's éfants, mé. J'sieus pas[7] riche, mais vends pas m's éfants. »

Et, pendant des années et encore des années, ce fut ainsi chaque jour des allusions grossières qui étaient vociférées devant la porte, de façon à entrer dans la maison voisine.

---

1. **Ça travaillera dans quéqu'z'ans c't'éfant** : cet enfant travaillera dans quelques années.
2. **Marmot** : enfant.
3. **Agonisait d'ignominies** : accablait d'injures, de paroles déshonorantes.
4. **Corromperie** : preuve de la corruption des Vallin, acte infâme.
5. **Avec ostentation** : de manière très démonstrative, de manière à se faire voir et entendre de tous.
6. **Mé** : moi (parler paysan).
7. **J'sieus pas** : je ne suis pas (parler paysan).

La mère Tuvache avait fini par se croire supérieure à toute la contrée[1] parce qu'elle n'avait pas vendu Charlot. Et ceux qui parlaient d'elle disaient :

« J'sais bien que c'était engageant, c'est égal, elle s'a conduite[2] comme une bonne mère. »

On la citait ; et Charlot, qui prenait dix-huit ans, élevé dans cette idée qu'on lui répétait sans répit, se jugeait lui-même supérieur à ses camarades, parce qu'on ne l'avait pas vendu.

Les Vallin vivotaient à leur aise, grâce à la pension. La fureur inapaisable des Tuvache, restés misérables, venait de là.

Leur fils aîné partit au service[3]. Le second mourut ; Charlot resta seul à peiner avec le vieux père pour nourrir la mère et deux autres sœurs cadettes qu'il avait[4].

Il prenait vingt et un ans, quand, un matin, une brillante voiture s'arrêta devant les deux chaumières. Un jeune monsieur, avec une chaîne de montre en or, descendit, donnant la main à une vieille dame en cheveux blancs. La vieille dame lui dit :

« C'est là, mon enfant, à la seconde maison. »

Et il entra comme chez lui dans la masure des Vallin.

La vieille mère lavait ses tabliers ; le père, infirme, sommeillait près de l'âtre[5]. Tous deux levèrent la tête, et le jeune homme dit :

« Bonjour, papa ; bonjour, maman. »

Ils se dressèrent effarés. La paysanne laissa tomber d'émoi son savon dans son eau et balbutia :

« C'est-i té, m'n éfant[6] ? C'est-i té, m'n éfant ? »

1. **Contrée** : gens de la région, habitants du pays.
2. **Elle s'a conduite** : elle s'est comportée (parler paysan).
3. **Service** : service militaire.
4. Il s'agit d'une erreur de Maupassant, qui avait auparavant prêté aux Tuvache trois filles et un seul garçon.
5. **Âtre** : cheminée.
6. **C'est-i té, m'n éfant** : est-ce que c'est toi, mon enfant ? (parler paysan)

Il la prit dans ses bras et l'embrassa, en répétant : « Bonjour, maman. » Tandis que le vieux, tout tremblant, disait, de son ton calme qu'il ne perdait jamais : « Te v'là-t-il[1] revenu, Jean ? » Comme s'il l'avait vu un mois auparavant.

Et, quand ils se furent reconnus, les parents voulurent tout de suite sortir le fieu[2] dans le pays pour le montrer. On le conduisit chez le maire, chez l'adjoint, chez le curé, chez l'instituteur.

Charlot, debout sur le seuil de sa chaumière, le regardait passer.

Le soir, au souper, il dit aux vieux :

« Faut-il qu'vous ayez été sots pour laisser prendre le p'tit aux Vallin ! »

Sa mère répondit obstinément :

« J'voulions point vendre not'éfant. »

Le père ne disait rien.

Le fils reprit :

« C'est-il pas malheureux d'être sacrifié comme ça ! »

Alors le père Tuvache articula d'un ton coléreux :

« Vas-tu pas nous r'procher d't'avoir gardé ? »

Et le jeune homme, brutalement :

« Oui, j'vous le r'proche, que vous n'êtes que des niants[3]. Des parents comme vous ça fait l'malheur des éfants. Qu'vous mériteriez que j'vous quitte. «

La bonne femme pleurait dans son assiette. Elle gémit tout en avalant des cuillerées de soupe dont elle répandait la moitié :

« Tuez-vous donc pour élever d's éfants ! »

Alors le gars, rudement :

« J'aimerais mieux n'être point né que d'être c'que j'suis. Quand j'ai vu l'autre, tantôt, mon sang n'a fait qu'un tour. Je m'suis dit : v'là c'que j'serais maintenant. »

---

1. **Te v'là-t-il :** te voilà (parler paysan).
2. **Fieu :** fils (parler populaire).
3. **Niants :** niais, gens de rien (dialecte normand).

Il se leva.

« Tenez, j'sens bien que je ferai mieux de n'pas rester ici, parce que j'vous le reprocherais du matin au soir, et que j'vous ferais une vie d'misère. Ça, voyez-vous, j'vous l'pardonnerai jamais ! »

Les deux vieux se taisaient, atterrés, larmoyants.

Il reprit :

« Non, c't' idée-là, ce serait trop dur. J'aime mieux m'en aller chercher ma vie aut'part. »

Il ouvrit la porte. Un bruit de voix entra. Les Vallin festoyaient avec l'enfant revenu.

Alors Charlot tapa du pied et, se tournant vers ses parents, cria :

« Manants[1], va ! »

Et il disparut dans la nuit.

1. **Manants :** paysans (ici, péjoratif : personnages grossiers).

Le Testament

(1882)

À Paul Hervieu[1].

Je connaissais ce grand garçon qui s'appelait René de Bourneval. Il était de commerce aimable[2], bien qu'un peu triste, semblait revenu de tout, fort sceptique[3], d'un scepticisme précis et mordant, habile surtout à désarticuler d'un mot les hypocrisies mondaines. Il répétait souvent : « Il n'y a pas d'hommes honnêtes ; ou du moins ils ne le sont que relativement aux crapules. »

Il avait deux frères qu'il ne voyait point, MM.[4] de Courcils. Je le croyais d'un autre lit[5], vu leurs noms différents. On m'avait dit à plusieurs reprises qu'une histoire étrange s'était passée en cette famille, mais sans donner aucun détail.

Cet homme me plaisant tout à fait, nous fûmes bientôt liés. Un soir, comme j'avais dîné chez lui en tête-à-tête, je lui demandai par hasard : « Êtes-vous né du premier ou du second mariage de

---

1. Paul Hervieu (1857-1915), jeune écrivain à l'époque où Maupassant écrit sa nouvelle (1882).

2. De commerce aimable : d'une compagnie plaisante, agréable à fréquenter.

3. Il [...] semblait revenu de tout, fort sceptique : il ne croyait plus en rien, il mettait en question les certitudes communément admises.

4. MM. : Messieurs (abréviation).

5. D'un autre lit : né d'un père différent.

madame votre mère ? » Je le vis pâlir un peu, puis rougir ; et il demeura quelques secondes sans parler, visiblement embarrassé. Puis il sourit d'une façon mélancolique et douce qui lui était particulière, et il dit : « Mon cher ami, si cela ne vous ennuie point, je vais vous donner sur mon origine des détails bien singuliers. Je vous sais[1] un homme intelligent, je ne crains donc pas que votre amitié en souffre, et si elle en devait souffrir, je ne tiendrais plus alors à vous avoir pour ami. »

*

Ma mère, Mme de Courcils, était une pauvre petite femme timide, que son mari avait épousée pour sa fortune. Toute sa vie fut un martyre. D'âme aimante, craintive, délicate, elle fut rudoyée sans répit par celui qui aurait dû être mon père, un de ces rustres[2] qu'on appelle des gentilshommes campagnards. Au bout d'un mois de mariage, il vivait avec une servante. Il eut en outre pour maîtresses les femmes et les filles de ses fermiers ; ce qui ne l'empêcha point d'avoir deux enfants de sa femme ; on devrait compter trois, en me comprenant. Ma mère ne disait rien ; elle vivait dans cette maison toujours bruyante comme ces petites souris qui glissent sous les meubles. Effacée, disparue, frémissante, elle regardait les gens de ses yeux inquiets et clairs, toujours mobiles, des yeux d'être effaré[3] que la peur ne quitte pas. Elle était jolie pourtant, fort jolie, toute blonde d'un blond gris, d'un blond timide ; comme si ses cheveux avaient été un peu décolorés par ses craintes incessantes.

---

1. **Je vous sais :** je sais que vous êtes.
2. **Rustres :** hommes grossiers.
3. **Effaré :** effrayé.

Parmi les amis de M. de Courcils qui venaient constamment au château, se trouvait un ancien officier de cavalerie, veuf, homme redouté, tendre et violent, capable des résolutions[1] les plus énergiques, M. de Bourneval, dont je porte le nom. C'était un grand gaillard maigre, avec de grosses moustaches noires. Je lui ressemble beaucoup. Cet homme avait lu, et ne pensait nullement comme ceux de sa classe[2]. Son arrière-grand-mère avait été une amie de J.-J. Rousseau[3], et on eût dit qu'il avait hérité quelque chose de cette liaison d'une ancêtre. Il savait par cœur le *Contrat social*, la *Nouvelle Héloïse* et tous ces livres philosophants qui ont préparé de loin le futur bouleversement de nos antiques usages, de nos préjugés, de nos lois surannées[4], de notre morale imbécile.

Il aima ma mère, paraît-il, et en fut aimé. Cette liaison demeura tellement secrète, que personne ne la soupçonna. La pauvre femme, délaissée et triste, dut s'attacher à lui d'une façon désespérée, et prendre dans son commerce[5] toutes ses manières de penser, des théories de libre sentiment, des audaces d'amour indépendant ; mais, comme elle était si craintive qu'elle n'osait jamais parler haut[6], tout cela fut refoulé, condensé, pressé en son cœur qui ne s'ouvrit jamais.

Mes deux frères étaient durs pour elle, comme leur père, ne la caressaient point, et, habitués à ne la voir compter pour rien dans la maison, la traitaient un peu comme une bonne.

Je fus le seul de ses fils qui l'aima vraiment et qu'elle aima.

---

1. Résolutions : décisions.

2. Classe : classe sociale.

3. Jean-Jacques Rousseau : écrivain et philosophe (1712-1778) du siècle des Lumières. Il est l'auteur, entre autres, du *Contrat social* (1762) et de *Julie ou la Nouvelle Héloïse* (1761).

4. Surannées : vieillies, dépassées.

5. Commerce : fréquentation.

6. Haut : fort, à voix haute.

Elle mourut. J'avais alors dix-huit ans. Je dois ajouter, pour que vous compreniez ce qui va suivre, que son mari était doté d'un conseil judiciaire, qu'une séparation de biens avait été prononcée au profit de ma mère, qui avait conservé, grâce aux artifices de la loi et au dévouement intelligent d'un notaire, le droit de tester à sa guise[1].

Nous fûmes donc prévenus qu'un testament existait chez ce notaire, et invités à assister à la lecture.

Je me rappelle cela comme d'hier. Ce fut une scène grandiose, dramatique, burlesque, surprenante, amenée par la révolte posthume[2] de cette morte, par ce cri de liberté, cette revendication du fond de la tombe de cette martyre écrasée par nos mœurs durant sa vie, et qui jetait, de son cercueil clos, un appel désespéré vers l'indépendance.

Celui qui se croyait mon père, un gros homme sanguin éveillant l'idée d'un boucher, et mes frères, deux forts garçons de vingt et de vingt-deux ans, attendaient tranquilles sur leurs sièges. M. de Bourneval, invité à se présenter, entra et se plaça derrière moi. Il était serré dans sa redingote, fort pâle, et il mordillait souvent sa moustache, un peu grise à présent. Il s'attendait sans doute à ce qui allait se passer.

Le notaire ferma la porte à double tour et commença la lecture, après avoir décacheté devant nous l'enveloppe scellée à la cire rouge et dont il ignorait le contenu.

Brusquement mon ami se tut, se leva, puis il alla prendre dans son secrétaire un vieux papier, le déplia, le baisa longuement, et il reprit.

1. **Tester à sa guise** : faire le testament qu'elle désirait. Le père, du fait de la séparation de biens qui avait été décidée, n'avait pas de droit de regard sur ce que possédait la mère avant le mariage et sur ce qu'elle avait acquis pendant, qu'elle pouvait léguer à qui elle voulait.

2. **Posthume** : après la mort.

Voici le testament de ma bien-aimée mère :

« Je soussignée, Anne-Catherine-Geneviève-Mathilde de Croixluce, épouse légitime de Jean-Léopold-Joseph Gontran de Courcils, saine de corps et d'esprit, exprime ici mes dernières volontés.

« Je demande pardon à Dieu d'abord, et ensuite à mon cher fils René, de l'acte que je vais commettre. Je crois mon enfant assez grand de cœur pour me comprendre et me pardonner. J'ai souffert toute ma vie. J'ai été épousée par calcul, puis méprisée, méconnue, opprimée, trompée sans cesse par mon mari.

« Je lui pardonne, mais je ne lui dois rien.

« Mes fils aînés ne m'ont point aimée, ne m'ont point gâtée, m'ont à peine traitée comme une mère.

« J'ai été pour eux, durant ma vie, ce que je devais être ; je ne leur dois plus rien après ma mort. Les liens du sang n'existent pas sans l'affection constante, sacrée, de chaque jour. Un fils ingrat est moins qu'un étranger ; c'est un coupable, car il n'a pas le droit d'être indifférent pour sa mère.

« J'ai toujours tremblé devant les hommes, devant leurs lois iniques[1], leurs coutumes inhumaines, les préjugés infâmes[2]. Devant Dieu, je ne crains plus. Morte, je rejette de moi la honteuse hypocrisie ; j'ose dire ma pensée, avouer et signer le secret de mon cœur.

« Donc, je laisse en dépôt toute la partie de ma fortune dont la loi me permet de disposer à mon amant bien-aimé Pierre-Germer-Simon de Bourneval, pour revenir ensuite à notre cher fils René.

(Cette volonté est formulée en outre, d'une façon plus précise, dans un acte notarié.)

1. Iniques : injustes.

2. Infâmes : ignobles, honteux.

« Et, devant le Juge suprême[1] qui m'entend je déclare que j'aurais maudit le ciel et l'existence si je n'avais rencontré l'affection profonde, dévouée, tendre, inébranlable de mon amant, si je n'avais compris dans ses bras que le Créateur a fait les êtres pour s'aimer, se soutenir, se consoler, et pleurer ensemble dans les heures d'amertume.

« Mes deux fils aînés ont pour père M. de Courcils, René seul doit la vie à M. de Bourneval. Je prie le Maître des hommes et de leurs destinées de placer au-dessus des préjugés sociaux le père et le fils, de les faire s'aimer jusqu'à leur mort et m'aimer encore dans mon cercueil.

« Tels sont ma dernière pensée et mon dernier désir.

« MATHILDE DE CROIXLUCE. »

M. de Courcils s'était levé ; il cria : « C'est là le testament d'une folle ! » Alors M. de Bourneval fit un pas et déclara d'une voix forte, d'une voix tranchante : « Moi, Simon de Bourneval, je déclare que cet écrit ne renferme que la stricte vérité. Je suis prêt à le soutenir devant n'importe qui, et à le prouver même par les lettres que j'ai. »

Alors M. de Courcils marcha vers lui. Je crus qu'ils allaient se colleter[2]. Ils étaient là, grands tous deux, l'un gros, l'autre maigre, frémissants. Le mari de ma mère articula en bégayant : « Vous êtes un misérable ! » L'autre prononça du même ton vigoureux et sec : « Nous nous retrouverons autre part, monsieur. Je vous aurais déjà souffleté[3] et provoqué[4] depuis longtemps si je

1. Juge suprême : référence à Dieu, dont les croyants pensent qu'il juge les vivants et les morts. La mère justifie son adultère devant Dieu, car elle a commis un péché en contrevenant aux règles du mariage, qui est, pour la religion catholique, un sacrement.

2. Se colleter : se battre.

3. Souffleté : giflé.

4. Provoqué : [sous-entendu] en duel.

n'avais tenu avant tout à la tranquillité, durant sa vie, de la pauvre femme que vous avez tant fait souffrir. »

Puis il se tourna vers moi : « Vous êtes mon fils. Voulez-vous me suivre ? Je n'ai pas le droit de vous emmener, mais je le prends, si vous voulez bien m'accompagner. »

Je lui serrai la main sans répondre. Et nous sommes sortis ensemble. J'étais, certes, aux trois quarts fou.

Deux jours plus tard M. de Bourneval tuait en duel M. de Courcils. Mes frères, par crainte d'un affreux scandale, se sont tus. Je leur ai cédé et ils ont accepté la moitié de la fortune laissée par ma mère.

J'ai pris le nom de mon père véritable, renonçant à celui que la loi me donnait et qui n'était pas le mien.

M. de Bourneval est mort depuis cinq ans. Je ne suis point encore consolé.

*

Il se leva, fit quelques pas, et, se plaçant en face de moi : « Eh bien ! je dis que le testament de ma mère est une des choses les plus belles, les plus loyales, les plus grandes qu'une femme puisse accomplir. N'est-ce pas votre avis ? »

Je lui tendis les deux mains : « Oui, certainement, mon ami. »

Un fils

(1882)

À René Maizeroy[1].

Ils se promenaient, les deux vieux amis, dans le jardin tout fleuri où le gai Printemps remuait de la vie.

L'un était Sénateur, et l'autre de l'Académie française[2], graves tous deux, pleins de raisonnements très logiques mais solennels, gens de marque[3] et de réputation.

Ils parlotèrent d'abord de politique, échangeant des pensées, non pas sur des Idées, mais sur des hommes : les personnalités, en cette matière, primant toujours la Raison. Puis ils soulevèrent quelques souvenirs ; puis ils se turent, continuant à marcher côte à côte, tout amollis par la tiédeur de l'air.

Une grande corbeille de ravenelles[4] exhalait des souffles sucrés et délicats ; un tas de fleurs de toute race et de toute nuance jetaient leurs odeurs dans la brise, tandis qu'un faux-ébénier[5], vêtu de grappes jaunes, éparpillait au vent sa fine poussière, une

---

1. **René Maizeroy** : pseudonyme adopté par le baron René-Jean Toussaint (1856-1918), écrivain et ami de Maupassant.

2. **Académie française** : institution créée en 1635 et chargée, encore aujourd'hui, de régir l'usage de la langue française.

3. **Gens de marque** : personnes distinguées.

4. **Ravenelles** : giroflées jaunes (plantes odorantes).

5. **Faux-ébénier** : cytise, arbuste ornemental.

fumée d'or qui sentait le miel et qui portait, pareille aux poudres caressantes des parfumeurs, sa semence embaumée à travers l'espace.

Le sénateur s'arrêta, huma le nuage fécondant qui flottait, considéra l'arbre amoureux resplendissant comme un soleil et dont les germes s'envolaient. Et il dit : « Quand on songe que ces imperceptibles atomes, qui sentent bon, vont créer des existences à des centaines de lieues d'ici, vont faire tressaillir les fibres et les sèves d'arbres femelles et produire des êtres à racines, naissant d'un germe comme nous, mortels comme nous, et qui seront remplacés par d'autres êtres de même essence, comme nous toujours ! »

Puis, planté devant l'ébénier radieux dont les parfums vivifiants se détachaient à tous les frissons de l'air, M. le sénateur ajouta : « Ah ! mon gaillard, s'il te fallait faire le compte de tes enfants, tu serais bigrement embarrassé. En voilà un qui les exécute facilement et qui les lâche sans remords, et qui ne s'en inquiète guère. »

L'académicien ajouta : « Nous en faisons autant, mon ami. »

Le sénateur reprit : « Oui, je ne le nie pas, nous les lâchons quelquefois, mais nous le savons au moins, et cela constitue notre supériorité. »

Mais l'autre secoua la tête : « Non, ce n'est pas là ce que je veux dire ; voyez-vous, mon cher, il n'est guère d'homme qui ne possède des enfants ignorés, ces enfants dits *de père inconnu*, qu'il a faits, comme cet arbre reproduit, presque inconsciemment.

« S'il fallait établir le compte des femmes que nous avons eues, nous serions, n'est-ce pas, aussi embarrassés que cet ébénier que vous interpelliez le serait pour numéroter ses descendants.

« De dix-huit à quarante ans enfin, en faisant entrer en ligne les rencontres passagères, les contacts d'une heure, on peut bien admettre que nous avons eu des... rapports intimes avec deux ou trois cents femmes.

« Eh bien, mon ami, dans ce nombre êtes-vous sûr que vous n'en ayez pas fécondé au moins une, et que vous ne possédiez point sur le pavé, ou au bagne, un chenapan de fils qui vole et assassine les honnêtes gens, c'est-à-dire nous ; ou bien une fille dans quelque mauvais lieu ; ou peut-être, si elle a eu la chance d'être abandonnée par sa mère, cuisinière en quelque famille.

« Songez en outre que presque toutes les femmes que nous appelons *publiques*[1] possèdent un ou deux enfants dont elles ignorent le père, enfants attrapés dans le hasard de leurs étreintes à dix ou vingt francs. Dans tout métier on fait la part des profits et pertes. Ces rejetons-là constituent les « pertes » de leur profession. Quels sont les générateurs ? – Vous, – moi, – nous tous, les hommes dits *comme il faut* ! Ce sont les résultats de nos joyeux dîners d'amis, de nos soirs de gaieté, de ces heures où notre chair contente nous pousse aux accouplements d'aventure.

« Les voleurs, les rôdeurs, tous les misérables, enfin, sont nos enfants. Et cela vaut encore mieux pour nous que si nous étions les leurs, car ils se reproduisent aussi, ces gredins-là !

« Tenez, j'ai, pour ma part, sur la conscience une très vilaine histoire que je veux vous dire. C'est pour moi un remords incessant, plus que cela, c'est un doute continuel, une inapaisable incertitude qui, parfois, me torture horriblement. »

*

À l'âge de vingt-cinq ans j'avais entrepris avec un de mes amis, aujourd'hui conseiller d'État, un voyage en Bretagne, à pied.

Après quinze ou vingt jours de marche forcenée, après avoir visité les Côtes-du-Nord et une partie du Finistère, nous arrivions à Douarnenez ; de là, en une étape, on gagna la sauvage pointe du Raz par la baie des Trépassés, et on coucha dans un village quelconque dont le nom finissait en *of* ; mais, le matin venu, une

1. **Femmes publiques** : prostituées.

fatigue étrange retint au lit mon camarade. Je dis au lit par habitude, car notre couche se composait simplement de deux bottes de paille.

Impossible d'être malade en ce lieu. Je le forçai donc à se lever, et nous parvînmes à Audierne vers quatre ou cinq heures du soir.

Le lendemain, il allait un peu mieux ; on repartit ; mais, en route, il fut pris de malaises intolérables, et c'est à grand-peine que nous pûmes atteindre Pont-Labbé.

Là, au moins, nous avions une auberge. Mon ami se coucha, et le médecin, qu'on fit venir de Quimper, constata une forte fièvre, sans en déterminer la nature.

Connaissez-vous Pont-L'abbé ? – Non. – Eh bien, c'est la ville la plus bretonne de toute cette Bretagne bretonnante qui va de la pointe du Raz au Morbihan, de cette contrée[1] qui contient l'essence des mœurs, des légendes, des coutumes bretonnes. Encore aujourd'hui, ce coin de pays n'a presque pas changé. Je dis : *encore aujourd'hui*, car j'y retourne à présent tous les ans, hélas !

Un vieux château baigne le pied de ses tours dans un grand étang triste, triste, avec des vols d'oiseaux sauvages. Une rivière sort de là que les caboteurs[2] peuvent remonter jusqu'à la ville. Et dans les rues étroites aux maisons antiques, les hommes portent le grand chapeau, le gilet brodé et les quatre vestes superposées : la première, grande comme la main, couvrant au plus les omoplates, et la dernière s'arrêtant juste au-dessus du fond de culotte.

Les filles, grandes, belles, fraîches, ont la poitrine écrasée dans un gilet de drap qui forme cuirasse, les étreint, ne laissant même pas deviner leur gorge puissante et martyrisée ; et elles sont coiffées d'une étrange façon : sur les tempes, deux plaques brodées en couleur encadrent le visage, serrent les cheveux qui tombent en

1. Contrée : région.
2. Caboteurs : navigateurs qui ne s'éloignent pas des côtes.

nappe derrière la tête, puis remontent se tasser au sommet du crâne sous un singulier bonnet, tissu souvent d'or ou d'argent.

La servante de notre auberge avait dix-huit ans au plus, des yeux tout bleus, d'un bleu pâle que perçaient les deux petits points noirs de la prunelle ; et ses dents courtes, serrées, qu'elle montrait sans cesse en riant, semblaient faites pour broyer du granit[1].

Elle ne savait pas un mot de français, ne parlant que le breton, comme la plupart de ses compatriotes.

Or, mon ami n'allait guère mieux, et, bien qu'aucune maladie ne se déclarât, le médecin lui défendait de partir encore, ordonnant un repos complet. Je passais donc les journées près de lui, et sans cesse la petite bonne entrait, apportant, soit mon dîner, soit de la tisane.

Je la lutinais[2] un peu, ce qui semblait l'amuser, mais nous ne causions pas, naturellement, puisque nous ne nous comprenions point.

Or, une nuit, comme j'étais resté fort tard auprès du malade, je croisai, en regagnant ma chambre, la fillette qui rentrait dans la sienne. C'était juste en face de ma porte ouverte ; alors, brusquement, sans réfléchir à ce que je faisais, plutôt par plaisanterie qu'autrement, je la saisis à pleine taille, et, avant qu'elle fût revenue de sa stupeur, je l'avais jetée et enfermée chez moi. Elle me regardait, effarée, affolée, épouvantée, n'osant pas crier de peur d'un scandale, d'être chassée sans doute par ses maîtres d'abord, et peut-être par son père ensuite.

J'avais fait cela en riant ; mais, dès qu'elle fut chez moi, le désir de la posséder m'envahit. Ce fut une lutte longue et silencieuse, une lutte corps à corps, à la façon des athlètes, avec les bras tendus, crispés, tordus, la respiration essoufflée, la peau mouillée de sueur.

1. Granit : roche très dure.

2. Lutinais : taquinais, avec des intentions séductrices.

Oh ! elle se débattit vaillamment ; et parfois nous heurtions un meuble, une cloison, une chaise ; alors, toujours enlacés, nous restions immobiles plusieurs secondes dans la crainte que le bruit n'eût éveillé quelqu'un ; puis nous recommencions notre acharnée bataille, moi l'attaquant, elle résistant.

Épuisée enfin, elle tomba ; et je la pris brutalement, par terre, sur le pavé.

Sitôt relevée, elle courut à la porte, tira les verrous et s'enfuit.

Je la rencontrai à peine les jours suivants. Elle ne me laissait point l'approcher. Puis, comme mon camarade était guéri et que nous devions reprendre notre voyage, je la vis entrer, la veille de mon départ, à minuit, nu-pieds, en chemise, dans ma chambre où je venais de me retirer.

Elle se jeta dans mes bras, m'étreignit passionnément, puis, jusqu'au jour, m'embrassa, me caressa, pleurant, sanglotant, me donnant enfin toutes les assurances de tendresse et de désespoir qu'une femme nous peut donner quand elle ne sait pas un mot de notre langue.

Huit jours après, j'avais oublié cette aventure commune et fréquente quand on voyage, les servantes d'auberge étant généralement destinées à distraire ainsi les voyageurs.

Et je fus trente ans sans y songer et sans revenir à Pont-L'abbé.

Or, en 1876, j'y retournai par hasard au cours d'une excursion en Bretagne, entreprise pour documenter un livre et pour me bien pénétrer des paysages.

Rien ne me sembla changé. Le château mouillait toujours ses murs grisâtres dans l'étang, à l'entrée de la petite ville ; et l'auberge était la même quoique réparée, remise à neuf, avec un air plus moderne. En entrant, je fus reçu par deux jeunes Bretonnes de dix-huit ans, fraîches et gentilles, encuirassées[1] dans leur étroit gilet de drap, casquées d'argent avec les grandes plaques brodées sur les oreilles.

1. **Encuirassées :** serrées, comme dans une cuirasse.

Il était environ six heures du soir. Je me mis à table pour dîner et, comme le patron s'empressait lui-même à me servir, la fatalité sans doute me fit dire : « Avez-vous connu les anciens maîtres de cette maison ? J'ai passé ici une dizaine de jours il y a trente ans maintenant. Je vous parle de loin. »

Il répondit : « C'étaient mes parents, monsieur. »

Alors je lui racontai en quelle occasion je m'étais arrêté, comment j'avais été retenu par l'indisposition d'un camarade. Il ne me laissa pas achever.

« Oh ! je me rappelle parfaitement. J'avais alors quinze ou seize ans. Vous couchiez dans la chambre du fond et votre ami dans celle dont j'ai fait la mienne, sur la rue. »

C'est alors seulement que le souvenir très vif de la petite bonne me revint. Je demandai : « Vous rappelez-vous une gentille petite servante qu'avait alors votre père, et qui possédait, si ma mémoire ne me trompe, de jolis yeux bleus et des dents fraîches ? »

Il reprit : « Oui, monsieur ; elle est morte en couches quelque temps après. »

Et, tendant la main vers la cour ou un homme maigre et boiteux remuait du fumier, il ajouta : « Voilà son fils. »

Je me mis à rire. « Il n'est pas beau et ne ressemble guère à sa mère. Il tient du père sans doute. »

L'aubergiste reprit : « Ça se peut bien ; mais on n'a jamais su à qui c'était. Elle est morte sans le dire et personne ici ne lui connaissait de galant. Ç'a été un fameux étonnement quand on a appris qu'elle était enceinte. Personne ne voulait le croire. »

J'eus une sorte de frisson désagréable, un de ces effleurements pénibles qui nous touchent le cœur, comme l'approche d'un lourd chagrin. Et je regardai l'homme dans la cour. Il venait maintenant de puiser de l'eau pour les chevaux et portait ses deux seaux en boitant, avec un effort douloureux de la jambe plus courte. Il était déguenillé [1],

1. Déguenillé : qui porte des guenilles, des vêtements misérables.

hideusement sale, avec de longs cheveux jaunes tellement mêlés qu'ils lui tombaient comme des cordes sur les joues.

L'aubergiste ajouta : « Il ne vaut pas grand-chose, ç'a été gardé par charité dans la maison. Peut-être qu'il aurait mieux tourné si on l'avait élevé comme tout le monde. Mais que voulez-vous, monsieur ? Pas de père, pas de mère, pas d'argent ! Mes parents ont eu pitié de l'enfant, mais ce n'était pas à eux, vous comprenez. »

Je ne dis rien.

Et je couchai dans mon ancienne chambre ; et toute la nuit je pensai à cet affreux valet d'écurie en me répétant : « Si c'était mon fils, pourtant ? Aurais-je donc pu tuer cette fille et procréer cet être ? » C'était possible, enfin !

Je résolus de parler à cet homme et de connaître exactement la date de sa naissance. Une différence de deux mois devait m'arracher mes doutes.

Je le fis venir le lendemain. Mais il ne parlait pas le français non plus. Il avait l'air de ne rien comprendre d'ailleurs, ignorant absolument son âge qu'une des bonnes lui demanda de ma part. Et il se tenait d'un air idiot devant moi, roulant son chapeau dans ses pattes noueuses et dégoûtantes, riant stupidement, avec quelque chose du rire ancien de la mère dans le coin des lèvres et dans le coin des yeux.

Mais le patron survenant alla chercher l'acte de naissance du misérable. Il était entré dans la vie huit mois et vingt-six jours après mon passage à Pont-Labbé, car je me rappelais parfaitement être arrivé à Lorient le 15 août. L'acte portait la mention : « Père inconnu ». La mère s'était appelée Jeanne Kerradec.

Alors mon cœur se mit à battre à coups pressés. Je ne pouvais plus parler tant je me sentais suffoqué ; et je regardais cette brute dont les grands cheveux jaunes semblaient un fumier plus sordide que celui des bêtes ; et le gueux[1], gêné par mon regard, cessait de rire, détournait la tête, cherchait à s'en aller.

1. Gueux : misérable.

Tout le jour j'errai le long de la petite rivière, en réfléchissant douloureusement. Mais à quoi bon réfléchir ? Rien ne pouvait me fixer. Pendant des heures et des heures je pesais toutes les raisons bonnes ou mauvaises pour ou contre mes chances de paternité, m'énervant en des suppositions inextricables[1], pour revenir sans cesse à la même horrible incertitude, puis à la conviction plus atroce encore que cet homme était mon fils.

Je ne pus dîner et je me retirai dans ma chambre. Je fus longtemps sans parvenir à dormir ; puis le sommeil vint, un sommeil hanté de visions insupportables. Je voyais ce goujat[2] qui me riait au nez, m'appelait « papa » ; puis il se changeait en chien et me mordait les mollets, et, j'avais beau me sauver, il me suivait toujours, et, au lieu d'aboyer, il parlait, m'injuriait ; puis il comparaissait devant mes collègues de l'Académie réunis pour décider si j'étais bien son père ; et l'un d'eux s'écriait : « C'est indubitable[3] ! Regardez donc comme il lui ressemble. » Et en effet je m'apercevais que ce monstre me ressemblait. Et je me réveillai avec cette idée plantée dans le crâne et avec le désir fou de revoir l'homme pour décider si, oui ou non, nous avions des traits communs.

Je le joignis comme il allait à la messe (c'était un dimanche) et je lui donnai cent sous en le dévisageant anxieusement. Il se remit à rire d'une ignoble façon, prit l'argent, puis, gêné de nouveau par mon œil, il s'enfuit après avoir bredouillé un mot à peu près inarticulé, qui voulait dire « merci », sans doute.

La journée se passa pour moi dans les mêmes angoisses que la veille. Vers le soir, je fis venir l'hôtelier, et avec beaucoup de précautions, d'habiletés, de finesses, je lui dis que je m'intéressais à ce pauvre être si abandonné de tous et privé de tout, et que je voulais faire quelque chose pour lui.

1. Inextricables : dont on ne peut tirer aucune certitude.

2. Goujat : homme grossier.

3. C'est indubitable : c'est incontestable, on ne peut pas en douter.

Mais l'homme répliqua : « Oh ! n'y songez pas, monsieur, il ne vaut rien, vous n'en aurez que du désagrément. Moi, je l'emploie à vider l'écurie, et c'est tout ce qu'il peut faire. Pour ça je le nourris et il couche avec les chevaux. Il ne lui en faut pas plus. Si vous avez une vieille culotte, donnez-la lui, mais elle sera en pièces dans huit jours. »

Je n'insistai pas, me réservant d'aviser[1].

Le gueux rentra le soir horriblement ivre, faillit mettre le feu à la maison, assomma un cheval à coups de pioche, et, en fin de compte, s'endormit dans la boue sous la pluie, grâce à mes largesses[2].

On me pria le lendemain de ne plus lui donner d'argent. L'eau-de-vie le rendait furieux, et, dès qu'il avait deux sous en poche, il les buvait. L'aubergiste ajouta : « Lui donner de l'argent, c'est vouloir sa mort. » Cet homme n'en avait jamais eu, absolument jamais, sauf quelques centimes jetés par les voyageurs, et il ne connaissait pas d'autre destination à ce métal que le cabaret.

Alors je passai des heures dans ma chambre, avec un livre ouvert que je semblais lire, mais ne faisant autre chose que de regarder cette brute, mon fils ! mon fils ! en tâchant de découvrir s'il avait quelque chose de moi. À force de chercher je crus reconnaître des lignes semblables dans le front et à la naissance du nez, et je fus bientôt convaincu d'une ressemblance que dissimulaient l'habillement différent et la crinière hideuse de l'homme.

Mais je ne pouvais demeurer plus longtemps sans devenir suspect, et je partis, le cœur broyé, après avoir laissé à l'aubergiste quelque argent pour adoucir l'existence de son valet.

Or, depuis six ans, je vis avec cette pensée, cette horrible incertitude, ce doute abominable. Et, chaque année, une force invincible[3] me ramène à Pont-L'abbé. Chaque année je me condamne

1. **Aviser** : réfléchir avant de prendre une décision.
2. **Largesses** : générosité, dons (ici, argent).
3. **Invincible** : à laquelle on ne peut résister.

à ce supplice de voir cette brute patauger dans son fumier, de m'imaginer qu'il me ressemble, de chercher, toujours en vain, à lui être secourable. Et chaque année je reviens ici, plus indécis, plus torturé, plus anxieux.

J'ai essayé de le faire instruire. Il est idiot sans ressource[1].

J'ai essayé de lui rendre la vie moins pénible. Il est irrémédiablement ivrogne et emploie à boire tout l'argent qu'on lui donne ; et il sait fort bien vendre ses habits neufs pour se procurer de l'eau-de-vie.

J'ai essayé d'apitoyer sur lui son patron pour qu'il le ménageât, en offrant toujours de l'argent. L'aubergiste, étonné à la fin, m'a répondu fort sagement : « Tout ce que vous ferez pour lui, monsieur, ne servira qu'à le perdre. Il faut le tenir comme un prisonnier. Sitôt qu'il a du temps ou du bien-être, il devient malfaisant. Si vous voulez faire du bien, ça ne manque pas, allez, les enfants abandonnés, mais choisissez-en un qui réponde à votre peine. »

Que dire à cela ?

Et si je laissais percer un soupçon des doutes qui me torturent, ce crétin, certes, deviendrait malin pour m'exploiter, me compromettre[2], me perdre, il me crierait « papa », comme dans mon rêve.

Et je me dis que j'ai tué la mère et perdu cet être atrophié, larve d'écurie, éclose et poussée dans le fumier, cet homme qui, élevé comme d'autres, aurait été pareil aux autres.

Et vous ne vous figurez pas la sensation étrange, confuse et intolérable que j'éprouve en face de lui, en songeant que cela est sorti de moi, qu'il tient à moi par ce lien intime qui lie le fils au père, que, grâce aux terribles lois de l'hérédité, il est moi par mille choses, par son sang et par sa chair, et qu'il a jusqu'aux mêmes germes de maladies, aux mêmes ferments de passions.

1. Ressource : remède.

2. Compromettre : discréditer, exposer à la honte d'être démasqué comme son père.

Et j'ai sans cesse un inapaisable et douloureux besoin de le voir ; et sa vue me fait horriblement souffrir ; et de ma fenêtre, là-bas, je le regarde pendant des heures remuer et charrier les ordures des bêtes, en me répétant : « C'est mon fils. »

Et je sens, parfois, d'intolérables envies de l'embrasser. Je n'ai même jamais touché sa main sordide[1].

*

L'académicien se tut. Et son compagnon, l'homme politique, murmura : « Oui, vraiment, nous devrions bien nous occuper un peu plus des enfants qui n'ont pas de père. »

Et un souffle de vent traversant, le grand arbre jaune secoua ses grappes, enveloppa d'une nuée odorante et fine les deux vieillards qui la respirèrent à longs traits.

Et le sénateur ajouta : « C'est bon vraiment d'avoir vingt-cinq ans, et même de faire des enfants comme ça. »

1. Sordide : misérable, repoussante.

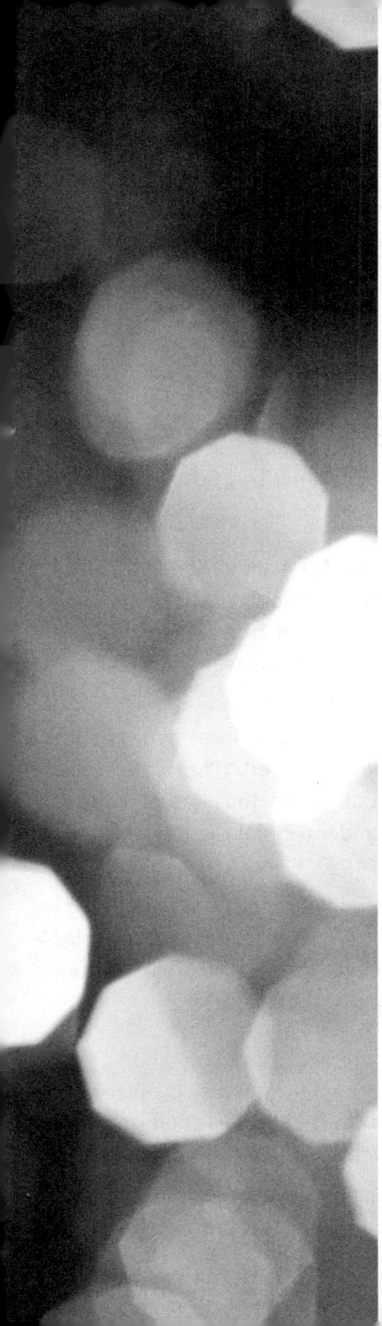

Maupassant, l'écriture ou la folie

La carrière d'écrivain de Maupassant est fulgurante : il écrit en une dizaine d'années trois cents contes, cinq romans et de très nombreuses nouvelles. Il est un auteur à succès, qui peint avec réalisme et cruauté la société de son temps. L'ombre d'une vie intérieure tourmentée pèse toutefois sur son existence et sur son œuvre. L'écriture, qui lui permet de dire ses angoisses, ne le protège qu'un temps de la folie et de la mort.

ANNÉES D'APPRENTISSAGE

Maupassant se révèle très jeune épris de liberté et passionné par la littérature, qu'il découvre au contact de sa mère et d'un brillant maître : Gustave Flaubert.

1 • La découverte de la littérature

• Maupassant **naît en 1850 à Fécamp**, en Haute-Normandie. Son père, Gustave de Maupassant, était un séducteur ; sa mère, Laure Le Poittevin, une femme cultivée. Après la séparation de ses parents, Maupassant vit avec sa mère, qui lui fait découvrir la littérature. En 1863, elle l'inscrit au séminaire d'Yvetot. Il n'y fait qu'un bref passage, car il s'y ennuie et s'y montre peu discipliné.

• À la fin de ses études secondaires, il bénéficie des conseils de **deux maîtres : Louis Bouilhet** (1822-1869), poète, et **Gustave Flaubert** (1821-1880), célèbre auteur de *Madame Bovary* (1857). Maupassant passe tous ses dimanches à Croisset, près de Rouen, en compagnie de ce dernier, dont la mort brutale, le 8 mai 1880, l'affecte profondément.

• **Flaubert développe son regard et lui apprend ce qu'est le style.** Il dirige ses premiers essais littéraires et lui permet d'entrer en contact avec d'autres écrivains. Maupassant se souvient toute sa carrière de cet illustre parrainage, auquel il fait allusion dans « Le roman », préface de *Pierre et Jean* (p. 22).

2 • La guerre de 1870

• En 1870, Maupassant s'engage dans la guerre contre la Prusse par élan patriotique. Il découvre toutefois la **médiocrité des chefs militaires** et l'**horreur de la guerre**. Très vite, il paye quelqu'un pour le remplacer et quitte l'armée en 1871.

• Maupassant s'inspire de cette expérience dans plusieurs nouvelles. ***Boule de suif*** (1880), par exemple, se déroule durant la guerre et rend compte du sacrifice d'une prostituée, nommée Boule de suif, qui se livre à un Prussien pour protéger des bourgeois, dont sont dénoncées la morale hypocrite et la cruauté.

3 • Une vie de fonctionnaire ?

• Pendant ses études de droit, il se fait embaucher en 1873 au ministère de la Marine, avant de rejoindre celui de l'Instruction publique. Il **déteste ce travail de fonctionnaire** et la bêtise de ses collègues.

• Maupassant aspire à une existence moins étriquée. Loin d'Étretat, où il aime profiter de la mer, il **canote sur la Seine**. Il fréquente les **guinguettes** et les mêmes lieux qu'un groupe de peintres sensibles aux lumières et aux couleurs de la nature des bords de Seine : les **impressionnistes**. Il rencontre en particulier Renoir (1841-1919).

SUCCÈS LITTÉRAIRES

Le succès de *Boule de suif*, qui s'inscrit dans le recueil collectif des ***Soirées de Médan***, auquel participe Zola (1840-1902), entre autres auteurs naturalistes, ouvre à Maupassant la voie d'une carrière littéraire.

1 • Contes et nouvelles

• En écrivant des chroniques, des contes ou des nouvelles pour divers journaux, Maupassant **vit confortablement de sa plume**. Dans les **salons parisiens**, il côtoie une société aisée dont il analyse ensuite les sentiments et les travers dans certaines de ses œuvres.

• Maupassant rassemble périodiquement ses textes, qu'il publie sous forme de **recueils**. En 1881 paraît le premier d'entre eux : *La Maison Tellier*. *Mademoiselle Fifi* (1882) et *Les Contes de la bécasse* (1883) sont également des succès. ***Le Horla*** (1887), un **récit fantastique** qui traduit le glissement du narrateur vers la folie, rompt avec l'**inspiration réaliste et naturaliste** de la plupart de ses œuvres.

2 • Romans

• ***Une vie***, publié en 1883 après de nombreuses années de réflexion, est le **premier grand succès romanesque** de Maupassant. Le roman retrace le destin de Jeanne, une jeune aristocrate. Le personnage, victime de multiples désillusions, témoigne des difficultés des femmes à la fin du XIXe siècle.

• Maupassant, qui connaît bien le journalisme, caricature dans ***Bel Ami*** (1885) le **milieu de la presse parisienne** et ses liens douteux avec le pouvoir et l'argent. Ce titre renvoie aussi au nom du bateau qu'il acquiert la même année, et qui symbolise sa réussite.

• En 1888, il publie ***Pierre et Jean***, qu'il qualifie lui-même de « petit roman » (préface, p. 7). L'œuvre est en effet assez brève, si bien que l'éditeur Ollendorf a conseillé à Maupassant d'y adjoindre un **essai intitulé « Le roman »**, qui fait fonction de préface.

UNE FIN TRAGIQUE

Le succès de Maupassant est rapidement mis en cause par la maladie et par la tentation du suicide.

1 • La folie

• Maupassant doit faire interner son jeune frère, qui meurt en 1889. Il est lui-même en proie à de graves **angoisses**. Dans l'espoir d'oublier la **folie** qui le menace, il fait de nombreux **voyages**, qui lui inspirent récits et anecdotes.

• Son état physique et moral ne cesse cependant de se dégrader. Il subit les conséquences d'une syphilis, probablement contractée dans sa jeunesse. En proie à des délires et hallucinations, il ne parvient pas à achever ses projets littéraires.

2 • La mort

• En 1892, Maupassant, paralysé et atteint par la folie, tente de se suicider. Il est **interné** dans une clinique à Passy, où il **meurt le 6 juillet 1893**.

• À sa mort, la rumeur, aujourd'hui démentie, fait de lui le fils illégitime de Flaubert. Il en était simplement l'ami intime et le fils spirituel.

Le roman au XIXe siècle : réalisme et naturalisme

Dans sa préface intitulée « Le roman », Maupassant livre une réflexion sur ce genre qui acquiert ses lettres de noblesse au XIXe siècle. Le siècle est marqué par l'esthétique romantique, qui repose sur le culte du moi et l'analyse de ses états d'âme. Des écrivains tels que Stendhal, Balzac et Flaubert se tournent davantage vers le monde pour représenter le réel. Maupassant est à la croisée des esthétiques réaliste et naturaliste, auxquelles l'artiste ne devrait jamais sacrifier sa liberté et son originalité.

LA REPRÉSENTATION DU RÉEL

Les romanciers réalistes et naturalistes affirment décrire le réel avec fidélité et objectivité, sans l'embellir. Le naturalisme, représenté par les frères Goncourt, auteurs de *Germinie Lacerteux* (1865), et Zola (1840-1902), a en plus une ambition scientifique.

1 • Des vies

- Les écrivains de la deuxième moitié du XIXe siècle n'hésitent pas à décrire des **personnages simples**, qui pourraient être des individus réels. Les romans présentent des **vies**, et **non des destins héroïques**. Maupassant affirme que « le Romancier d'aujourd'hui écrit l'histoire du cœur, de l'âme et de l'intelligence à l'état normal » (préface, p. 14).
- Le personnage romanesque, tel que le voient les « écrivains objectifs » (p. 18), n'est pas nécessairement en état de crise intérieure, mais il est **en conflit** avec la société ou placé dans une situation qui le pousse inévitablement à l'action. Le roman révèle la brutalité des relations entre individus, au risque de surprendre, voire de choquer. Pour Maupassant, dans *Pierre et Jean*, la **famille** est le lieu idéal pour analyser la violence des passions, qui reste souvent implicite.
- Le romancier naturaliste observe ses personnages avec le **regard du médecin**. Il **se méfie de la psychologie** et tente d'expliquer les comportements par des causes objectives, telles que l'hérédité, par exemple. Dans sa préface, Maupassant commence même, de manière surprenante, par critiquer le « genre d'étude psychologique » dont relève pourtant *Pierre et Jean*. Pour lui, la psychologie ne peut pas être première dans le roman. Ce sont les faits qui doivent révéler au lecteur la vie intérieure des personnages.

2 • L'importance de la description

• L'esthétique réaliste laisse place à d'importants **passages descriptifs**. Dans *Pierre et Jean*, Maupassant décrit parfois les personnages et les lieux : l'appartement de Jean (chap. VII), la ville du Havre, mais surtout les paysages, et en particulier les bords de mer. À la manière des **impressionnistes** qui lui sont contemporains, Maupassant peint le réel par petites touches successives, s'intéresse au mouvement, à la lumière et aux couleurs (→ 3e de couverture).

• Dans le roman naturaliste, les personnages sont définis par le **milieu** auquel ils appartiennent. Dans *Pierre et Jean*, il s'agit de la petite bourgeoisie de province. Pierre est médecin et Jean avocat. L'héritage fait de l'**argent**, valeur bourgeoise par excellence, un enjeu essentiel de leur relation.

• Les portraits physiques et la description des lieux ne permettent pas simplement au lecteur de visualiser les personnages et les décors. Ils traduisent souvent le **point de vue du personnage** et révèlent certaines de ses pensées ou de ses émotions. Ils peuvent également annoncer un événement à venir dans le récit. La description entretient donc des **liens étroits avec la narration**.

LA LIBERTÉ ET L'ORIGINALITÉ DU CRÉATEUR

Maupassant montre que l'objectivité de l'écriture, qui prétend nous « montrer la vérité, rien que la vérité et toute la vérité » est une « illusion » (préface, p. 16). Le style traduit toujours la vision personnelle du réel qui seule définit l'art véritable.

1 • Une « conception personnelle de l'art »

• L'artiste ne peut jamais tout dire. Il fait toujours des **choix**, qui correspondent à sa propre vision du monde : il **sélectionne et structure les éléments du réel** qui lui semblent susceptibles d'aider le lecteur à « comprendre le sens profond et caché des événements » (préface, p. 12).

• Maupassant valorise l'**originalité** du créateur, qui s'expose de ce fait au risque d'être incompris. Il dénonce l'**absence d'ouverture d'esprit et d'intelligence des critiques**. Prisonniers de l'idée préconçue qu'ils se font du roman, ils sont simplement de mauvais lecteurs qui recherchent la satisfaction de leurs émotions, alors qu'ils devraient « pousser autant que possible les jeunes gens à tenter des voies nouvelles » (p. 9).

• Pour la plupart des hommes, qui n'ont pas la chance d'avoir du génie, la création est le fruit d'un **travail** acharné. Maupassant cite le mot de Flaubert qui définit le talent comme « une longue patience » (p. 23). Ce travail, qui doit se faire oublier pour donner l'**impression du naturel**, suppose d'apprendre à découvrir la nature singulière de chaque chose. Avant d'écrire, il faut d'abord **savoir observer**.

2 • Le style

• Maupassant se moque du style « artiste » des frères Goncourt, auxquels il reproche d'utiliser un vocabulaire inutilement complexe. Il insiste au contraire sur la **nécessité d'un style simple et sobre**. L'écrivain doit respecter la nature de la langue française, qui est d'être comme une « eau pure », « claire, logique et nerveuse » (préface, p. 25).

• L'écrivain doit surtout avoir pour objectif de **rechercher le mot juste**. Maupassant a retenu de Flaubert cette leçon essentielle : « Quelle que soit la chose qu'on veut dire, il n'y a qu'un mot pour l'exprimer, qu'un verbe pour l'animer et qu'un adjectif pour la qualifier. » (p. 24)

Pierre et Jean, hier et aujourd'hui

Dès sa publication, Pierre et Jean *a été un très grand succès, jamais démenti depuis. Son intrigue à la fois cruelle et émouvante, qui repose sur des rivalités et un lourd secret de famille, se prête à de nombreuses adaptations au théâtre, et surtout à l'écran.*

LA RÉCEPTION DE L'ŒUVRE

1 • La publication

• *Pierre et Jean* a d'abord été **publié en trois fois dans** *La Nouvelle Revue* **les 1er et 15 décembre 1887, puis le 1er janvier 1888**. Maupassant affirme s'être inspiré d'un **fait réel** pour rédiger cette longue nouvelle ou ce « petit roman » (préface). *Le Horla*, nouvelle fantastique, est paru quelques mois auparavant (25 mai 1887, pour sa deuxième version). Maupassant est au sommet de sa carrière.

• « Le roman » paraît dans le *Supplément littéraire* du *Figaro* le **7 janvier 1888** dans une version remaniée et tronquée, qui en fausse le sens. Maupassant, furieux, veut intenter un procès au journal. Il finit par y renoncer, après un échange qui permet à chacune des parties de préciser ses positions.

• *Pierre et Jean* est **publié en volume le 9 janvier 1888** par l'éditeur Ollendorf. Maupassant, bien qu'il souligne la contradiction entre sa théorie du roman et le roman lui-même, accepte la publication conjointe de son récit et de son étude sur le genre romanesque. Celle-ci sert de préface à l'œuvre et en est restée indissociable.

2 • Un succès

• *Pierre et Jean* fait l'objet de critiques généralement élogieuses. Il est jugé plus **concis** et plus **dense** que les précédents romans de Maupassant : l'intrigue s'étend en effet sur une durée limitée et les personnages sont peu nombreux. La lecture de la préface guide également les commentaires, qui portent sur la technique romanesque de Maupassant et la modernité de son écriture.

• Le texte a été l'objet de nombreuses interprétations qui en ont discuté la dimension réaliste ou ont souligné les rapprochements possibles avec la **biographie** de Maupassant, en particulier à travers la question de l'enfant illégitime (→ repère 1, p. 240). Il a aussi donné lieu à des **interprétations psychanalytiques** :

le scénario œdipien[1] semble se retrouver dans cette histoire familiale, qui exclut le père de la relation entre la mère et ses deux enfants, frères ennemis qui se disputent son amour sans se l'avouer.

LES ADAPTATIONS

1 • Au théâtre

- L'importance accordée à la parole des personnages, leur nombre limité, la nature dramatique de l'intrigue, centrée sur un certain nombre de temps forts, sont des éléments qui permettent d'envisager des adaptations théâtrales de l'œuvre.

- Peu après la publication du roman, Maupassant **refuse toutefois une telle adaptation**. Il considère qu'une pièce, même si elle reprenait les données de l'intrigue romanesque, serait une œuvre à part entière et devrait faire l'objet d'une véritable réécriture.

- L'œuvre a néanmoins été adaptée par **Vica Zagreba** en **2011**, à la Folie Théâtre à Paris. La mise en scène tente de traduire les angoisses des personnages, et la présence d'un narrateur assure le lien entre le récit et les spectateurs.

2 • À l'écran

- L'œuvre est plusieurs fois adaptée au cinéma. En **1924**, **Donatien** s'en inspire pour un film muet. En **1943**, **André Cayatte**, après avoir travaillé sur d'autres œuvres réalistes du XIXe siècle, adapte le roman. **Luis Buñuel** réalise également un film intitulé *Une femme sans amour* (1951), centré sur le destin de Mme Roland.

- La télévision s'intéresse aussi à l'œuvre de Maupassant, à son intrigue nerveuse et intemporelle. L'adaptation de **Michel Favart**, en **1973**, reste très fidèle au texte. Plus récemment, le roman a été adapté par **Daniel Janneau (2003)**, qui transpose le récit à l'époque du Front populaire (1936), pour éclairer d'un sens historique et politique le comportement de Pierre, qui voit les valeurs bourgeoises s'effondrer brutalement sous ses yeux.

1. **Œdipe :** héros légendaire qui a tué son père et épousé sa mère. Pour Freud, père de la psychanalyse, son histoire est le modèle inconscient des relations familiales.

Les personnages : une famille en état de crise

Dans sa préface, Maupassant affirme que son roman relève du « genre d'étude psychologique » : il nous fait entrer dans la conscience de Pierre et dans les tourments qui la déchirent. Pierre et Jean *comporte toutefois un nombre restreint de personnages, dont les portraits ne sont parfois qu'esquissés. Ces personnages sont, pour la plupart d'entre eux, définis avant tout par leur rôle dans la famille et inscrits dans un milieu : la petite bourgeoisie provinciale.*

PIERRE ET JEAN : LES FRÈRES ENNEMIS

Malgré leurs nombreux points communs, Pierre et Jean sont surtout rivaux. Pour poursuivre sa vie comme il l'entend, Jean doit éliminer son frère et obtenir son départ pour l'Amérique.

1 • Pierre, le fils sacrifié

- Pierre, le fils légitime de M. Roland, espère faire fortune en s'installant comme **médecin.** Il partage les **valeurs bourgeoises** de sa famille, et en particulier l'attachement à l'argent, dont il manque pour obtenir l'appartement qu'il souhaite et pour réussir.

- Pierre est également un **intellectuel idéaliste et hésitant**, qui souffre de sa rivalité avec son frère. Après l'annonce de l'héritage, il prend conscience de sa **jalousie** et l'analyse ainsi, dans un moment d'introspection : « C'est donc de la jalousie gratuite, l'essence même de la jalousie, celle qui est parce qu'elle est ! Faut soigner cela ! » (chap. II, p. 57) Ce sentiment, présent dès l'origine de sa relation avec Jean, est avivé par le fait que ce dernier s'est installé dans l'appartement qu'il convoitait et finit par épouser Mme Rosémilly.

- Pour Pierre, **savoir et dire la vérité** semble aussi inévitable que douloureux. Le jeune homme aime sa mère mais, pour obtenir la preuve de l'adultère, il n'hésite pas à l'interroger avec des « ruses de tortionnaire » (chap. VI, p. 131). Il s'en veut de cette **cruauté** qu'il ne maîtrise pas. C'est également avec une certaine brutalité qu'il fait à son frère cette révélation, qui lui inspire ensuite du **remords** : « tu es le fils de l'homme qui t'a laissé sa fortune » (chap. VII, p. 155).

• Pierre n'a finalement pas d'autre solution que de quitter sa famille, avec laquelle les relations sont devenues impossibles : il s'embarque donc comme médecin à bord du transatlantique la *Lorraine*. Ce départ a une **dimension tragique** : Pierre est « dans son petit lit marin, étroit et long comme un cercueil » (chap. IX, p. 195). Il lui apporte néanmoins aussi l'**espoir d'une vie nouvelle**.

2 • Jean, le fils préféré

• Jean, qui a cinq ans de moins que Pierre, est le **fils illégitime** de la famille, né de l'amour entre Mme Roland et M. Maréchal, dont il partage la blondeur et la barbe. L'héritage de son père vient concrétiser et accélérer sa **réussite**. Il obtient tout ce que Pierre souhaitait pour lui-même : un appartement, l'attention de Mme Rosémilly et surtout l'amour de leur mère.

• Les qualités de « douceur » et de « bonté » qui sont reconnues à Jean (chap. I, p. 30), sont considérées par Pierre comme de la « mollesse », de la « niaiserie » et de l'« **aveuglement** » (p. 30-31). Jean ne soupçonne à aucun moment la vérité. Lorsque Pierre la lui révèle, il ressent une émotion d'autant plus violente qu'il s'agit de la **première difficulté de vie** à laquelle il se trouve confronté (chap. VII, p. 157).

• La scène fait basculer le roman : Jean semble ensuite prendre le pouvoir et **précipiter le dénouement**. Il reçoit la confession de la mère, qu'il refuse de condamner. Il apparaît alors comme « un homme plein de faiblesse et un fils plein de tendresse » (p. 159), qui forme avec sa mère un couple fusionnel que Mme Rosémilly vient à peine troubler. Il n'hésite pas à faire à Mme Roland du chantage sur son propre suicide, pour l'empêcher de partir. C'est son frère qu'il choisit d'exclure, en facilitant son embarquement sur le transatlantique.

MME ROLAND ET MME ROSÉMILLY : DEUX DESTINS DE FEMME

Mme Roland et Mme Rosémilly se définissent essentiellement par rapport aux hommes qui ont accompagné ou qui vont accompagner leur vie. Maupassant nous décrit deux destins de femme comparables.

1 • Mme Roland, une femme romanesque et infidèle

• Mme Roland est une femme de quarante-huit ans, issue de la **bourgeoisie**, qui mène une **vie respectable**. Son âme, « bien tenue comme un livre de comptes » (chap. I, p. 36) fait d'elle une **épouse patiente** à l'égard de son mari et une

mère bienveillante envers ses enfants : elle s'inquiète de l'injustice faite à Pierre, au moment de l'héritage, puis se préoccupe de l'installation de Jean dans son appartement.

• Mal mariée, Mme Roland est toutefois une **femme qui souffre**. Romanesque et passionnée, elle a trouvé dans l'adultère un moyen d'**échapper à un mari médiocre et vulgaire**[1]. Elle n'exprime aucun regret, dans la longue et émouvante **confession** qu'elle fait à son fils de son infidélité[2] : « devant Dieu qui m'entend, je n'aurais jamais rien eu de bon dans l'existence, si je ne l'avais pas rencontré [...] ! » (chap. VII, p. 165)

• Elle choisit néanmoins de rester avec son mari et elle garde, jusqu'à la mort de son amant, qui l'oblige à un douloureux dévoilement, le silence sur cette relation. Elle **sacrifie** même **son fils Pierre**, avec l'aide de Jean, aux exigences de l'hypocrite harmonie familiale.

2 • Mme Rosémilly, une future épouse

• Mme Rosémilly, jeune **veuve** de 23 ans, a été mariée à un capitaine au long cours, avant d'accepter d'épouser Jean. Comme lui, elle n'est **pas une intellectuelle**, mais « un esprit sain, étroit et bienveillant » (chap. I, p. 31).

• Elle ne ressent toutefois aucune passion particulière pour Jean. Pour elle, **le mariage est un contrat raisonnable entre époux**, de nature sociale et économique, plus que sentimentale. Pierre voit en elle une future femme infidèle. En observant le couple, il affirme cruellement apprendre « comment on se prépare à être cocu » (chap. VI, p. 145).

1. Ce personnage de femme adultère, qui trouve également dans la lecture l'occasion de rêver à une vie qu'elle n'a pas, est proche d'Emma Bovary, héroïne du roman de Flaubert (*Madame Bovary*, 1857).

2. C'est généralement au mari que la femme fait cet aveu. On peut se reporter à la célèbre scène d'aveu de Mme de Clèves à son époux dans *La Princesse de Clèves*, roman de Mme de La Fayette (1678).

M. ROLAND ET M. MARÉCHAL : LE MARI ET L'AMANT

Les deux hommes constituent deux figures opposées : M. Maréchal, l'amant, est paré de tous les prestiges qui font défaut à M. Roland, l'époux et le père officiel.

1 • M. Roland : une image caricaturale du bourgeois

• M. Roland est un **ancien bijoutier parisien**, dont nous est donné un **portrait physique peu flatteur**, insistant sur la mollesse de son ventre (chap. III, p. 80). L'homme est caractérisé par sa **bonhomie** et sa **vulgarité** : son esprit « n'avait jamais franchi l'horizon de sa boutique » (chap. IV, p. 104). Il s'exprime dans un registre de langue souvent familier, comme en témoigne le « Zut ! » qui ouvre le roman. C'est un **bourgeois, obsédé par l'argent** et plus soucieux de « se la couler douce » que de travailler et de réfléchir (chap. III, p. 70). Il est méprisé par sa femme et par son fils Jean, qui « souffrait inconsciemment de se sentir l'enfant de ce lourdaud bonasse » (chap. VIII, p. 180).

• Il reste **sourd aux souffrances de sa femme**, dont il constate seulement la pâleur (chap. VI, p. 129), **et au drame de son fils, Pierre**. Il se révèle incapable de comprendre qu'il a été trahi par son propre ami, M. Maréchal, qu'il continue à admirer. Alors que Pierre vient de partir pour l'Amérique, il se réjouit naïvement des projets de mariage entre Jean et Mme Rosémilly. Il est trop étroit d'esprit pour être un bon mari et un père attentionné.

2 • M. Maréchal : un père idéal ?

• M. Maréchal est un **personnage absent**, dont on apprend l'existence alors qu'il est déjà mort. On sait avec certitude de lui qu'il est blond, comme Jean, et qu'il a été l'amant de Mme Roland, jusqu'à ce que le temps affaiblisse les sentiments qu'il avait pour elle. Il a toutefois un **rôle capital pour l'action** : l'annonce de l'attribution de son héritage à Jean déclenche la crise familiale.

• M. Maréchal existe essentiellement **dans le souvenir des personnages**, à travers leurs discours et son propre portrait, objet qui assure le lien entre le passé et le présent de la narration. Mme Roland le présente comme un **homme raffiné et instruit**, au caractère opposé à celui de son époux. Au contraire, Pierre voit en lui « une main inconnue et malfaisante, la main d'un mort » qui a rompu les liens entre les membres de sa famille (chap. V, p. 121). Son irruption posthume dans la vie des personnages rapproche cependant les frères et la mère autour d'un lourd secret, désormais partagé.

Un roman des origines[1]

Pierre et Jean est l'histoire d'une quête des origines. Pierre choisit d'affronter l'hypocrisie des relations familiales et impose à son frère d'admettre la vérité de sa bâtardise. Le roman nous livre toutefois une conclusion cruelle et désespérante : l'illusion est plus puissante que la réalité, souvent insupportable et destructrice, pour celui qui a eu l'audace de vouloir l'approcher.

LA DIFFICILE QUÊTE DE LA VÉRITÉ

L'héritage que reçoit Jean laisse entrevoir l'existence d'un secret de famille, dont témoigne inconsciemment la rivalité entre les frères. Pour découvrir la vérité, Pierre se lance dans une enquête, qui lui revèle la culpabilité de sa mère.

1 • Le mystère d'une rivalité fraternelle

• Pierre et Jean ne se haïssent pas. Maupassant insiste d'abord sur **ce qui les rapproche**. Ils rient en même temps et ont « les jambes croisées de la même façon » dans le salon (chap. I, p. 52). Ils convoitent le même appartement et la même femme.

• Même lorsque Pierre et Jean ont des attitudes semblables, elles sont néanmoins « pleines d'expressions différentes » (p. 52). Les deux frères, qui n'ont pas le même père, ont des tempéraments presque opposés et se trouvent sans cesse en situation de **concurrence**. À la rame, par exemple, ils mesurent leur force et « montrent leurs biceps » (p. 38). **Pierre ne supporte pas de voir la réussite de son frère**, qu'il estime certainement mériter davantage, « car, s'il aimait son frère, il ne pouvait s'abstenir de le juger un peu médiocre et de se croire supérieur » (chap. III, p. 74).

• La rivalité entre les deux frères, qui se conclut au bénéfice de Jean, se traduit dans l'écriture romanesque. Le récit est caractérisé par la présence d'un **narrateur omniscient**[2]. Il fait aussi, plus particulièrement, partager au lecteur le **point de vue de Pierre**, ses angoisses et ses interrogations, en particulier à travers

1. Voir Marthe Robert, *Roman des origines et origines du roman*, Grasset. L'auteur montre que le romancier développe dans son œuvre un fantasme de filiation qui est soit celui du bâtard, dans le cas du roman réaliste, soit celui de l'enfant trouvé, pour les romans qui laissent davantage de place à l'imaginaire.

2. On parle de point de vue omniscient (ou focalisation zéro) lorsque le narrateur connaît tout de la situation et de ses personnages. On considère généralement que le narrateur adopte ainsi le « point de vue de Dieu ».

son monologue intérieur (chap. IV, p. 98). Après avoir appris la vérité sur sa naissance, Jean réfléchit à son tour à la situation familiale et à ses conséquences (chap. VII et VIII). Son point de vue semble alors se substituer à celui de Pierre.

2 • Non-dits et mensonges

• Les relations familiales sont marquées par de multiples non-dits. Les frères ne parlent pas de la **jalousie** et de « l'inoffensive inimitié » (chap. I, p. 30) qui s'est accumulée entre eux pendant des années. La mère ne parle pas non plus de sa **préférence pour Jean.** Au contraire, elle « apaisait sans cesse les petites rivalités nées chaque jour entre ses deux grands fils » (p. 31) et se préoccupe du bien-être de chacun d'entre eux.

• Dans la famille, le **silence** est parfois plus confortable que le **dialogue**, qui peut devenir un véritable **combat**. À Jean, qui lui reproche sa jalousie, Pierre répond en exprimant « tout ce qui s'amassait en lui de colères impuissantes, de rancunes écrasées, de révoltes domptées depuis quelque temps et de désespoir silencieux » (chap. VII, p. 153). Il fait de sa parole une arme, dont il ne maîtrise pas les ravages, en particulier au moment où il révèle à Jean la vérité sur sa naissance. Ce dernier n'a alors plus d'autre ressource que de lui demander de se taire, pour échapper à la violence des mots.

• La mère est responsable du **non-dit essentiel de la famille** : son **infidélité** et la **naissance illégitime de Jean.** Contrairement à ce qu'elle affirme à Pierre, elle sait où est le portrait de M. Maréchal. Pierre découvre ainsi la capacité de sa mère à mentir (chap. V, p. 122). Mme Roland n'avoue sa faute ni à Pierre, ni à son mari, qui ne se doute de rien : alors que la conscience de Pierre est torturée par la vérité, M. Roland ronfle : Jean et son père « croyaient s'aimer parce qu'un mensonge avait grandi entre eux » (p. 110) : leur relation repose sur une **illusion.**

3 • L'enquête de Pierre

• Suite aux insinuations de la fille de la brasserie et aux soupçons de Marowsko, Pierre se lance dans la recherche des **preuves** de la culpabilité de sa mère. Il trouve dans ses **souvenirs** des éléments qui nourrissent ses doutes : il ne peut expliquer l'amitié entre deux hommes aussi différents que M. Maréchal et M. Roland, de même que la préférence de M. Maréchal pour son frère. Mais il se heurte aux insuffisances de sa mémoire : « les visages lui échappaient, ce qui brouillait ses souvenirs » (chap. IV, p. 101-102).

• Le **portrait de M. Maréchal** est un élément décisif de l'enquête. Il présente l'image d'un homme encore jeune, et non du vieillard dont Pierre se souvient. Il fait ainsi apparaître une ressemblance évidente entre Jean et son véritable père. Mme Roland, qui a prudemment retiré la miniature du salon, est gênée lorsque Pierre la lui demande et la regarde : « Elle avait compris qu'il savait ou du moins qu'il soupçonnait ! » (chap. V, p. 124) Pierre l'oblige à faire resurgir du passé une **image qu'elle avait enfouie dans son secrétaire**, meuble à tiroirs destiné à renfermer des secrets.

• Pierre, face à sa mère, se comporte comme un **procureur** : il a « accumulé les preuves ainsi qu'on dresse un réquisitoire contre un innocent toujours facile à condamner quand on veut le croire coupable. » (chap. IV, p. 107) Il espère s'être trompé. Mais il en vient inévitablement à la condamner, même s'il n'obtient d'elle aucun aveu. Il doit se contenter de son **intime conviction** et des silences, des regards furtifs ou inquiets, de la nervosité et même des crises de nerfs qui semblent trahir la **culpabilité de sa mère**.

LA TRAGÉDIE DE LA VÉRITÉ

1 • L'échec de Pierre

• Pierre est en proie à une **souffrance intense**. Il se sent plongé dans un « cloaque de misère [...] ; il ne tenait plus à rien. » (chap. IX, p. 188) Toutes les valeurs auxquelles il croyait et ses certitudes se sont effondrées, ce qui lui laisse à la fois du **dégoût** et de l'**angoisse** : « Plus de sol sous les pas, mais la mer qui roule » (p. 189) et la présence obsédante de la brume, symbole d'un monde devenu pour lui obscur, inquiétant et instable.

• Pour échapper à cette vie, Pierre pense à **mourir** : « il avait envie de se jeter à la mer, de se noyer pour en finir » (chap. VI, p. 132). Étendu sur la plage, il est également comparé à « un cadavre, la figure dans le galet » (p. 147) Le **dénouement** semble le précipiter définitivement vers la mort : dans le transatlantique, « il était étendu dans son petit lit marin, étroit et long comme un cercueil » (chap. IX, p. 195) La **fatigue** le submerge et il tente « d'engourdir son cœur dans l'oubli ». Cette mort symbolique est peut-être le préalable à une **renaissance** dans une vie d'adulte, qui le libère des mensonges familiaux.

2 • L'illusion du réalisme

• La famille est une comédie, où triomphe le mensonge. Lorsque les individus disent la vérité, ils sont considérés comme menacés par la **folie**. La vérité vient d'une forme d'oubli de soi, qui soustrait la parole au contrôle de la raison. Pierre, face à Jean, « parlait par phrases courtes, hachées, presque sans suite, des phrases d'halluciné. » (chap. VII, p. 156) La mère, à son tour, lorsqu'elle avoue à Jean sa culpabilité, « avait l'air d'une folle » (p. 160). Pour **préserver les apparences de l'unité familiale**, les personnages renoncent à toute préoccupation d'honnêteté.

• Maupassant nous livre donc une **vision du monde sombre et cruelle** : la morale n'a sa place ni dans la société, ni dans la famille. L'égoïsme et la violence se mêlent aux sentiments d'amour ou d'amitié, pour les troubler et les assombrir. Pierre imagine ce qu'il aurait fait à sa mère, s'il avait été son mari : « il l'aurait saisie par les poignets, par les épaules ou par les cheveux, et jetée à terre, frappée, meurtrie, écrasée ! « (chap. V, p. 123) Il aime sa mère, au point de ressentir pour elle la haine du mari à l'égard de son épouse infidèle. Le seul amour vraiment sincère et passionnel est celui de Mme Roland pour M. Maréchal. Il est toutefois condamné au secret. Les individus épris de liberté et de vérité semblent être **voués à la solitude et au désespoir**. Comme l'écrivain de talent, le sage doit savoir se contenter de « l'illusion du vrai » (préface, p. 16).

Pierre et Jean : « l'illusion complète du vrai[1] »

Dans sa préface, Maupassant considère les réalistes comme des « illusionnistes », qui font croire à l'objectivité de leur écriture, alors qu'il s'agit d'une ambition qui ne peut et ne doit pas être atteinte. Pierre et Jean *est donc un roman réaliste, qui laisse place à une vision très personnelle du monde : l'écriture donne au réel une dimension poétique et fantastique.*

L'AMBITION RÉALISTE

Le roman comporte de nombreuses descriptions, en particulier du paysage maritime. Il situe également les personnages dans un milieu social dont est dénoncée la médiocrité : la petite bourgeoisie de province.

1 • Une peinture objective du réel ?

Jeux de regards

- Maupassant accorde une grande importance au regard : les personnages observent en particulier les bateaux, avec curiosité et parfois fascination. Mme Rosémilly prend une **longue-vue** (chap. I, p. 35), dans l'intention de distinguer le transatlantique la *Normandie*.

- Au cours du roman, **Pierre apprend** également à regarder sa mère, qu'il croyait connaître : « Il comprenait à présent que, l'aimant, il ne l'avait jamais regardée » (chap. V, p. 114). Leurs yeux ne cessent de se croiser, comme s'ils « s'épiaient ». La **justesse du regard**, qui permet d'entrevoir la vérité sur la femme, lui impose d'oublier son amour pour la mère. En interprétant ce qu'il lit sur son visage, il obtient la conviction de sa culpabilité.

Un cadre géographique précis

- **Le Havre** constitue le cadre urbain du récit. Maupassant en cite différents espaces : le café Tortoni, le bassin du Commerce et la rue de Paris. Il évoque également Sainte-Adresse et le cap de la Hève, lieux situés dans les environs du Havre. Il donne l'image d'une **ville animée, essentiellement tournée vers la mer,** grâce à son port. Les bateaux qui y circulent sont désignés avec des termes précis

1. Voir Maupassant, préface p. 16.

et spécialisés. Les barques de pêche, grands voiliers, bricks, goélettes, trois-mâts et steamers constituent un véritable spectacle, qui s'adresse à l'imaginaire du lecteur.

- La **côte normande** offre à Maupassant l'occasion de quelques tableaux, en particulier lorsqu'il évoque les baigneurs, sur la plage de **Trouville** (→ 3e de couverture). Le regard strictement **géographique** de M. Roland sur cette côte – dont il mentionne certaines caractéristiques, comme les « bancs de sable », et quelques lieux essentiels : « Villerville, Trouville, Houlgate, Luc, Arromanches, la rivière de Caen, et les roches du Calvados » (chap. I, p. 40-41) – devient malgré lui une sorte d'invitation au voyage.

2 • La peinture de la bourgeoisie

Le rôle de l'argent

- L'**héritage** est l'élément déclencheur de la crise familiale. Il fait oublier à chacun tout sens moral. L'annonce par le notaire de la « vingtaine de mille francs de rentes en obligations trois pour cent » que reçoit Jean (chap. I, p. 48) réjouit le père Roland, au point de lui faire oublier que cet argent est lié à la mort de son ami.

- **Faire fortune** est l'ambition essentielle des personnages. Madame Roland s'efforce d'économiser, car elle « savait le prix de l'argent » (chap. I, p. 36). Pierre a « l'espoir de la richesse vite acquise » (chap. III, p. 66). L'idéal de vie de M. Roland est d'être rentier (p. 70).

La médiocrité bourgeoise

- Maupassant, à l'image de Flaubert[1], décrit la **bêtise** et l'**absence de culture** de la bourgeoisie. La description de l'appartement de Jean met en évidence le caractère hétéroclite de la décoration, uniquement faite pour donner l'**impression du luxe** : les « meubles de bambou », les « magots », les « potiches » et autres objets ridicules n'ont aucune vocation esthétique (chap. VII, p. 151). Pierre, jaloux ou peut-être gêné par un tel mauvais goût, est le seul à ne pas être naïvement admiratif devant ce décor.

- Les personnages qui se soucient plus du **paraître** que de l'être, prêtent une attention particulière au **corps** et à ses **plaisirs**. Beausire, par exemple, le double

---

1. Flaubert (1821-1880) n'a cessé de décrire la bêtise des bourgeois de province. C'est même l'objet de l'une de ses œuvres : *Bouvard et Pécuchet* (1881).

caricatural du père Roland, vante les joies de l'alcool, contre la sagesse des « sacrés médecins » qui voudraient empêcher leurs patients de faire « du bobo à petite santé » (chap. III, p. 83).

• Maupassant dénonce également la **morale étroite et conservatrice** de cette famille, qui défend le mariage pour sauver les apparences de la vertu, malgré l'adultère. Mme Roland est à la fois la victime et la complice de cette morale hypocrite qu'elle préserve, en restant avec son époux pour éviter le scandale. Tout comme elle, Pierre cherche d'abord à maintenir le **secret** : il veut « enterrer en lui cette honte découverte par lui, cacher à tous la tache aperçue » (chap. V, p. 109). La famille doit **paraître unie**, à tout prix.

• La bourgeoisie, centrée sur les valeurs et les plaisirs du monde, n'a **pas le sens du sacré**. Le titre *Pierre et Jean*, surtout à l'oreille d'un lecteur du XIXe siècle, imprégné de culture catholique, résonne comme une référence évangélique aux apôtres du Christ. Le destin de Jean, le fils préféré de M. Maréchal, reprend de manière dégradée, sur un mode purement matérialiste, celui de l'apôtre aimé de Jésus : dans le roman de Maupassant, Jean reçoit en héritage l'argent de son père, et non l'amour de Dieu. L'apôtre Pierre hérite quant à lui d'une mission essentielle : « bâtir » l'Église[1]. Le personnage de Maupassant, en route pour l'Amérique, peut lui aussi espérer participer à la fondation d'un Nouveau Monde.

LES VISIONS POÉTIQUES ET FANTASTIQUES

1 • Poésie du paysage

• Plus qu'à la précision du trait, Maupassant s'intéresse aux **mouvements**, aux **couleurs** et à la **portée évocatrice du paysage**. Il évoque ainsi l'agitation de la foule sur la plage, qui accompagne la marée montante : « On voyait les groupes se lever vivement et fuir, en emportant leurs sièges, devant le flot jaune qui s'en venait frangé d'une petite dentelle d'écume » (chap. V, p. 118-119). Le paysage maritime lui inspire ces images colorées et contrastées : « Sur la mer plate, tendue comme une étoffe bleue, immense, luisante, aux reflets d'or et de feu, s'élevait là-bas, dans la direction indiquée, un nuage noirâtre sur le ciel rose. » (chap. I, p. 35)

1. On peut se reporter à cette célèbre parole du Christ : « Tu es Pierre et sur cette pierre je bâtirai mon Église » (Évangile de Matthieu, chap. XVI).

• La **mer favorise** également la **méditation** et l'**introspection** des personnages. Face à la rade, Pierre prend conscience de sa jalousie, de sa solitude et de sa soif de liberté dans un monde « sans limites » (chap. II, p. 58), où l'eau et le ciel semblent se confondre. Mme Roland exprime plus naïvement une admiration comparable : « Dieu ! que c'est beau, cette mer ! » (chap. I, p. 40) Son époux lui-même, lorsqu'il évoque la côte normande, est à l'origine malgré lui d'une certaine **poésie des lieux**, dont les noms convoquent des images de ports, de falaises et de marée. Ses réflexions rappellent que la côte est l'espace de la rencontre grandiose et inquiétante, parfois fatale, entre l'homme et la mer.

2 • Métamorphoses du réel

• La description, qui traduit une vision personnelle du monde, glisse parfois vers le **fantastique**. Sous le regard de Pierre, les phares sont considérés comme « semblables à deux cyclopes monstrueux et jumeaux, [qui] jetaient sur la mer leurs longs et puissants regards » (chap. II, p. 58). Cette image du double trahit le malaise du personnage à l'égard de son frère et sa jalousie grandissante. Le portrait de M. Maréchal lui semble également représenter « une personne vivante, méchante, redoutable » (chap. V, p. 126). Cet homme impossible à connaître et tout-puissant, capable de déstabiliser la famille, est présenté à la fois comme un dieu et comme un fantôme terrifiant.

• L'omniprésence de l'eau et de la brume favorise l'**instabilité du regard**, les **incertitudes**, voire les **visions**. Maupassant fait du port, par exemple, un « ogre dévorant » (chap. I, p. 40). Les bateaux qui en sortent sont les enfants d'une mer personnifiée, considérée comme une mère. C'est tout particulièrement le cas du transatlantique la *Lorraine*. Lorsqu'il quitte le port, les spectateurs applaudissent « cet enfantement d'une grande ville maritime qui donnait à la mer sa plus belle fille » (chap. IX, p. 201). Le bateau, qui offre à la famille une issue à la crise, devient presque un acteur du récit. Il incarne, de plus, l'image mythique du voyage et du défi lancé par l'homme moderne à la mer. Il ne reste toutefois rapidement de lui qu'une petite fumée, « si légère qu'elle avait l'air d'un peu de brume ». Maupassant rappelle ainsi à l'homme, en conclusion de son roman, que sa place dans la nature, loin d'être simplement conquérante, est surtout fragile, incertaine et provisoire.

Les représentations de la mer dans le roman

La mer est un espace à la fois fascinant et angoissant. Elle est le point de départ de nombreux voyages extraordinaires, mais elle peut aussi engloutir les hommes et les précipiter vers la mort. Les dangers de la navigation constituent un lieu commun des récits de voyage. La mer offre également la possibilité de nous évader plus symboliquement. Elle stimule notre imaginaire et fait naître le rêve. Son spectacle toujours changeant nous invite à nous interroger sur l'instabilité de notre existence, sur l'inconnu, l'au-delà, au risque d'être confrontés à l'angoisse, voire à la folie. Parce qu'elle nous parle de nous, la mer constitue un objet privilégié de méditation et de réflexion pour l'écrivain.

DOCUMENT 1

JEAN DE LÉRY, *Histoire d'un voyage en la terre du Brésil* (1578), orthographe modernisée ♦ chap. 21

Jean de Léry (1536-1613), calviniste parti rejoindre la « France antarctique », une colonie française, est de retour de son expédition en terre de Brésil. Après avoir décrit la nature brésilienne et les mœurs des Indiens, à la manière d'un ethnologue, il affronte la tempête sur la mer.

Tellement que nous voyant déjà, ce nous semblait, délaissés à la merci de la mer, nous ressouvenant du premier naufrage d'où Dieu nous avait délivrés, autant résolus à la mort qu'à la vie, et néanmoins pour soutenir et empêcher le navire d'aller en fond, nous employant de toutes nos forces d'en tirer l'eau, nous fîmes tant qu'elle ne nous surmonta pas. Non toutefois, que tous fussent si courageux, car la plupart des mariniers s'attendant à boire plus de leur saoul, tous éperdus appréhendaient tellement la mort, qu'ils ne tenaient compte de rien. Et de fait comme je m'assure que si les Rabelistes[1], moqueurs et contempteurs[2] de Dieu, qui

1. **Rabelistes :** athées (référence à Rabelais et à la vision critique, en partie caricaturale, qui est donnée de lui, comme athée et débauché). Rabelais, dans le *Quart Livre* (1552), fait subir à ses personnages une tempête en mer (§18 et suivants). Le proverbe cité dans la suite de l'extrait rappelle les paroles de Panurge durant cette tempête : « Ô que trois et quatre fois heureux sont ceux qui plantent choux ! »
2. **Contempteurs :** personnes qui méprisent.

jasent[1] et se moquent ordinairement sur terre les pieds sous la table, des naufrages et périls où se trouvent si souvent ceux qui vont sur mer y eussent été, leur gaudisserie[2] fut changée en horribles épouvantements : aussi ne doutai-je point que plusieurs de ceux qui liront ceci (et les autres dangers dont j'ai déjà fait et ferai encore mention, que nous expérimentâmes en ce voyage) selon le proverbe ne disent : Ha ! qu'il fait bon planter des choux, et beaucoup meilleur ouïr deviser[3] de la mer et des sauvages que d'y aller voir. Ô combien Diogène[4] était sage de priser[5] ceux qui ayant délibéré[6] de naviguer, ne naviguaient point pourtant.

DOCUMENT 2

HERMAN MELVILLE, *Moby Dick* (1851), trad. H. Guex-Rolle,
 ♦ § XLI

Moby Dick est le nom d'une baleine blanche qu'Achab, le capitaine du bateau sur lequel le narrateur s'est embarqué, a décidé de chasser. Cet animal, d'une taille et d'une férocité considérées comme exceptionnelles, est un mythe pour les pêcheurs.

Quant à ceux qui avaient déjà entendu parler de Moby Dick et qui étaient venus à le rencontrer par hasard dans les commencements, ils avaient bravement mis à la mer pour hardiment l'attaquer comme toute autre baleine de cette espèce. Mais les calamités qui s'étaient ensuivies – qui ne se limitaient pas aux poignets et aux chevilles luxés, aux membres brisés ou même dévorés – avaient été fatales au suprême degré de la fatalité ; et surtout la répétition désastreuse de ces échecs dans tous les assauts avait fini par accumuler autour de Moby Dick une telle terreur, que par la suite plus d'un hardi chasseur, à en entendre le récit, avait senti son courage ébranlé.

Cette effroyable renommée devait naturellement s'exagérer d'elle-même et rendre plus horrifiantes encore les histoires vraies de ces mortelles rencontres. Car non seulement le fabuleux prend tout naturellement naissance sur le corps vrai d'un événement bouleversant et terrible (de même que de la souche pourrissante de l'arbre abattu naissent les champignons), mais chez les marins, beaucoup plus que sur la terre ferme encore, les fables prennent corps au moindre prétexte de réalité sur lequel

1. Jasent : médisent.
2. Gaudisserie : moquerie.
3. Ouïr deviser : entendre parler.
4. Diogène le Cynique : philosophe de l'Antiquité grecque (413-327 av. J.-C.).
5. Priser : estimer.
6. Délibéré : décidé.

elles puissent fixer leurs racines. Et autant la vie maritime dépasse-t-elle la vie terrestre en ces domaines du fantastique, autant la vie des baleiniers le fait-elle sur la vie de tous les autres marins : les fables et les rumeurs qui circulent chez eux surpassent par l'horreur et par le merveilleux toutes celles qui circulent ailleurs. C'est que les baleiniers, qui ne sont pas exempts de la superstition et de l'ignorance inhérentes et communes à l'état de marin, sont en outre, de tous les marins, les hommes le plus directement en contact avec les terribles merveilles[1] de la mer, que non seulement ils contemplent face à face, mais avec lesquelles ils combattent corps à corps. Le baleinier qui croise, solitaire, sur des mers si écartées de tout qu'une navigation de milliers de milles[2], descendant des milliers de côtes, ne vous amène encore jamais devant le tablier sculpté d'une cheminée où tout ce que vous voudrez de semblablement hospitalier sous ce côté-ci du soleil ; le baleinier, qui fait le métier qu'il fait à de si insolites latitudes et longitudes, est tout plongé dans un monde d'influences qui tendent à féconder son imagination et à y engendrer le merveilleux le plus puissant.

Comment s'étonner alors si le volume des rumeurs attachées au Cachalot Blanc, à force de rouler toujours dans les espaces immenses des océans sauvages, s'était accru peu à peu de toutes sortes d'éléments fantastiques, de vagues suggestions informes et de teintes surnaturelles, enveloppant Moby Dick d'une aura de terreurs formidables qui débordaient de toutes parts le monde visible et explicable ? Le seul nom de Moby Dick, à la fin, s'était chargé d'une telle panique bien que rare étaient ceux, parmi les chasseurs de baleines, aux oreilles de qui ces rumeurs étaient parvenues, qui voulaient et osaient encore affronter les périls de son effroyable mâchoire.

DOCUMENT 3

GUY DE MAUPASSANT, *Pierre et Jean* (1887) ♦ chap. I

« Et on voyait d'autres navires [...] Étretat, Fécamp, Saint-Valéry, Le Tréport, Dieppe, etc. » → p. 39-41, l. 337-375

Le Père Roland est parti en mer avec sa femme, Pierre, Jean et Mme Rosémilly, pour une partie de pêche. Les uns et les autres projettent leur propre imaginaire et leur sensibilité sur le spectacle offert par le littoral normand.

1. Merveilles : choses étonnantes.

2. Mille : mesure de distance (équivalent à 1482 m).

DOCUMENT 4

MARCEL PROUST, *À l'ombre des jeunes filles en fleurs* (1919)

À l'ombre des jeunes filles en fleurs *est le deuxième tome d'*À la recherche du temps perdu. *Le narrateur est installé le temps des vacances au Grand Hôtel de Balbec, nom donné dans l'œuvre à la station balnéaire normande de Cabourg. De ses fenêtres, il a le plaisir d'y admirer la mer et ses multiples métamorphoses.*

À tous moments, tenant à la main la serviette raide et empesée où était écrit le nom de l'hôtel et avec laquelle je faisais d'inutiles efforts pour me sécher, je retournais près de la fenêtre jeter encore un regard sur ce vaste cirque éblouissant et montagneux et sur les sommets neigeux de ses vagues en pierre d'émeraude çà et là polie et translucide, lesquelles avec une placide[1] violence et un froncement léonin[2] laissaient s'accomplir et dévaler l'écroulement de leurs pentes auxquelles le soleil ajoutait un sourire sans visage. [...] Et dès ce premier matin le soleil me désignait au loin d'un doigt souriant ces cimes bleues de la mer qui n'ont de nom sur aucune carte géographique, jusqu'à ce qu'étourdi de sa sublime promenade à la surface retentissante et chaotique de leurs crêtes et de leurs avalanches, il vînt se mettre à l'abri du vent dans ma chambre, se prélassant sur le lit défait et égrenant ses richesses sur le lavabo mouillé, dans la malle ouverte, où, par sa splendeur même et son luxe déplacé, il ajoutait encore à l'impression du désordre. Hélas, le vent de mer, une heure plus tard, dans la grande salle à manger – tandis que nous déjeunions et que, de la gourde de cuir d'un citron, nous répandions quelques gouttes d'or sur deux soles qui bientôt laissèrent dans nos assiettes le panache de leurs arêtes, frisé comme une plume et sonore comme une cithare[3] – il parut cruel à ma grand-mère de n'en pas sentir le souffle vivifiant à cause du châssis[4] transparent mais clos qui, comme une vitrine, nous séparait de la plage tout en nous la laissant entièrement voir et dans lequel le ciel entrait si complètement que son azur avait l'air d'être la couleur des fenêtres et ses nuages blancs, un défaut du verre. Me persuadant que j'étais « assis sur le môle[5] » ou au fond du « boudoir[6] » dont parle Baudelaire, je me

1. Placide : calme.
2. Léonin : qui fait penser à un lion.
3. Cithare : instrument de musique à cordes pincées.
4. Châssis : encadrement d'une fenêtre.
5. Môle : jetée située à l'entrée d'un port.
6. Boudoir : petit salon intime de dame.

REPÈRES FICHES THÈME OBJECTIF BAC

demandais si son « soleil rayonnant sur la mer », ce n'était pas – bien différent du rayon du soir, simple et superficiel comme un trait doré et tremblant – celui qui en ce moment brûlait la mer comme une topaze[1], la faisait fermenter, devenir blonde et laiteuse comme de la bière, écumante comme du lait, tandis que par moments s'y promenaient çà et là de grandes ombres bleues que quelque dieu semblait s'amuser à déplacer, en bougeant un miroir dans le ciel.

DOCUMENT 5

MICHEL TOURNIER, *Vendredi ou les Limbes du Pacifique* (1967), © Éditions Gallimard

Le roman de Michel Tournier est une réécriture de Robinson Crusoé *(1719) de Daniel Defoe. Robinson, qui a survécu au naufrage de la* Virginie*, se réveille sur une île déserte. Il doit rapidement renoncer à l'espoir de s'en évader. Pour tenter de rejoindre un bateau qu'il croit apercevoir à l'horizon, il se jette à l'eau et frôle à nouveau la noyade.*

Une colonne de flammes le tira de sa torpeur. Comme il avait froid ! Se pouvait-il que la mer l'eût rejeté pour la seconde fois sur le même rivage ? Là-haut, sur la Falaise de l'Occident, l'eucalyptus flambait comme une torche dans la nuit[2]. Robinson se dirigea en titubant vers cette source de lumière et de chaleur.

Ainsi ce signal qui devait balayer l'océan et alerter le reste de l'humanité n'avait réussi à attirer que lui-même, lui seul, suprême dérision !

Il passa la nuit recroquevillé dans les herbes, le visage tourné vers la caverne incandescente, traversée de lueurs fulgurantes, qui s'ouvrait à la base de l'arbre, et il se rapprochait du foyer à mesure que sa chaleur diminuait. Ce fut aux premières heures de l'aube qu'il parvint à mettre un nom – un prénom en vérité – sur la jeune fille du galion[3]. C'était Lucy, sa jeune sœur, morte adolescente il y avait deux lustres[4]. Ainsi il ne pouvait douter que ce navire d'un autre siècle fût le produit d'une imagination insane[5].

1. **Topaze :** pierre précieuse jaune pâle.
2. Robinson a mis un fagot de branches sèches enflammées dans un eucalyptus dans l'espoir de signaler sa présence.
3. **La jeune fille du galion :** Robinson a cru voir une jeune fille dans le navire s'approchant de la côte. Un galion est un ancien navire de commerce.
4. **Un lustre :** durée équivalente à cinq ans. Sa sœur est donc morte depuis une dizaine d'années.
5. **Insane :** absurde, folle.

Il se leva et regarda la mer. Cette plaine métallique, clouée déjà par les premières flèches du soleil, avait été sa tentation, son piège, son opium. Peu s'en était fallu qu'après l'avoir avili elle ne le livrât aux ténèbres de sa démence. Il fallait sous peine de mort trouver la force de s'en arracher. L'île était derrière lui, immense et vierge, pleine de promesses limitées et de leçons austères. Il reprendrait en main son destin. Il travaillerait. Il consommerait sans plus rêver ses noces avec son épouse implacable, la solitude.

Tournant le dos au grand large, il s'enfonça dans les éboulis semés de chardons d'argent qui menaient vers le centre de l'île.

DOCUMENT 6

EUGÈNE LOUIS BOUDIN, *La Plage de Trouville* (1864) ♦3e de couverture

Boudin (1824-1898) est un peintre dont l'intérêt pour la lumière, les paysages extérieurs, le mouvement, fait certainement l'un des précurseurs de l'impressionnisme. Dans ce tableau, il met en scène des familles bourgeoises, qui profitent du tourisme balnéaire en développement dans cette région à partir du milieu du XIXe siècle. Les personnages semblent tous observer, à l'arrière-plan, la falaise des Roches-Noires et la mer.

Les frères ennemis en littérature

La Bible et les récits mythiques laissent une place importante aux frères ennemis, dont les conflits sont des éléments décisifs pour l'Histoire. Le premier meurtre, commis par Caïn, est d'ailleurs un fratricide. Dans la France bourgeoise du XIXe siècle, la famille devient un objet essentiel d'étude pour la littérature, qui s'intéresse aux rivalités entre frères, à la place des enfants légitimes et des bâtards, à la difficile question de l'héritage. La fraternité, qui rapproche en principe naturellement les individus, est présentée comme problématique. Le fratricide, réel ou fantasmé, en est rarement absent.

DOCUMENT 7

TITE-LIVE, *Histoire romaine* (vers 27 av. J.-C.), trad. M. Nisard ♦ livre I

En 142 livres, Tite-Live (59 av. J.-C. – 17 apr. J.-C.) retrace les épisodes de l'histoire de la Rome antique depuis sa fondation. Le récit de Romulus et Rémus donne l'origine mythique de la ville, fondée par les deux frères jumeaux, abandonnés et recueillis par une louve, avant d'être en proie à un conflit fratricide.

Numitor[1] ainsi replacé sur le trône d'Albe, Romulus et Rémus conçurent l'idée de fonder une ville aux lieux témoins de leurs premiers périls et des soins donnés à leur enfance. La multitude d'habitants dont regorgeaient Albe et le Latium[2], grossie encore du concours des bergers, faisait espérer naturellement que la nouvelle ville éclipserait Albe et Lavinium[3]. À ces projets d'établissement vient se mêler la soif du pouvoir, mal héréditaire chez eux, et une lutte monstrueuse termine un débat assez paisible dans le principe. Ils étaient jumeaux, et la prérogative[4] de l'âge ne pouvait décider entre eux : ils remettent donc aux divinités tutélaires[5] de ces lieux le soin de désigner, par des augures[6], celui qui devait donner son nom et des lois à la nouvelle ville, et se retirent, Romulus sur le mont Palatin, Rémus sur l'Aventin[7], pour y tracer l'enceinte augurale.

Le premier augure fut, dit-on, pour Rémus : c'étaient six vautours ; il venait de l'annoncer, lorsque Romulus en vit le double, et chacun fut salué

1. **Numitor :** personnage légendaire de la fondation de Rome, roi de la cité d'Albe.
2. **Latium :** région d'Italie.
3. **Lavinium :** ville antique du Latium, qui aurait été fondée par le héros Énée.
4. **Prérogative :** avantage, privilège.
5. **Divinités tutélaires :** divinités protectrices.
6. **Augures :** signes destinés à annoncer l'avenir.
7. **Le Palatin, l'Aventin :** deux des sept collines de Rome.

roi par les siens ; les uns tiraient leur droit de la priorité, les autres du nombre des oiseaux. Une querelle s'ensuivit, que leur colère fit dégénérer en combat sanglant ; frappé dans la mêlée, Rémus tomba mort. Suivant la tradition la plus répandue, Rémus, par dérision, avait franchi d'un saut les nouveaux remparts élevés par son frère, et Romulus, transporté de fureur, le tua en s'écriant : « Ainsi périsse quiconque franchira mes murailles. » Romulus, resté seul maître, la ville nouvelle prit le nom de son fondateur. Le mont Palatin, sur lequel il avait été élevé, fut le premier endroit qu'il eut soin de fortifier. Dans tous les sacrifices qu'il offrit aux dieux, il suivit le rite albain[1]; pour Hercule seulement, il suivit le rite grec tel qu'Évandre[2] l'avait institué.

DOCUMENT 8

JEAN RACINE, *La Thébaïde ou les Frères ennemis* (1664) ♦ acte IV, scène 3

La Thébaïde *est une tragédie en cinq actes de Racine (1639-1699). Étéocle et Polynice sont censés régner sur Thèbes l'un après l'autre, chacun durant un an. Étéocle refusant de céder le pouvoir à Polynice, le conflit entre les deux frères est inévitable.*

JOCASTE[3]

Allez donc, j'y consens, allez perdre la vie ;
À ce cruel combat tous deux je vous convie ;
Puisque tous mes efforts ne sauraient vous changer,
Que tardez-vous ? allez vous perdre et me venger.
Surpassez, s'il se peut, les crimes de vos pères[4] ;
Montrez, en vous tuant, comme vous êtes frères :
Le plus grand des forfaits vous a donné le jour,
Il faut qu'un crime égal vous l'arrache à son tour.
Je ne condamne plus la fureur qui vous presse ;
Je n'ai plus pour mon sang ni pitié ni tendresse :
Votre exemple m'apprend à ne le plus chérir
Et moi je vais, cruels, vous apprendre à mourir.

1. Albain : d'Albe.
2. Évandre : héros légendaire du XIIIe siècle av. J.-C., qui aurait reçu l'enseignement d'Hercule.
3. Jocaste est la mère d'**Étéocle** et de **Polynice**. **Antigone** est leur sœur. **Créon** est leur oncle. **Hémon** est le fils de Créon et l'amant d'Antigone.
4. Jocaste s'adresse à Étéocle et Polynice, fils d'Œdipe, qui a tué son père et épousé sa mère. Ils sont les enfants d'un inceste.

ANTIGONE
Madame… ô ciel ! que vois-je ? Hélas ! rien ne les touche !

HÉMON
Rien ne peut ébranler leur constance farouche.

ANTIGONE
Princes…

ÉTÉOCLE
Pour ce combat, choisissons quelque lieu.

POLYNICE
Courons. Adieu, ma sœur.

ÉTÉOCLE
Adieu, Princesse, adieu.

ANTIGONE
Mes frères, arrêtez ! Gardes, qu'on les retienne ;
Joignez, unissez tous vos douleurs à la mienne.
C'est leur être cruels que de les respecter.

HÉMON
Madame, il n'est plus rien qui les puisse arrêter.

ANTIGONE
Ah ! généreux Hémon, c'est vous seul que j'implore.
Si la vertu vous plaît, si vous m'aimez encore,
Et qu'on puisse arrêter leurs parricides mains,
Hélas ! pour me sauver, sauvez ces inhumains.

DOCUMENT 9

BAUDELAIRE, *Les Fleurs du mal* (1857), « Abel et Caïn » ♦ CXIX

Caïn et Abel sont les deux frères ennemis de l'Ancien Testament. Caïn, fils aîné d'Adam et Ève, a tué son frère par jalousie, car il le croyait davantage aimé de Dieu. Pour Baudelaire (1821-1867), la vengeance de Caïn, qui incarne la souffrance et la révolte, est légitime et sa malédiction est injuste.

I

Race d'Abel, dors, bois et mange ;
Dieu te sourit complaisamment.

Race de Caïn, dans la fange[1]
Rampe et meurs misérablement.

Race d'Abel, ton sacrifice
Flatte le nez du Séraphin[2] !

Race de Caïn, ton supplice
Aura-t-il jamais une fin ?

Race d'Abel, vois tes semailles
Et ton bétail venir à bien ;

Race de Caïn, tes entrailles
Hurlent la faim comme un vieux chien.

Race d'Abel, chauffe ton ventre
À ton foyer patriarcal ;

Race de Caïn, dans ton antre
Tremble de froid, pauvre chacal !

Race d'Abel, aime et pullule !
Ton or fait aussi des petits.

Race de Caïn, cœur qui brûle,
Prends garde à ces grands appétits.

Race d'Abel, tu croîs et broutes
Comme les punaises des bois !

Race de Caïn, sur les routes
Traîne ta famille aux abois[3].

1. Fange : boue.
2. Séraphin : créature céleste ailée, que l'on trouve autour du trône de Dieu.
3. Aux abois : dans une situation désespérée.

II

Ah ! race d'Abel, ta charogne
Engraissera le sol fumant !

Race de Caïn, ta besogne
N'est pas faite suffisamment ;

Race d'Abel, voici ta honte :
Le fer est vaincu par l'épieu !

Race de Caïn, au ciel monte,
Et sur la terre jette Dieu !

DOCUMENT 10

ÉMILE ZOLA, *La Fortune des Rougon* (1871)

La Fortune des Rougon *est le premier épisode du cycle des Rougon-Macquart. Le récit est animé par la rivalité entre deux frères : Pierre Rougon et Antoine Macquart, fils d'Adélaïde Fouque et de deux pères différents. Antoine est jaloux de Pierre, qui incarne la réussite. La rivalité entre les deux hommes est également politique : le premier est républicain, alors que le second est conservateur.*

Ce qui fit surtout [d'Antoine Macquart] un républicain féroce, ce fut l'espérance de se venger enfin des Rougon, qui se rangeaient franchement du côté de la réaction[1]. Ah ! quel triomphe ! s'il pouvait un jour tenir Pierre et Félicité[2] à sa merci ! Bien que ces derniers eussent fait d'assez mauvaises affaires, ils étaient devenus des bourgeois, et lui, Macquart, était resté ouvrier. Cela l'exaspérait. Chose plus mortifiante[3] peut-être, ils avaient un de leurs fils avocat, un autre médecin, le troisième employé, tandis que son Jean travaillait chez un menuisier, et sa Gervaise, chez une blanchisseuse. Quand il comparait les Macquart aux Rougon, il éprouvait encore une grande honte à voir sa femme vendre des châtaignes à la halle[4] et rempailler, le soir, les vieilles chaises graisseuses du quartier. Cependant, Pierre était

1. Réaction : parti conservateur, opposé aux républicains.
2. Félicité : épouse de Pierre.
3. Mortifiante : humiliante.
4. Halle : marché.

son frère, il n'avait pas plus droit que lui à vivre grassement de ses rentes[1]. Et, d'ailleurs, c'était avec l'argent qu'il lui avait volé, qu'il jouait au monsieur aujourd'hui. Dès qu'il entamait ce sujet, tout son être entrait en rage ; il clabaudait[2] pendant des heures, répétant ses anciennes accusations à satiété, ne se lassant de dire :

« Si mon frère était où il devrait être, c'est moi qui serais rentier à cette heure. »

Et quand on lui demandait où devrait être son frère, il répondait : « Au bagne ! » d'une voix terrible.

DOCUMENT 11

GUY DE MAUPASSANT, *Pierre et Jean* (1887) ♦ chap. VII

« Jean, surpris de cette violence, se tut quelques secondes [...] Ah ! tais-toi, cette fois, ne parle point de cette fortune ! » → p. 153-154, l. 148-179

Jean annonce à Pierre qu'il va épouser Mme Rosémilly, ce qui renforce la jalousie de ce dernier. La confrontation révèle la violence, auparavant maîtrisée, de la relation entre les deux frères.

DOCUMENT 12

MICHEL BUTOR, *L'Emploi du temps* (1956), © Éd. de Minuit

Dans ce roman, présenté sous la forme d'un journal intime, Jacques Revel, le narrateur, fait part des expériences qu'il vit à Bleston, ville fictive d'Angleterre. Cette ville, qu'il perçoit comme un labyrinthe, est habitée par de nombreuses figures mythiques, et en particulier celles d'Abel et de Caïn, dont Michel Butor poursuit la réhabilitation (→ document 9, p. 268) : Caïn, dont la malédiction pèse sur la ville, est aussi celui qui a vaincu la mort.

À l'intérieur [de la cathédrale] tout était calme ; je me suis mis devant la grille du chœur, sous l'orgue, à travers laquelle j'apercevais la lueur d'une lampe à huile dans son verre rouge, et j'ai regardé dans la grande verrière à ma droite cette scène au sommet, inscrite dans un cercle, dont je savais déjà par la lecture du *Meurtre de Bleston*[3], qu'elle représente Caïn tuant son

1. Rentes : revenus tirés d'un capital, et non du travail.
2. Clabaudait : bavardait, criait, protestait.

3. La lecture du *Meurtre de Bleston*, un roman policier, sert de guide à Jacques Revel dans son exploration de la ville.

frère Abel, Caïn dans une cuirasse lui moulant le ventre avec des rubans flottant sur ses cuisses comme Thésée, presque dans la même attitude que Thésée aux prises avec le Minotaure[1], penché comme lui, le pied gauche posé sur la poitrine de sa victime allongée mais relevant la tête, nue, déjà blessée, si différent pourtant, brandissant un tronc aux racines échevelées sur le ciel rouge.

J'ai entendu une porte s'ouvrir ; un ecclésiastique d'âge mûr, en surplis[2], m'a abordé.

« [...] Je suis d'éducation catholique romaine, mais il y a longtemps que j'ai laissé s'effacer en moi la plupart des rudiments d'« Histoire Sainte » que l'on m'avait inculqués ; j'imagine pourtant, dans cette grande scène centrale au-dessous du cercle du meurtre, que c'est encore Caïn qui se tient debout. » (les mains pendant le long de son corps, des taches rouges sur ses paumes, des taches du sang de son frère, de ce sang qui semble ruisseler en pluie dans tous les cieux des scènes inférieures).

« Oui, et c'est le Seigneur qui lui apparaît dans les nuées, brandissant cette foudre, ce rayon jaune qui vient s'écraser sur son front, non plus l'anéantir » (c'était bien l'hypothèse qui m'était venue d'abord à l'esprit, mais sentant son absurdité, j'avais brusquement cessé de parler), « mais au contraire, pour le rendre invulnérable, pour que les autres hommes s'écartent de lui terrifiés, comme vous le voyez dans la scène de gauche. »

DOCUMENT 13

BARTOLOMEO MANFREDI, *Caïn assassinant Abel* (vers 1610) ♦ 2e de couverture

Dans cette œuvre du peintre italien Manfredi (1582-1622), la technique du clair-obscur fait porter l'attention sur les corps et met en évidence la tension dramatique liée au sujet. Les flammes, à l'arrière-plan, rappellent la malédiction dont fut victime le meurtrier.

1. Le héros grec Thésée a libéré la Crète du Minotaure, monstre à corps d'homme et à tête de taureau, qui était enfermé dans un labyrinthe construit par l'architecte Dédale.

2. Surplis : vêtement porté par le prêtre par-dessus la soutane.

Le roman et ses personnages : visions de la mer

| SUJET D'ÉCRIT 1 |

Objet d'étude : Le personnage de roman, du XVIIe siècle à nos jours

DOCUMENTS

(Les documents figurent dans l'ouvrage, p. 262-264.)

- **MAUPASSANT, *Pierre et Jean*** (1887) ♦ DOC. 3, p. 262
- **PROUST, *À l'ombre des jeunes filles en fleurs*** (1919) ♦ DOC. 4, p. 263
- **TOURNIER, *Vendredi ou les Limbes du Pacifique*** (1967) ♦ DOC. 5, p. 264

QUESTIONS SUR LE CORPUS

1 En vous appuyant sur une étude des images, montrez que les descriptions de la mer ont une fonction poétique.

2 Montrez que le regard porté sur la mer révèle les sentiments des personnages et éclaire certains enjeux du récit.

TRAVAUX D'ÉCRITURE

Commentaire (séries générales)

Vous ferez le commentaire du texte de Maupassant (doc. 3, p. 262).

Commentaire (séries technologiques)

Vous ferez le commentaire du texte de Maupassant (doc. 3, p. 262), en vous aidant des pistes de lecture suivantes.
– Vous montrerez que la mer, dans ce texte, est décrite d'une manière à la fois précise et poétique.
– Vous analyserez ce que la description révèle sur les personnages du récit, sur leurs caractères et sur leurs sentiments.

Dissertation

Maupassant considère que « les Réalistes de talent devraient s'appeler plutôt des Illusionnistes » (*Pierre et Jean*, préface).

En vous appuyant sur les textes du corpus et sur vos lectures personnelles, vous vous interrogerez sur les limites du réalisme dans le roman.

Écriture d'invention

Vous poursuivrez le dialogue entre Mme Roland et Mme Rosémilly, en permettant à cette dernière d'expliquer l'origine du regard mélancolique qu'elle porte sur la mer. Dans ses explications, vous mêlerez la description et la narration. Mme Roland insistera davantage sur la beauté de la mer. Vous vous efforcerez de donner à ses propos une dimension poétique.

Des personnages romanesques : les frères ennemis | SUJET D'ÉCRIT 2 |

Objet d'étude : Le personnage de roman, du XVIIe siècle à nos jours

DOCUMENTS *(Les documents figurent dans l'ouvrage, p. 270-271.)*

- **ZOLA,** ***La Fortune des Rougon*** (1871) ♦ DOC. 10, p. 270
- **MAUPASSANT,** ***Pierre et Jean*** (1887) ♦ DOC. 11, p. 271
- **BUTOR,** ***L'Emploi du temps*** (1956) ♦ DOC. 12, p. 271

QUESTIONS SUR LE CORPUS

1 Explicitez les causes des conflits entre les frères, dans les textes du corpus (documents 10 et 11).

2 Montrez de quelle manière s'expriment les sentiments entre frères. Celui qui commet le fratricide ou qui en ressent la tentation est-il présenté comme moralement condamnable ? (documents 10, 11 et 12)

TRAVAUX D'ÉCRITURE

Commentaire (séries générales)

Vous ferez le commentaire du texte de Maupassant (doc. 11, p. 271).

Commentaire (séries technologiques)

Vous ferez le commentaire du texte de Maupassant (doc. 11, p. 271), en vous aidant des pistes de lecture suivantes.
– Vous montrerez de quelle manière s'exprime la tension entre Pierre et Jean dans l'extrait.
– Vous montrerez que Jean domine l'affrontement, alors que Pierre semble en partie paralysé par une vérité et des sentiments qu'il ne peut exprimer.

Dissertation

Les personnages de roman sont-ils un miroir de nos propres sentiments ?

Vous répondrez à cette question dans un développement structuré et argumenté, en vous appuyant sur les textes du corpus et sur vos lectures personnelles.

Écriture d'invention

Suite à leur violente confrontation (document 11, p. 271), Pierre s'enfuit et envoie une lettre à Jean dans laquelle il prend le temps de lui écrire ce qu'il n'a pas réussi à lui dire. Il lui explique les raisons de sa jalousie et les conséquences de ce sentiment sur sa vie. Vous veillerez à utiliser essentiellement le registre lyrique.

La confession de la mère

| SUJET D'ORAL 1 |

• **MAUPASSANT,** *Pierre et Jean,* chap. VII

«Il faut que tu te sentes assez fort [...] je ferai ce que tu décideras» → p. 164-165, l. 456-498.

QUESTION

Vous montrerez que la mère, dans cet extrait, tente d'expliquer et de justifier sa faute.

Pour vous aider à répondre

a Montrez que cette tirade constitue pour la mère un moment essentiel de révélation de la vérité.

b Précisez ce que la mère cherche à obtenir de son fils.

c Montrez que la mère, en retraçant brièvement son destin, se présente comme victime d'une histoire d'amour passionnelle et douloureuse.

COMME À L'ENTRETIEN

1 L'image que la mère donne indirectement de son mari est-elle conforme à ce qui vous semble caractériser le personnage de M. Roland dans le roman ?

2 Mme Rosémilly est le deuxième personnage féminin important dans le roman. Quels rapprochements et quelles différences peut-on établir entre elle et Mme Roland ?

3 Montrez que le comportement de plusieurs personnages dans le roman repose sur le non-dit.

4 Dans le roman, la parole est-elle forcément libératrice ? Apaise-t-elle toujours les conflits ? Justifiez votre réponse.

5 Pouvez-vous citer d'autres exemples de femmes adultères dans le roman du XIXe siècle ? D'après vous, quel regard les romanciers portent-ils sur ces femmes ?

L'épilogue

| SUJET D'ORAL 2 |

• **MAUPASSANT,** *Pierre et Jean,* chap. IX

« Le paquebot, en effet, diminuait de seconde en seconde [...] l'air d'un peu de brume → p. 203-204, l. 464-500

QUESTION

Ce dénouement est-il heureux ?

Pour vous aider à répondre

a Montrez que le départ de Pierre constitue un soulagement pour Jean et ne semble pas affecter M. Roland.

b Ce dénouement n'a-t-il pas aussi une dimension tragique ? Justifiez votre réponse.

c Montrez que ce dénouement conclut de manière logique le destin des personnages et que le départ de Pierre était devenu inévitable.

COMME À L'ENTRETIEN

1 Faites le portrait du personnage de Beausire, et donnez les raisons de sa présence au moment du départ de Pierre. Citez d'autres personnages secondaires du roman, et précisez leur rôle.

2 Montrez que le dénouement, dans la continuité du roman, met à distance la morale petite-bourgeoise.

3 Mettez en évidence les rapprochements possibles entre cette conclusion et le premier chapitre. Précisez les autres effets d'écho et de parallélisme qui structurent le roman.

4 Pourquoi Maupassant conclut-il son roman par l'évocation de la brume ? Expliquez la place de la brume dans le roman.

5 Quelles sont les images associées aux paquebots transatlantiques à la fin du XIXe siècle ? Pour Pierre, le départ signale-t-il nécessairement l'échec ?

La représentation du fratricide

DOCUMENT

• **BARTOLOMEO MANFREDI,** ***Caïn assassinant Abel*** (vers 1610) → p. 272 et 2e de couverture

QUESTIONS

1 Identifiez les deux personnages. Précisez les effets d'opposition entre l'un et l'autre.

2 Décrivez l'attitude des deux personnages. Traduit-elle seulement la violence de la scène ?

3 Analysez les couleurs et les jeux de lumière. Comment mettent-ils en évidence la dimension dramatique du tableau ?

Un regard apaisé sur la mer

DOCUMENT

• **EUGÈNE LOUIS BOUDIN,** ***La Plage de Trouville*** (1864) → p. 265 et 3e de couverture

QUESTIONS

1 En vous appuyant sur une analyse de ce tableau, montrez en quoi Boudin peut être considéré comme l'un des précurseurs de l'impressionnisme.

2 Décrivez les personnages, puis expliquez ce que cette image nous apprend sur la mode des bains de mer au XIXe siècle.

3 Comment peut-on interpréter le fait que les personnages tournent presque tous le dos au spectateur ?

4 Reportez-vous à l'extrait de *Pierre et Jean* qui évoque le regard de Pierre sur la plage de Trouville (→ chap. V, p. 116-117). Montrez en quoi le texte et l'image semblent se répondre.

6 Abbé Prévost
Manon Lescaut

41 Balzac
Le Chef-d'œuvre inconnu
Sarrasine

47 Balzac
Le Colonel Chabert

11 Balzac
La Duchesse de Langeais
Ferragus - La Fille aux yeux d'or

53 Balzac
La Femme de trente ans

3 Balzac
La Peau de chagrin

34 Balzac
Le Père Goriot

73 Barbey d'Aurevilly
Le Chevalier des Touches

42 Barbey d'Aurevilly
Les Diaboliques

20 Baudelaire
Les Fleurs du mal
Mon cœur mis à nu

61 Baudelaire
Le Spleen de Paris

55 Beaumarchais
Le Barbier de Séville

15 Beaumarchais
Le Mariage de Figaro
Essai sur le genre dramatique

83 Brisville (J.-C)
Le Souper

59 Chateaubriand
René

51 Corneille
Le Cid

2 Corneille
L'Illusion comique et autres textes
sur **le théâtre dans le théâtre**

38 Diderot
Jacques le Fataliste

66 Diderot
Supplément au Voyage
de Bougainville

80 Durringer
Ex-voto

62 Flaubert
L'Éducation sentimentale

17 Flaubert
Madame Bovary
Un cœur simple

44 Flaubert
Trois Contes

4 Hugo
Le Dernier Jour d'un condamné
et autres textes
sur **la peine de mort**

60 Hugo
Hernani

21 Hugo
Ruy Blas

8 Jarry
Ubu roi

5 Laclos
Les Liaisons dangereuses

14 Lafayette (Mme de)
La Princesse de Clèves
La Princesse de Montpensier

70 La Fontaine
Fables

78 Laroui
De quel amour blessé

82 Anthologie
Écrire, publier, lire

75 Marivaux
Les Acteurs de bonne foi

50 Marivaux
La Double Inconstance

46 Marivaux
L'Île des Esclaves

12 Marivaux
Le Jeu de l'amour et du hasard
L'Épreuve

30 Maupassant
Bel-Ami

52 Maupassant
Le Horla et autres nouvelles fantastiques

18 Maupassant
Nouvelles

27 Maupassant
Pierre et Jean suivi de **trois nouvelles réalistes**

40 Maupassant
Une vie

48 Mérimée
Carmen - Les Âmes du purgatoire

74 Mérimée
Lokis

1 Molière
Dom Juan

19 Molière
L'École des femmes
La critique de l'École des femmes

25 Molière
Le Misanthrope
et autres textes
sur **l'honnête homme**

9 Molière
Le Tartuffe ou l'Imposteur
Lettre sur la comédie de l'Imposteur

86 Montaigne
Essais
et autres textes
sur **la question de l'homme**

45 Montesquieu
Lettres persanes

81 Musset
Les Caprices de Marianne

10 Musset
Lorenzaccio et autres textes
sur **la question politique**

54 Musset
On ne badine pas avec l'amour

35 La poésie
française au XIXe siècle

26 Rabelais
Pantagruel - Gargantua

1 Racine
Andromaque

22 Racine
Bérénice

45 Racine
Britannicus

7 Racine
Phèdre

64 Rimbaud
Poésies
(Poésies - Une saison en enfer Illuminations)

79 Rotrou
Le Véritable Saint Genest

37 Rostand
Cyrano de Bergerac
Lettres de Cyrano de Bergerac

68 Sophocle
Œdipe-roi

69 Shakespeare
Hamlet

72 Sophocle
Roméo et Juliette

65 Stendhal
Les Cenci

32 Stendhal
Le Rouge et le Noir

77 Trouillot
Bicentenaire

67 Verlaine
Poèmes saturniens et autres recueils (Fêtes galantes - Romances sans paroles)

84 Vigny
Chatterton

13 Voltaire
Candide ou l'optimisme

24 Voltaire
L'ingénu

56 Voltaire
Micromégas et autres contes

33 Voltaire
Zadig

63 Zola
Au Bonheur des Dames

29 Zola
L'Assommoir

49 Zola
La Curée

76 Zola
La Fortune des Rougon

28 Zola
Germinal

43 Zola
Thérèse Raquin
Un mariage d'amour

IMPRIM'VERT
Votre imprimeur agit pour l'environnement

PAPIER À BASE DE FIBRES CERTIFIÉES

Hatier s'engage pour l'environnement en réduisant l'empreinte carbone de ses livres. Celle de cet exemplaire est de :
750 g éq. CO_2
Rendez-vous sur www.hatier-durable.fr

Achevé d'imprimer en Italie par L.E.G.O. S.p.A. - Lavis (TN)
Dépôt légal: 96215-8/04 - octobre 2014